一个双面特工的惊魂暗战

# 小满一过就望麦黄

姬妮 著

图书在版编目（CIP）数据

小满一过就望麦黄 / 姬妮著 . — 太原：北岳文艺出版社，2015.11（2023.6 重印）
ISBN 978-7-5378-4566-3

Ⅰ . ①小… Ⅱ . ①姬… Ⅲ . ①长篇小说 – 中国 – 当代 Ⅳ . ① I247.5

中国版本图书馆 CIP 数据核字 (2015) 第 241525 号

| 书名：小满一过就望麦黄 | 著者：姬妮 | 责任编辑：史晋鸿<br>书籍设计：张永文 |

出版发行：山西出版传媒集团·北岳文艺出版社
地　　址：山西省太原市并州南路 57 号
邮　　编：030012
电　　话：0351-5628696（发行部）
　　　　　0351-5628688（总编室）
传　　真：0351-5628680
网　　址：http://www.bywy.com
E - mail：bywycbs@163.com
经 销 商：新华书店
印刷装订：山西万佳印业有限公司

开　　本：890mm×1240mm　1/32
字　　数：220 千字
印　　张：9.625
版　　次：2015 年 11 月第 1 版
印　　次：2023 年 6 月山西第 2 次印刷
书　　号：ISBN 978-7-5378-4566-3
定　　价：55.00 元

本书版权为我社独家所有，未经我社同意不得转载、摘编或复制

# 第一章

1941年农历四月初的一个晚上，二十七岁的父亲跌跌撞撞拼命地奔跑在河东大地上，他气喘吁吁，不住地回头张望着，虽然他感觉到很累，胸膛都憋得快要炸开了，但他却不敢停下来，甚至不敢丝毫放慢脚步，还是咬着牙狂奔着。终于，当他离开了崎岖的山间小道，跑出了山口，拐到一条宽敞的官道上时，听到身后追赶的脚步声渐渐地远去，随之慢慢地消失了。他仍然没敢停歇，在悄悄地绕开了路口的炮楼后，又咬着牙奔跑了一会儿，觉着确实安全后，才近乎虚脱般长长地喘了一口气，略略地放慢了脚步，便拐入一条田间的小路，一脚高一脚低地走了一会儿，确认背后没有人追踪了，这才在一片长势茂盛的麦田边坐了下来。他先是摸了摸缠在腰间的那个沉甸甸的包裹，还在哩，紧紧地用一根皮带缠在腰间。他的心略略地放下了一些。他心里清楚，因为河东这一带是日本人占领着哩，在前面不远处的南同蒲公路的路口上，就矗立着日本人的一座碉堡，老百姓叫它炮楼子。年初的时候，恰逢日本人的什么"忘年节"，内线送来情报，说炮楼里的日本兵一大早都赶回河东城里过他们那个"忘年节"去了，剩下的只是一个小队的皇协军。稷王山抗日独立大队就想利用这个时机端掉这个封锁着南同蒲要道的据点。

却没想内线情报失误，那些日本兵回去后又在天黑前很快赶了回来，前后也就一天的工夫。大概日本人也知道这个通道的重要性。等稷王山抗日独立大队趁天黑摸到炮楼子那儿，还没等发起进攻，就被日本兵发觉了，炮楼顶上的探照灯照得一片雪亮，两挺歪把子机关枪泼水一般横扫过来，一下子就打倒了好几个队员，有两个当场死亡，还伤了好几个。后来炮楼子里的日本兵和皇协军自恃武器好，兵力多，还肆无忌惮地吆喝着追了出来，一直把稷王山抗日独立大队追到了山口，这才在后面骂骂咧咧地放他们逃进山了。那一仗损失应该说挺大，而最主要是对稷王山抗日独立大队的队员们心理上造成了打击和伤害，觉着日本兵就是军事素质高，武器也好，枪打得很准，边追边开枪，在移动中射击，还枪枪打得中目标。而我们的装备确实太差了，作战素质和能力也不是日本兵对手。所以在这一段时间里，稷王山抗日独立大队的弟兄们也轻易是不离开山区根据地的，所以他们也就只能是追到山口那儿了。

　　父亲又不由在心里嘀咕着想，也许，赵克义大队长应该给带人追自己的那个干部打个招呼的，象征性地追一追也就行了。但看这阵势又似乎不像，不然，他们咋会紧追不舍，就像块狗皮膏药紧紧地黏着，好几次眼看着就要追上了，父亲都听到了他们的喘气声和说话声，而且他们竟然一反常态，一直追到稷王山口上才停止。而且父亲竟然听见在追赶自己的人里面有那个在稷王山独立大队里管后勤当保管还兼着伙夫的同乡孙天贵的声音，他一路咋咋呼呼地边追边恨恨骂："哼，我……我早就看出来咧，姬金荣这厮货自小就在河东城里当掌柜的哩，自小就享受惯咧，哪儿过得惯咱们根据地苦日子，根本不安心哩。他好几次就当着我的面说不想抗日不想在独立大队里干咧，说还不如回家种……种田，当然就更不如去做他的掌柜哩。这倒好,竟然开小差跑咧!可你跑就跑,咋还偷走咱们独立大队里让我保管的金条,天爷呀,这不是让赵大队枪毙我哩,让我活不成吗!不行,我非要抓住他,把金条要回来。不然,我真要给冤死咧……"后面的话被风声吹散了,但能肯定,孙天贵骂出来的绝不是甚好话,是狠话!

这回还真有点麻烦了!

一阵微风吹了过来,早已湿透了的褂子让父亲感到脊背上有一阵冰凉慢慢地滑了下来。随即便有一阵麦子淡淡的带着些微甘的清香钻进了他的鼻孔里,这股清香的味道让他脑子里怔了怔,似乎记起了什么来。他扭身拽过两棵麦子来,在手里掂了掂,感觉到穗子有点儿沉了,略微弯了下来。麦芒也已硬硬的,挺扎人了。他用手拽了两棵麦穗,放在嘴里嚼了嚼,里面还没有形成麦粒儿,但一股带着青涩味的馨香便弥漫在嘴里了。父亲这时就记了起来,今天是二十四节气里的"立夏"。他从地上弹簧般跳了起来,抬头望了望,天空黝蓝,尽情地伸展开去,在东半边天上挂着那如同镰刀的上弦月,父亲的眉头略微蹙了起来,嘴里带着一股焦虑自言自语般念叨着说:"立夏,立夏,这再有二十天就要过小满咧,就该……"接着就又念出一句来:"小满一过就望麦黄哩……"

父亲念的是流传于我们老家河东一带关于麦子的农谚,后面还有一句是"磨好镰刀就扫净场"。一般"立夏"过后就是二十四节气里的"小满",说的就是小麦开始灌浆,麦子一天天开始长得饱满起来。小满一过,麦子就一天天地在变黄,那真的是一天一个样,很快地就成熟了,庄稼人就要把割麦子的镰刀磨快,把打麦子的场院打扫干净,准备收割麦子打麦子了。就在这个时节,站在麦田边上,眼前那真的是麦浪翻涌,一片金灿灿,麦香随风飘散,让人陶醉。而这两句谚语带给庄稼人的是一种收获的前景和丰收的喜悦,庄稼人苦劳苦作艰难了一年,盼得就是这个日子哩,用句庄稼人最朴实的话说,就是"这一下娃娃家有白馍吃了"。

要说起收麦,那可真的是我们河东一带比天还要大的事情哩。在我们的生活中,许多人操心着国家的命运,关注着中国的前途。只有庄稼人两眼盯着土地,关心着庄稼的收成。到了麦收季节,那可真的是学校放假,商店关门,机关干部也都下乡驻村,说是指导夏粮抢收哩,我们那儿也叫"龙口夺食"。因为到了收麦子的五月里,偏又是雨水多季节,还多是狂风暴雨。所以一定要赶在龙王爷下雨之前把麦子收割回来,然后快碾快打快晒,然后等到把公粮交了,庄稼人把麦子分到家里了,所有的人才会松下一口气来。我记得那会儿还有一句话,叫"麦子一黄,绣女下床"。也有的说"新媳妇下床"。总之,不管你平时是做甚的,到那会儿都得参与到收麦子的劳动中去。我自打懂事起,就每年都积极参与了收麦子的劳动,先是拾麦穗,接着是用耙子搂麦,到十三岁的时候,就加入到割麦子的行列中了。我割麦子在生产队里还是比较快的一个人,因为我年龄小些,腰部软活,除了手上的力量不是很足外,其他的不比那些壮劳力差。常常两里长的麦垄,我不直腰能一直割到头。而且麦茬还割得很低,常常受到大队和公社里来检查的领导们的表扬。麦茬割低是因为麦草还要喂牲畜哩。收麦子那会儿,虽然挺累,但确实让人挺激动挺兴奋的……

啊，我的故乡河东大地，坐落在黄河岸边，山环水绕，平畴万顷，真是一块物华天宝之地。尤其是每年的农历五六月间，正是冬小麦成熟收割的日子，那可真的是十里金黄，十里飘香，汇成了一片金黄色的海洋。有一首歌这样唱："麦浪滚滚闪金光"。那真正准确地描述出麦子成熟时的情景了。微风激荡，阳光灿烂，蓝色的天空飘动着一朵朵丰腴洁净的白云，也像是在跳着丰收的舞蹈呢！

被誉为"麦棉之乡"的我的故乡河东大地，享受的是大陆性温带气候，紧邻黄河，除了大量的黄土滩涂外，就是大片大片广阔的黄土高原台地，蓄水保墒能力很强，尤其是冬寒期短，无霜期长，春季升温快，光照充足，特别适宜小麦生长。我曾记得读过一位姓贺的粮棉专家写的文章，说在黄河流经的甘肃陕西山西河南山东等省份，凡用麦子白面做成的馒头、面条、各种饼子都非常好吃，一旦离开这几个省，同样是麦子白面，但做出来的味道就变啊。他提了个问题，问是因为什么？是因为离开了黄河水的浇灌了吗？

其实，他在设问的时候，就已经回答了这个问题了。

当年曹操就把河东之地称为"股肱郡"。他在多年的征战中，几乎所有的军粮全仰仗河东一带筹储；在唐天宝初年时，河东道正仓储粮就达三百五十万石，位居全国第二；北宋天禧元年，南方遭灾，仅河东郡就调出粮食三十万石，以济灾区……至明末清初，河东一些地方的小麦亩产已达三到五石左右了。

同时，在我的故乡河东大地上，多少年，我们的父辈们不断跨越穿行在这无边无际的麦田里面，咀嚼着麦子的馨香，吸吮着麦子的营养，精忠报国，英勇奋战演绎出了一幕幕史诗般慷慨悲壮、不甘屈辱、抵御外侮、追求真理的大剧呢！

好了，我接着讲我的父亲，讲他咋的如此仓皇地从稷王山抗日独立大队逃出来，此刻他又打算做什么去？难道是他真的忍受不了稷王山抗日独立大队的艰苦生活，又想去河东城里做他那棉花店的掌柜去吗？

其实，我真正知道父亲曾经"开过小差当过逃兵"和"当了叛徒"，并且还在逃到河东城后，当上了日本人推行"大东亚共荣"组织成立的河东城"共荣商会"会长的这段历史，还是在那场史无前例的"大革命"时期，有人贴出了大字报揭发出来，随即父亲就遭到了造反派的疯狂批斗和殴打。我曾很认真地质问过父亲，这一切都是真的吗？你为什么要逃离革命队伍去当叛徒当逃兵？父亲开始总是以"你还小哩，这些事情告诉你，你也弄不清楚"来搪塞我。后来，直到父亲病得已经下不了炕的时候，这才断断续续地告诉了我一些他为甚要离开稷王山抗日独立大队的原因，他说这是他和乡吉特委员兼稷王山抗日独立大队的大队长赵克义私下里商量好的，让他潜入河东城里，替稷王山抗日独立大队购买一批粮食和布匹，还有枪械弹药。原来在那一个时期里，由于日军封锁很严，在河东一带实行并村制度，公路上都修了炮楼，各村镇都成立了维持会、自卫队，独立大队的活动遇到了很大困难。再加上阎老西也为了防共限共的需要，在晋绥军控制区实行了编村制，也组织了所谓的"公道团"，稷王山抗日独立大队的活动范围受到了极大限制，甚至缩小到了稷王山那一块不足十多公里的地方，给养遇到了前所未有的困难，稷王山里面本身粮食产量就不高，老百姓自己的粮食都很紧张，日子过得很是苦焦哩，主食是小米，平时根本没有菜吃，大部分老百姓吃的是一种自己泡的酸菜，父亲说他刚到稷王山时，有一次到一个村子里去，老百姓还是招待他这位客人哩，才拿出那酸菜让他吃，放到嘴里一嚼才知道，那根本就不是菜，是摘下的树叶子腌泡的。

没有粮食，老百姓无法生存，部队也无法生存，更无法打仗。父亲说，那会儿稷王山抗日独立大队不但缺乏枪和子弹，而且根本买不到粮食和布匹，无法制作军装，许多战士一年多了还是参加独立大队时发的那身衣服，又脏又烂。而一些刚参加的战士，还一直穿着来时就穿的那件老百姓的衣服。这真应了国民党部队嘲笑他们的那句话"土八路，胡尿闹，一身虱子两脚泡。军装如同破棉袄，打上两枪赶紧跑"咧。就连根据地老百姓也觉着他们不像个部队，说他们连自个都养活不了，咋能去打日本人嘛！

所以，赵克义和当时任副大队长的父亲商量后，决定由父亲潜回日本人占领下的河东城，利用他曾在河东城当过棉花店掌柜的身份和便利，想尽一切办法先给稷王山根据地的抗日独立大队购买一批粮食和布匹。

我还是不解，问："那你咋要逃跑呢？还有那么多人追你？"

父亲说，独立大队曾有几次组织出山筹粮，但都遭到敌人伏击，粮食没筹到，还牺牲了好几名战士，其中还有一名中队长。当时他和赵克义都怀疑独立大队里混入了敌人的奸细，但又一时查不出来，为避免他到河东城后遭受敌人怀疑，就让他在逃走时"偷"着带走了独立大队的仅有的十五根金条，这样就说他是过不惯独立大队的艰苦生活，打算重新回到河东城里做生意，想用那十五根金条做本钱哩。

所以说，这件事情，是他和赵克义大队长私下里商定的，也只有他和赵克义大队长两个人知道是咋回事。

我说："那你咋不去找那个赵克义，就是你们稷王山的那个大队长，咋不让他出面做证呢？他一出面一做证不就都明白咧？"

听我这样说，父亲垂下了头，半天才说，赵克义大队长在一次作战中，中了日本人的毒气，牺牲了。而且那次战斗，竟是掩护接应在中条山和日军作战时突围出来的国民党十七路军一部西撤，在河津的禹门口渡过黄河转移到韩城的，并且那场战斗使稷王山抗日独立大队几乎全军覆灭。

关于稷王山抗日独立大队（那会儿已改为独立团了）掩护接应十七路军撤过黄河的那场与日寇的殊死惨烈搏斗，我将会在有关文章里详尽叙述。为不打破行文的规范，我还是先讲父亲在"逃"离稷王山抗日独立大队后的情况吧。

父亲那晚并没有急着贸然进河东城，他并没有大意到那种程度。虽然他知道在河东城里有落脚的地方，因为在河东城里还有他们姬家的商号铺面，就是他原来当过掌柜的那个先叫作"棉丰堂"，后又改名为"艾姬有限公司"的棉花粮油店。虽然停业了，却并没有彻底的关门大吉，现在还是自己的本家侄子姬立业在打理着，说白了，也就是看着门面吧。自从父亲接受河东特委的指令悄悄到稷王山，和赵克义共同组织暴动，先是成立了稷王山抗日游击队，后又改名为稷王山抗日独立大队后，"棉丰堂"就没有再做过大宗的生意，也就是只经营一些小宗的棉花和粮油生意。对外面就明着说，就是掌柜的和那个合作开办"艾姬有限公司"的德国佬到南方去了，找那边的货主要钱去了；暗地里就叹一声，说日本人占了河东城，把棉花作为军用物资统一收购，生意做不下去了，只好关门避祸，那合作的德国佬洋教士也跑回国了，没有人保护了。旁边的店铺掌柜们有的幸灾乐祸般说，叫你靠着洋人挂外国旗，也有倒塌的一天哩！也有的就在暗地里竖大拇指，说人家姬金荣掌柜就是有骨气哩，宁愿不做生意，也不给日本人统一收购咱们的棉花，让他们运往他们那个穷小岛上去，好让他们穿上用咱们棉花做的衣服，又耀武扬威地跑来欺负咱中国人！

父亲就在想，要是自己这次又回到了河东城里，重新把"棉丰堂"开张起来了，他们又会说些什么呢？

不想这些了。父亲很快地调整了一下思路，决定还是先回家一趟，看一看自己的父母亲，也就是我的爷爷和奶奶。但令父亲没有想到的是，那天晚上的家里会有一场灾难在等着他。

我的爷爷姬鑫成和奶奶就在那天的晚上同时离开了人世。

滔滔黄河一路奔腾咆哮，裹挟着黄土高原上的大量的泥沙，从大禹爷治水时劈开的晋陕峡谷汹涌而出，势不可挡，但流到了河东一带后就似乎是困了，乏了，有些精疲力竭，需要喘口气了，于是就在河东这片大平原上减缓了速度，漫漫流开来，变得十分温柔地向前淌去了。水的流速一慢，泥沙就沉淀了下来，这就给这一带的黄河两岸留下了大片的河滩地，约有七十多万亩。而这黄河滩地由于淤积时间长，土质特别肥沃，加上河滩上的阳光充足，光照好，地下水位浅，不受塬上旱灾影响，特别适宜各种农作物生长，可以说是种啥长啥，而且一年之中不用管理，都会丰收的。尤其适宜种小麦和棉花，所产小麦籽粒饱满，含淀粉质量高，磨出的面粉白，拉力强；而所产棉花更是以色泽好，绒度长见长，产量也高，每亩滩地的棉花产量都在百十斤以上，居全国之首。我曾在民国时编撰的《河东志》上看到这样的记载："河东蒲解各县，本属产棉区域，而尤以滩涂为最。大约无村无种棉之户，有地百亩者，即种棉六七十亩，以是商人货之四方。岁数以百万斤计。……盖黄河东沿岸之万泉、荣河、安邑等县之人生活专赖产棉，使以滩涂尽种棉花，自获丰矣。棉花丰收则衣食用俱足，否则立呈艰困之象。沿岸风尚，大有宁可不种粮，而不肯不种棉者也。"

我家就在黄河东流拐弯处的河湾镇。听村子里的老一辈人说，我家还真算得上是河湾镇上的大户哩。不知应该从祖上的哪一代算起，就开始在黄河滩涂种植棉花和小麦，又在村子里最先买来两台脚踩的轧棉花机开始轧棉花，渐渐就做成了棉花大户，积攒了一些银子。到了祖爷爷姬耀祖这一代，不但在村子里开办起了一个有十多台轧棉花机的轧花厂，还在河东城里开办起了首屈一指的棉花店，专做棉花生意，也兼做一些粮油的收购调卖，号称"棉丰堂"。就在河东城里的沿河街上盖起一溜五间排开的明亮的两坡幅大瓦房，后面还有一个大院子，靠北的中间又盖着三间大厢房，这是接待客人的地方，一般生意也都在这里谈，所以在门上挂了块大匾，上面请当时河东城里的清朝最后一批老进士里一个叫袁东坡的写了"棉丰堂"三个大字；东西两边则分别是管事和伙计娃们住的厢房了，比起中间的三间大厢房就稍稍地矮了七块砖，这是有讲究哩。在民间有这么两句俗语说："中间高不算高，两边高了压断腰",说的就是四合院子盖房时的讲究。然而好景还是不长,到了我爷爷姬鑫成这一辈,虽然棉花还在种植,收成也还不错,我家却开始慢慢地走起了下坡路。

我爷爷姬鑫成是我们姬家户的独生子,也就是祖爷爷姬耀祖的独生公子。还是听村子里的老人们讲,爷爷自小身体就孱弱多病,人长得很瘦小,戴顶镶了颗绿钻石的紫色瓜皮帽,翘在后面的小辫子细得像根干蒿草,从这一点上说明他头发也不好,一个人的头发不好,在某种程度上说明了他的身体某部分有毛病。村子里的老人们对我说,你爷在外人的眼里看来,就不像是个大户人家长出来的娃,倒像是在受苦人家里饿出来的。

爷爷姬鑫成长到了十八岁上,祖爷爷姬耀祖就赶紧给他说了媳妇儿,娶的是坡下村一户地主的二闺女,长得鼻梁挺直,眼睛溜圆,还上过几天私塾,识文断字。爷爷姬鑫成好生欢喜,扔下河东城里的"棉丰堂"回到家里,整日里和新媳妇如胶似漆般快活。家里人盼他赶快为单传的姬家生下个儿女来。但不知咋的,爷爷虽然夜夜努力耕种,眼眶子都陷下去了,但奶奶的肚皮却始终是平平整整的一块,毫无反应。祖爷爷姬耀祖就叹息着念叨说:"这种庄稼不能光看行儿,娶媳妇是不能光看样儿哩。"

家里人怕断了姬家香火,就不断地让爷爷姬鑫成带着自己的媳妇,也就是奶奶四处求医问药,上庙拜佛,辛辛苦苦做棉花生意赚来的银子被那些"野路"医生骗去不少,还扔了许多给古刹寺庵,但却均无功而返了。

正当我祖爷爷姬耀祖考虑着是否奶奶身体方面有缺陷,不能生育了，打算再给爷爷姬鑫成娶回一房媳妇时，有人悄悄地出了个主意，让祖爷爷到河东城里的天主教堂里找那个从德国来的传教士艾瑞略，说他有办法治这种病。于是，爷爷姬鑫成就带着奶奶，还有他那盼孙心切的老爹姬耀祖，坐着骡子拉着的轿子车，来到河东城里，找到建在城关的那座教堂，让那个长得像磨出来的头茬麦子面一样白，挺着一个尖鼻子，却瘦得如同个高粱秆样的德国洋教士艾瑞略给奶奶把脉看病。只见那艾儒略毫无顾忌地把奶奶的袖子拉起来，然后就伸出雪白的手指在奶奶那藕一般的胳膊腕上随意摸了半天，沉思了一会儿，然后就把祖爷爷和奶奶还有其他人都打发出了屋子，然后让爷爷姬鑫成本人褪下裤子，用他白净的手在爷爷的胯间摸索了半天，又不住地摸索揉搓爷爷那男人的物件儿，他的这些毫无顾忌的动作既让爷爷姬鑫成羞愧万分，也让他心生恐惧，不知所措。只见那艾瑞略摸索良久，又端详了爷爷那物件儿良久，这才去洗手，不断地往手上搓着肥皂，当地人叫洋胰子。然后让爷爷叫进来祖爷爷姬耀祖，直截了当地说："女人，没问题，能生；男人，就是他，有问题。"说着，用沾满洋胰子泡沫的手使劲地点了点爷爷姬鑫成，那泡沫就甩到了爷爷的脸上。

爷爷姬鑫成和他的老爹，就是我的祖爷爷姬耀祖一听此话，顿时惊得犹如晴天霹雳，半天说不出话来。那会儿的乡下，生育问题如果是女人方面的问题，那就可以考虑更换女人或者再续娶一房了。可如果是男人的问题，那就是根本问题了。总不能也更换男人吧！

我曾在写作此文时，有一次回到河东城里，专门打听过那个来自德国的洋教士，也去寻找过建在城关的那个洋教堂。结果不用我说大家也能猜得出来。城关早已经不是城关，而是城中心地带了。一座座高楼拔地而起,组成了一片水泥的森林。但还是有老人记得那座洋教堂的,说那是在我们河东一带建的第一座洋教堂,正式天主教堂,归北京教区直辖。他们说那个德国人艾瑞略也不是什么好鸟,利用办教堂传教的机会,也在河东一带骗了不少钱财银两的。据说他离开河东城的时候,雇了两辆骡马大车拉他的东西。而他来的时候仅穿着一件黑色的长袍,提着一个手提箱子,手里捧着一本厚厚的书,净是外国字母,谁也看不懂。

其实,爷爷姬鑫成和他老爹,就是我的祖爷爷姬耀祖一踏进教堂的时候,艾瑞略就一眼看出来这对父子是有钱人,而且很快地就让他的仆人打听到了这就是河东城里"棉丰堂"的掌柜。所以,他知道又要稳赚一大笔银子了。他先故意让这一对父子着急了一会儿,用的是中国人孙子兵法里三十六计中的"欲擒故纵"一计,然后擦拭干净手后,又踱过来和颜悦色地对他们说:"你们不要惊慌,也不要着急,这种病我是可以治疗的,是上帝派我来救你们这些犯下罪恶的人的。"说完这些,艾瑞略又看了他们父子俩两眼,似乎在揣摩着他们父子俩的心思。他压低声音说:"治疗这种病,是需要时间,也需要金钱的。"

对于祖爷爷姬耀祖来说,此时哪里还把金钱放在眼里呢?祖爷爷姬耀祖恨不得趴在地上给艾瑞略磕几个响头。他说:"你只要能让我早日抱上孙子,多少银子我都愿意给。"果然,第二天一大早,祖爷爷姬耀祖就打发爷爷姬鑫成带着伙计给艾瑞略送去了三百两银子。然后拿回来一些用纸包着的白色的和黄色的药片。艾瑞略叮嘱爷爷姬鑫成,每天晚上在和媳妇行房事前半个小时吃下去,白色和黄色各一片。

爷爷姬鑫成遵照医嘱吃了那白色和黄色药片,果然感觉和平日不一样,自觉雄风无比。这样不到两个月的时间,奶奶就宣布有喜了。于是就从那天起,全家人就像伺候正宫娘娘般伺候着我的奶奶,每天就像捧鸡蛋般捧着,地是绝不让下的了,厨房也不让进了,就连一些针线活也不让做了。而且祖爷爷姬耀祖这时候还做出了一件十分不近情理的事情,就是为确保孙子平安,让自己的婆娘,也就是我的祖奶奶搬进了奶奶的房间里陪伴儿媳妇一块儿睡,让爷爷住进了旁边的小厦里。然后随着时间的推移,奶奶那原本平坦的肚皮就一天天地在隆起了。到了第二年的秋天,奶奶就顺利地产下了一个男婴,也就是我的父亲姬金荣。

但是,俗话说咧,甘蔗没有两头甜,世界上的事情就是这样子的。由于爷爷姬鑫成长时间地看病求药,为了延续姬家香火奔忙,根本无暇打理"棉丰堂"的生意,那些个管事和伙计娃们则乘机假公济私,买空卖空,中饱私囊,棉花生意在河东城里越来越差,加上伙计娃们没有了管束,做起生意来不像以前那样见了客人恭敬有礼,不但变得带搭不理的,还时常和客户起冲突,有一次竟然打了一个来卖棉花的客户,使"棉丰堂"在河东城里的信誉也一落千丈,来进行买卖棉花的客人越来越少,收入日渐减少,入不敷出,于是就裁减了不少人,伙计娃也由一百多人减少为十几个人了。

这样就可以从表面上看出来,我们这个好端端的大户人家开始走下坡路是由于奶奶的生育问题引起的,主旨是为了不断姬家的香火,从而忽略了姬家的生意。

其实,祖爷爷姬耀祖自从自己的独生子,也就是我的爷爷姬鑫成耕种成功,奶奶怀胎十月顺利产下父亲后,他就开始要将精力转移到生意上来了。他也要爷爷姬鑫成不能再沉湎于儿女情长,光把心事用在奶奶身上了。要说也真是,奶奶自从生下了父亲,更是变得丰盈水灵了,让爷爷姬鑫成不思生意,终日在奶奶身上使劲头用精力。祖爷爷就语重心长地告诫爷爷姬鑫成,好男人要做大事情哩,首先要明白"吃穿"二字。祖爷爷还老学究般捋着下巴上稀疏的胡子,念了两句他上私塾时记下的两句诗:"男儿何不带吴钩,直取关山十五州……你如今虽不用考取功名,但家业还是要顾的。"他要爷爷姬鑫成把精力和心思转移到棉花和粮食生意来了。如果认认真真地用上两年功,姬家的生意在河东城里重振雄风并不是没有可能的。

祖爷爷姬耀祖虽然年事已高,但还是心里清楚明白,一个家业就要不断地去创去挣的。生意也是这样,只要流动起来,就能在河东城里重新树起"棉丰堂"的招牌来。

爷爷姬鑫成人虽然长得瘦小,但心眼儿却不小,尤其做起生意来更是灵活,不比祖爷爷差。他先是换了几个伙计,重新招了一批年轻人。只留下了两个管事,其余几个都打发回家了。按照祖爷爷姬耀祖的想法,把几个吃里爬外的管事也一并打发掉。但爷爷姬鑫成自有他的道理,伙计娃好说,但培养出一个好管事需要时间。打发走几个,留下两个,让他知道掌柜的还是信任他们的。果然,这两个留下的管事竭尽全力打理生意,每天带着伙计娃背着搭子走乡串村收棉花。秋天里,来卖棉花的车和担子又开始在"棉丰堂"大门前排长队了。半年时间后,生意就呼啦啦恢复了元气。

到了民国十年,也就是1921年5月的时候,陕西军阀郭坚率领队伍渡过黄河，向河东一带发动进攻，说的是打土匪来，却沿途滋扰，在打进河湾镇后，就开始挨家挨户进行划饷，实际就是抢钱。郭坚手下的一个团长带着几个横着枪的陕西"愣娃"来到我们家，张口就是一千块现大洋。那个长了一张娃娃脸的团长开口叫祖奶奶"婆"，叫祖爷爷"爷（ya）"，语气十分诚恳地说："我的娃们背井离乡过黄河来给你的山西乡党打土匪哩，你们就给我的娃们发点饷嘛，总不能叫娃们去喝西北风嘛。你看你这屋修得多气派，看上去就震人哩嘛。所以说一千块不算个甚哩。"话听着像是哀求，可那几个兵却端着枪横眉立目的，而且听后面那句话，给你家要一千块算是要少咧！

与此同时，河东城里"棉丰堂"里的库存棉花和粮油，均被郭坚的队伍抢掠一空。就连村子里轧花厂里那些轧了和没轧的棉花，都被郭坚的队伍搜刮一空，还砸坏了好几台轧棉花机子。

两个多月后，陕西督军陈树藩为消灭异己，密电约山西督军阎锡山共同围攻郭坚部。于是，侵入河东的郭坚部队遭到山西阎老西大部队的围攻讨伐，死伤惨重。除郭坚本人带着少数亲信乘船逃回陕西外，剩余大部分被歼灭于黄河滩上。

于是，阎老西的队伍也找上门来，他们说郭坚的部队是叛军，是跑到我们山西来抢掠滋扰百姓的。现在被我们打败了，赶过黄河跑回他们老家去了。我们是来保护咱们山西老百姓的，尤其是保护你们这些富人生意人的。你们是最大的受益者。但你们不能白白受益，让我们的军人白给你们流血出力，所以，你们要拿出两千块大洋的军饷来。那个上门来要军饷的旅长说着，还要求再给他私人二百大洋。他威胁说："听说你们还给了叛军一千大洋的军饷，这事要让阎督军知道，全家都要杀头的哩。我就替你们瞒了吧。"

要说我们姬家的生意这几年元气是有些恢复了，但那也是有数的资本，况且这些资本都用在了收购买卖棉花和粮食的流通上了。先前被郭坚部敲去一千银圆就已经是捉襟见肘了，现在阎军又来要两千大洋，如何拿得出来？再说咧，兵荒马乱的年代，各路军阀风起云涌，你方唱罢我登场，来的不是虎就是狼，如此下去，何时是个头呀？我们姬家也没有这么雄厚的实力呀！被逼得已乱了方寸的祖爷爷姬耀祖用尽力气拍着干瘪的胸膛冲着那个阎军旅长大叫着喊了声："要钱没有，要命一条。我这条老命就给你们阎督军咧！"话一说完，一口气没上来，人就不行了。

谁知我祖爷爷姬耀祖的丧事还没办完，河东公署的专员又派人上门来征税和收军粮了。随后，就有什么经营税、人头税、保安税、保民税、保棉税、保粮税、保水税、保险税、保土税、保苗税、保康税……这许多的税算下来竟有二十多项，只听管事不停地在拨打着算盘珠子，每一声都如同一把鼓槌，重重地敲在爷爷姬鑫成的心头上，震得他心脏一阵阵发颤。等管事的算盘珠子不响了，爷爷姬鑫成发现，光这些捐税就还得大洋三千六百块。

这还只是说得出口的，挂在明账上的钱，那背地里的黑钱呢？

还时不时地有土匪上门……

听老人们讲，那会儿可真是个乱世界哩，除了打着各种旗号的队伍，土匪也是多如牛毛。我记得小时候常听母亲念这么一段顺口溜，我们那儿土话叫"瓜句"，就是说土匪的："黄河岸边胡闹腾，出了几个滩大王，樊老五、徐敬祥，还有一个贾子岗。自从冒出个雷哼哼，鸡飞狗叫不安宁。"

这首顺口溜里面所点到的几个人，都是黄河滩上的土匪。他们在我们那富裕广阔的河东大地上，杀人越货，上蹿下跳，最哥们也最无耻，最义气也最下流，演出着一出出最豪情万丈也最王八蛋的大戏。

父亲告诉我，爷爷姬鑫成当时真被逼得是一筹莫展，万念俱灰，死的心都有了。看上去我们姬家是家大业大，排场不小，可哪经得起这样折腾呀，哪经得起大大小小各级衙门这样趋之若鹜的都来啃我们姬家这块并不肥的肉呀！据说，爷爷姬鑫成那些日子里愁得不行，一个人真的跑到那绕村流淌的黄河边上打算跳下去，一了百了，可也就在他将跳没跳下去的一刹那，有一个人及时地出现了，是这个人救下了爷爷姬鑫成，也可以说是救下了我们姬家。

这个人就是后来闻名河东一带的革命先烈康杰。

关于康杰的生平，这里简述一下。他曾两次留学日本，回国后先是参加了同盟会反对帝制，后来就加入了中国共产党，是河东最早的一批中共党员，多次组织稷王山和中条山暴动。后在延安抗日军政大学学习。然后又受党组织派遣到河东领导抗日。他先后任河东特委书记、晋冀豫区委游击大队长、政治委员。在1939赴延安参加中共第七次代表大会时，返回途中被敌特暗害。如今河东城里的"康杰中学"就是为了纪念他，以他的名字命名的。这些都留着以后再表吧，那也将是一部大书的。我还是继续讲我们姬家的故事吧。

那天，康杰恰好打算到河东城里创办"河东平民中学"，途经黄河边的。和他同行的竟然是那个德国洋教士艾瑞略。

康杰在劝住了爷爷姬鑫成悲愤的跳河举动后，虽然是和颜悦色，话却是批评指责。他说："面对这个腐烂的世界，死又能解决甚问题呢？再说，你这样死了，看上去是解脱了，可你的家人，你的后代，他们谁来照顾呢？你就忍心扔下他们不管了！"

几句话真如醍醐灌顶，说得爷爷姬鑫成震耳发蒙，不由坐在黄河边上大放悲声。

这会儿，那个骑在毛驴背上一直没说话的德国佬艾瑞略下来毛驴，走到爷爷姬鑫成的身边，看着他说："我认识你，我给你看过病的。而且我也知道，你的病好了。"他对自己的判断有点得意，扭头看了一眼身边的康杰，又对爷爷姬鑫成说："因为你后来不再来找我了。"

爷爷姬鑫成赶紧抹了一把眼泪，冲着艾瑞略点了一下头，说："艾……艾先生，谢谢您了。"他怕艾瑞略再说出什么来，因为那毕竟是一个男人不好启齿的毛病。

艾瑞略继续说："姬老板，下面你还会感谢我的。我刚才听了你说的事情。我给你出个主意，保证再也不会有人来欺负你了。"

原来艾瑞略给爷爷姬鑫成出的主意是和他合作起来做棉花及粮油生意，让他艾瑞略以股份式加入"棉丰堂"。但他不仅不出一分钱的股金，而且每年还要分红利一千块银圆。

听了德国佬艾瑞略的话，爷爷姬鑫成吃惊地瞪大了眼睛，半天没有吭声。他还没有听说过这种强盗般的入股方式哩。但艾瑞略自有他的道理。他这样解释说："你们中国人都怕我们外国人，我们德意志魏玛共和国的公民安全权是神圣不可侵犯的，是在全世界的任何地方都得到尊重和保护。你只要和我进行合作了，这'棉丰堂'就有我一分，也就是说有了我们德意志的一分子,就没有人,包括你们的政府敢来找你要这个要那个了。康杰先生说得很对,你们的政府很腐烂了,他们保护不了你们,反而像个土匪要来抢你们。只有我,一个德意志共和国的公民才能保护你们。你说我的股份大不大?"他说着看了一眼康杰,继续说:"就是他,也要和我在河东城里联合创办学校。没有我,他的学校就办不起来。"

爷爷姬鑫成看着康杰,想听一下他咋的说。

康杰就略带苦涩地笑了一下说:"他说得是有道理的。这就是眼下这个国家的腐朽无能,我们国民的人权就无法得到保证。暂且借用一下他们的安全权,来实现我们目标,这也算是权宜之计吧。"

爷爷姬鑫成看着这个比自己还要小几岁的年轻人,觉着他真的是很有城府,遇事不慌,很有见地。他就对艾瑞略说:"行,我就听你的。不过,我得和家里人商量一下的。"

艾瑞略说:"这个自然。不过,要说这也是你们中国男人的不好处,做什么事情总是很犹豫,有个词叫什么?对了,优柔寡断。我们日耳曼男人就这不这样子的,事情只要想好了就坚决去做。"

晚上,爷爷姬鑫成和奶奶合计了大半夜,决定就听德国佬艾瑞略的。说是和家里人商量,祖爷爷不在了,祖奶奶年事已高,不再管家里事情了。这样,爷爷姬鑫成要商量的人就剩下我漂亮的奶奶了。其实,我的奶奶也是一点主都做不了的主儿。她温柔贤淑,知书达理,以夫为尊,平时连给自己的丈夫说话都不用大声的。不管爷爷给她说甚,她最后只说了一句话:"你当家着哩,你说咋就咋。"

就在行文到此处时,恰好看到一则短文,里面把妻子分为鹰派和鸽派。说鹰派妻子不够温柔,不懂得撒娇,说话直来直去,会常常刺伤丈夫的自尊。但这样的妻子在人生的战场上却是一员猛将,关键时刻能保护老公,让丈夫无后顾之忧;而鸽派妻子在万一遇上大事的时候,会慌乱无主,软弱无助,就更不要指望她会替丈夫撑起一片天来。

我想,我的奶奶就属于鸽派吧。

于是,爷爷姬鑫成就做了决定,不管别人咋着说,他就和这个日耳曼人艾瑞略合作,继续在河东城里做开了棉花和粮油生意。只不过,"棉丰堂"的大门前挂上了一面黑、红、金的三色德国旗,"棉丰堂"也更名为"艾姬有限公司"。爷爷姬鑫成要在河湾镇上的家里照看,还要管理轧棉花厂。"艾姬有限公司"的掌柜的就换上了我那才刚满十六岁的父亲,大名姬金荣。

而"艾姬有限公司"也成为我们河东近代第一家与外国人合资的公司。不过,我琢磨了一下,似乎不能说合资,因为艾瑞略这个德国佬一分钱的资金也没有出,恰好那几年德国通货膨胀厉害,艾瑞略在中国的钱无法兑现,也就无法出资金,于是就只能如刚开始说的那个样子,是合作开办公司了。这件事情当时在我们河东城里反响挺大,说什么话的都有。有许多人就当面指责父亲说,你是个中国人,咋能在你们商店门前挂外国旗?而且还有青年学生打上门来,要拔掉那面三色德国旗。要说我那父亲,那会儿的思想就比较前卫哩。他对当面指责他的人这样说:"是哩,我是中国人,大家都是中国人。可我也是生意人。咱们做生意得有人保护才行哩,谁能保护咱们?是现在的河东道伊还是督军省长阎老西?"他把头拨浪鼓般摇晃了几下,继续说:"他们不但不保护我们，还让兵来抢我们。我问一下诸位，谁这次没有遭到陕西兵抢？没有遭到阎老西的兵抢？他们能保护我们吗？可现在，我的公司有了德国人的股子咧，看他们谁还敢来抢？一抢就是国际事件哩。咱们那烂政府，只会欺负老百姓，惹不起外国人。"一番话，说得那些来指责我们姬家的人哑口无声，他们不得不承认父亲姬金荣这个看上去还是个娃娃家年轻掌柜说的是实话哩。

至于吵吵闹闹着要来拔掉旗子的学生娃们，父亲就更觉着好对付咧。他本身就也是个娃娃家哩。娃娃逗弄娃娃，那还不容易吗？其实，我听父亲讲过的，他认为这些学生娃实际上甚也不懂，就连那面三色旗是哪个国家的他们也弄不清楚哩。他们是在听了一些大人，也就是同在河东城里做生意的同行们的怂恿和教唆，才来"艾姬有限公司"闹腾的。试想一下，你有了德国人的保护，一下子就把百分之七八十的税免咧，可他们还得交哩。就有人有这种不平衡心态，典型的"恨你有，笑你无"的心理素质。我赚不了钱，也不希望你赚，要么大家一块受欺负。

父亲就安排了几个五大三粗的伙计，先是把那面三色旗挂得高高的，娃娃们够不着。同时也往后面挂了一些，走在大街上不注意就看不到了。等娃娃们来闹着要拔掉三色旗的时候，这几个伙计就装着要去打人的样子，先追上一段，然后就从身上的口袋里掏出早已准备好的糖塞到娃娃们手里，一边说让他们也找几面旗来插上，娃娃们就更弄不清楚咧，于是就吃着糖一哄而散咧。

父亲说，那会儿的糖也就是染了各种颜色的硬块儿，连个包装纸都没有。可也只是城里的娃娃可以吃上，长在农村里孩子恐怕见都很少见哩。

父亲毕竟年轻,头脑灵活,他也不像爷爷姬鑫成那样瘦小,而是长成了一米八的大个子,用我们村子里老人的话来说:"你爹,那可真是个人样子哩。"他在接手了我们姬家"棉丰堂"商号与德国人艾瑞略合作成立的"艾姬有限公司"后,先是改变了过去坐等秋后收棉花的惯例,而是把伙计们分成几拨,不分季节,赶着大车带着现大洋走村串户下乡上门收棉花和粮食,而且因为是付现洋,老百姓卖棉花卖粮食都很踊跃,把存在家里的棉花也卖了,虽然比到城里卖少了几块钱,但却省事了。那会儿交通不便,老百姓进趟城也不是容易的事情。这样过了一年时间,"艾姬有限公司"的规模就更加扩大了,不但在河东城里成了首屈一指的大公司,同时在各县城里也开办了分号。而且在太原、包头、热河、河北一带都有了市场和货源。此时的父亲,年轻有为,成了河东城里最年轻的大掌柜,也成了河东城里第一家与外国人合作的"艾姬有限公司"的总经理。有一次,他到普济寺院进香,主持惠济方丈给他取了个字号:姬玉堂。从此,这个字号就伴随了他一生,大号姬金荣反倒没有甚人叫了。伙计们只要拿上父亲的名片,就可以出去办事了。

我小时候,曾发现了父亲留下的两盒子没用完的印着"姬玉堂"的名片,那纸质非常好。我们一帮小孩子就用父亲的名片做成扑克牌,玩起扑克了。

后来,我在《河东志》上还找到这么一笔关于"艾姬有限公司"的条目:民国十一年初,河东城第一家由德国人艾瑞略和当地人合办的"艾姬有限公司"成立。公司主要经营河东一带盛产的棉花及小麦等农业产品。

同年7月,康杰创办河东中学,亦与艾瑞略有合作……

或者说,这是我们河东城第一家跨国公司了。

当然,令父亲没有想到的是,到了民国二十七年,也就是1938年,他的公司门前又挂上了一面外国旗,这一回却是一面日本的太阳旗。

这中间的有许多的变故经历,包括父亲是如何加入的中共组织;如何成家立业,却娶了当地最大的财主的三姨太,也就是我的母亲的;如何又在准备稷王山暴动时运送武器,被汉奸告发,最后上了稷王山抗日根据地的……这些远非一句话能说明白,后面我也会讲到的。同时,有关这些章节我也曾在我的另一部抗战长篇中有过叙述。

# 第二章

日军是在1938年的3月侵入河东城的。当时在河东城里驻防的国民党晋绥军，用现在的话来说，对日军的抵抗就纯粹如在作秀一般，只是那么象征性地打了一天，然后就全面败退了下去，四散出城逃命去了，把河东城里的上万百姓丢给日本人，不管了！老百姓就叹一声说："这些老阎的兵，平时上门要起各种名目的钱来，口口声声说是为了保护老百姓哩，尤其是欺负起老百姓来，就像城门楼子上的砖，挺硬的哩。可真一遇上事，就变成了没出窑的砖，碰一下就稀里哗啦地碎尿咧！"

要说日军对河东一带的占领，可真的是让老百姓见识了兵败如山倒的情景，日军几个人可以撵得国民党一个连一个营望风而逃，连鞋子掉了都顾不得拾哩。短短的一个月时间，整个河东地区全部沦落敌手。国民党在河东的所有政权全都四散分离，拢都拢不到一起了。

而中共河东特委机关也转移到了中条山地区开展工作。不久，由于河东一带已全部被日军控制，延安决定撤销中共河东特委，以南同蒲铁路为界，以东以南地区各县委划入晋豫特委，以西以北地区划归乡吉特委。而父亲也在这次重新划归特委中，当选为乡吉特委委员，行动部长。这个消息也是他在潜入河东城半个月后才知道的。

进攻河东城的日军属华北派遣军牛岛贞雄师团，但他们并没有在河东城驻守，而是开往中条山一带，继续寻找中国军队作战去了。进驻河东城的是日军的一个联队，联队长今野正雄，被任命为河东城驻屯军司令。

华北方面派遣军司令多田骏很明确也很神秘地告诉今野正雄：鉴于他们的法西斯伙伴德国突袭波兰成功，接着，德国和意大利法西斯互为呼应，又取得了对英法作战的胜利。在这种胜利的刺激和鼓舞下，日本政府调整对中国的作战方针，做出"必须迅速解决中国事变的决定，准备在夏秋之际，进行最后的积极作战，从而全面解决中国事变"的决定由于山西的西面有以延安为根据地的共产军，南面黄河两岸有中央军第一战区的大量军队活动，"所在日占领区内，华北之晋南是唯一有蒋直系之国民党中央军残存的地区"。所以，主要日占领区域的治安情况尤以华北最差，可以说极为恶劣。东条陆相和杉山总长取得一致意见，在夏秋季须发挥综合战力，在华北实行作战，以神速的打击和反复扫荡，全歼这一地区的中国守军。现在，中国派遣军已从华中抽调第十七、第三十三两个师团，配属华北方面军行动；又从满洲调第一军，下辖四个师团，也归属华北方面军。加上其他方面的师团，总兵力达到了十多万人。

多田骏说，由于这次"解决中国事变"的"晋南会战"的作战任务紧急，从华中和满洲国征调的师团兵力行动太仓促也太快，致使后勤保障出现了断线。所以，日本中国派遣军司令部已向各师团下达了"就地征发"和"就地筹措"的命令。多田骏在介绍完形势后，非常友好关切地拍了一下今野的肩膀，说："所以，我们需要大量的军粮，保证对中国守军作战的胜利。"他要求今野从进驻河东城开始,就要为这次参加作战的华北方面军提供粮食,每个月在三百万斤左右,至少也要达到二百五十万斤以上。

多田骏还非常轻松地告诉今野,黄河流域的河东一带是山西乃至华北的粮棉产区。他用一种十分轻松的口气说:"那可真的是大大的粮棉之乡,是黄河流域的富饶之乡,物产很丰富的哟。你的不用去和支那军作战,不用去战场上流血牺牲了,只是去筹集粮食,既轻松又安全,大大的享福的有。而且,还有花姑娘……不知道有多少军官羡慕你的,就连我也很羡慕,也很嫉妒的!"

今野正雄耳朵里听着多田骏在向自己下达着命令,嘴里机械地喊着:"哈依,哈依!"但心里却在认真地算着账。在这之前他就听到小道消息,将任河东驻屯军司令,这一下子在他的心里涌动起了阵阵波澜,离开十多年后,没想到却是以这么一种身份又回到这里了。凭着他对河东一带的研究和了解。这河东地区一带辖有十多个县镇,人口共有三百多万,却分布挺广,东面靠着中条山,西南两面依的是滔滔黄河,南面与河南三门峡抵足相望。山山水水,沟沟壑壑,坡坡坎坎都有。而自己的联队的兵力仅一千五百人,就是把河东皇协军的人马也算上,也不到两千五百人。皇协军说是一个师,号称一千八百人,其实也就是一千号人的样子。今野知道那个皇协军司令杜子孝在谎报人数吃空饷,他非常看不起这种爱占点小便宜的伎俩,却故意不说穿,这里面自有他的道理的。

但是,要让这两千多人分散到河东地区的各个村镇去征收粮食,就等于是每个士兵就要向两千多个中国老百姓征收粮食的。这样一分散,就如同把一捧沙子撒到了黄河滩上，那还能收拢得回来吗？虽然大日本皇军个个都很英勇，但是，让一个士兵单独进入到河东一带的乡村里面，处在中国人中间，实力就太小了，危险可是大大的呢！

尤其是那些皇协军，他们可都是中国人，对皇军的忠诚度一直都是令人怀疑的，一直都是打着折扣的！

今野向多田骏提出了自己的担心，说每个月三百万斤的粮食征收任务压力大大的，如果一定要完成，就请再给他的联队增加五百至一千兵力。

应该说今野正雄还是了解中国，尤其是对河东还是了解的，这其中的原因我会在后面讲明的。正因为他了解中国，也了解河东，所以说他的担心并不是没有道理的。日本人一向崇尚武士道的集中精神，在人多势众的时候很有战斗力，但是处于一个人的时候，马上就怂了，就显得非常弱势了。他也知道日本人的特点和中国人的特点，如果一个人对一个人，日本人肯定不行。

在这个问题上，我也和一位日本朋友济川由美进行过交流，她说："这个可能和我们日本人特别爱搞组织起来有关。比如说吧，中国人单个的时候很能干，是一人一条龙。而日本人是十人一条龙。今天的日本人一个人有时要参加五六个组织，有了组织也就有了帮助。比如我父亲，他有肾炎，就参加了肾病协会，有什么解决不了和解决不好的问题，协会就要出面帮助解决；而他又是日本老兵，就参加了他所在城市的老兵协会；他还爱钓鱼，于是又参加了钓鱼协会。对了，他特别关心中国局势，就又参加了'中国问题研究会'。我这样说你明白了没有呢?"

我说我明白了。她虽然没有直接说,但意思我还是猜得出来。她说是日本人团结互助;而中国人不团结。

前一阵子无意中翻看朱光潜老先生的书,其中有一篇专门谈到了这个问题,就是"处群"。他在文章中这样讲:我们这个民族的优点很多,只是不善处群。"一个和尚挑水吃,两个和尚抬水吃,三个和尚没水吃"这个流行谚语把我们民族性的弱点表现得最深刻。在私人企业方面,我们的聪明、耐性、刚毅力并不让人。一遇到公共事业,我们便处处暴露自私、孤僻、散漫和推诿责任。这是我们这个民族的致命伤。

朱光潜老先生可谓一针见血!

我小时候也听村子里老人们讲,日本人只要是一个人的时候,显得特别乖巧哩,对老百姓就非常客气起来,用我们河东话说,就像是个三孙子哩。如今已八十七岁的长富老汉就告诉我,说在1940年的秋后,一个受伤掉队的日本兵躲进了村东的一孔废窑洞里,被他们几个去割草的娃娃发现了。本来他们几个娃娃吓得打算转身跑掉哩,却没想那日本兵一个翻身跪在那里,一边冲他们几个娃娃点头哈腰,嘴里叽里哇啦地说了一通。领头的生娃当时十一岁,他走到日本兵跟前,伸手扇了日本兵一个耳光,那日本兵没有反抗,还是对着他们几个娃娃点头哈腰,就类似于咱们中国的磕头了,嘴里一个劲地说:"你的大太君,我的小小的,饶命,饶命……"这是他们第一次看到日本兵抱着头求饶的情景……

我也听母亲讲过,说是在1942年的8月份,县大队在我们村南的大堰里利用高粱和玉米的掩护打了日本人一个伏击,还抓到了一个日本兵俘虏,押回村子里的时候,许多人都去看。她当时正从堰里给县大队送饭回来,一手提着剩下的半篮子馍,一手提着个瓦罐,里面是县大队战士喝剩下的米汤。当她赶过去时,看到那个日本俘虏用一个脏兮兮的草绿色床单裹着身子,只露出个头来,缩着蹲在墙角,闭着眼睛,浑身都在不住地哆嗦。完全没有了大队鬼子进村"扫荡"时的威风了。有不少老百姓喊:"报仇,打死他!"看押俘虏的县大队战士说:"不能打,我们要优待俘虏哩。"这会儿,母亲却看到了俘虏那干裂的嘴唇,塌陷的两颊,这日本兵也吃不饱哩。她舀了一碗米汤,拿了一个馍上前去递给日本兵,他却惊吓得越缩越小了,嘴里低声叽里哇啦地念叨着什么。母亲似乎明白了,就把米汤端起来,自己先喝了几口,然后又递给他,他这回迟疑了一下,接过那碗米汤,几口就喝光咧。

母亲说,那日本兵俘虏一下子连喝了三碗米汤,吃了两个馍。我们河东人蒸的馍都大哩,一个相当于现在饭店里买的那种馍三四个哩。

多田骏听今野正雄这样说,略略地蹙了一下眉头,随即又笑嘻嘻地说:"今野君,你的太高看支那人啦。大日本皇军所向披靡,战无不胜,就连支那军队对皇军都是闻风丧胆,就更不要提小小的老百姓了。倘若让他们交出点粮食就能保住平安,他们还不谢天谢地,感谢大日本皇军的恩赐呢,哪里还敢进行反抗大日本皇军呢?所以说,每个月三百万斤的粮食对今野君来说,数量小小的,轻而易举的。"多田骏又说,所有的兵力要集中在即将开始的圣战上,眼下是一个兵员都不能给他了!

今野还是在脑子里算这笔账,越算越觉着心里不踏实,他觉着一个月或者两个月征收二百五十万斤或者三百万斤粮食也许咬着牙努努力可以办到,但每月都要达到征收三百万斤粮食,那就恐怕不那么好落实了。因为这征收粮食还不比别的什么任务,这可是个实实在在的数字。如果这时候他脑子一热,"哈依"接受了,那可就算是落到实处了。到时候一旦完不成,他自己就得接受军法惩治,搞不好还得切腹以谢天皇呢!

今野可不想就这么因为征收粮食而窝窝囊囊地死了,他还不满三十岁呢。

今野斟酌着词句,小心地说:"将军阁下,我觉着,为了稳妥一些,确保方面军的粮食计划不会落空,请允许我在第一个月份里先按一百万斤粮食的征收缴纳。然后……"

多田骏的脸色开始变了,开始变得很难看,他确实生气了。作为华北方面派遣军的总司令,还没有哪一个下级军官敢对他的命令讨价还价的,而且还一而再,再而三,这样下去,命令还怎么贯彻执行!还怎样去打赢这场战争!这样想着的时候,多田骏中将嘴上的那撮人丹胡由于气恼都在微微颤抖了。

要说,在日军中,军衔等级是非常严格的。我在一本由解放军出版社出版的《反战士兵手记》书中看到一位日本反战士兵写的回忆录,里面专门讲到了日军中严格的军衔等级制:"在部队中,军衔和资历是压倒一切的。我们这些新兵,要给上级擦皮鞋、洗衣服、打扫屋子和端菜端饭,一天到晚就像个小家鼠似的忙得团团转,一天里难得有几十分钟的休息,就是行军停止,我们也无法得到片刻休息时间,被上级和老兵支使着干这干那。许多时候不得不在夜间在床上蒙着毯子偷偷地哭泣。

如果这个抽泣声被老兵听见了,就会把所有的新兵拉起来排成一列,从头至尾地来回赏以耳光。因此,有许多人躲进了厕所里去哭泣……"

而今天,一个大佐竟然敢不听从他这个华北方面派遣军司令官的命令,一再地讨价还价,还不就是仗着他祖上当年是"遣唐使",和皇室不但有交往,还有联姻,据说今野的姑妈就嫁到了皇室里,当然,具体嫁给了谁多田骏并没有打听,也不愿打听的,因为在日本军界里,对皇室并不是多么的尊重。但不管怎样,也正是这个原因,今野才这么年纪轻轻就升为大佐了!其实,像他这样的人就不该来中国参战的,太书生气了,怎么能与支那军队作战呢?多田骏也正是从各个方面考虑的结果,才让他去率队伍去征粮食的,却没想到他却如此违抗命令!放在别的军官身上,多田骏中将早就"八格牙鲁"的"三宾的给"了。但此时多田骏气恼归气恼,脸上还是尽可能地平衡着,语气却略严厉了些,说:"今野君,你太过分了。作为大日本皇军的军官,如此的不敢承担重任,如此的讨价还价,实在是令人失望,也会令你在国内的亲人失望。难道就因为你生在中国,在中国长大,受过中国人的教育,你就要对他们高抬贵手吗?或者说,你要反对大日本皇军的这场圣战吗?"

多田骏的最后一句话,就说得很重了,无疑是对今野的一个打压和警告,那就是告诉他,你若是反对这场天皇发动的圣战,不管你是谁,都要受到军法处置的。于是今野就对多田骏"啪"地一个立正,低下头说:"将军阁下,对不起,为了不影响圣战,我只是想在行动之前把困难估计得充分一些。如果局面一旦打开了,我一定会如数完成征收粮食和各种作物的数量的。"

多田骏低下头,在屋子里踱了一会儿步,然后看着今野,语气重重地说:"今野君,第一个月就先按二百万斤缴纳,不能再少了。再说,华北一带的小麦就要成熟了,河东的小麦可是出面率很高的,今野君,你想象过那抢收小麦的场面吗?我可是见过的,金黄色的小麦一片一片的,到处都是抢收小麦的人和牲畜,可是壮观得很呢。你算一下,这小麦抢收到手,该是多少粮食呢?今野君,你可要抓紧这个时机,不要错过了!"

今野又立正答道:"哈依!"但他脑子里还是在不停地翻腾着,在算着账,二百万斤粮食,不光是小麦,就是把秋粮都算上,河东一带一年又能产下多少粮食呢?

他心里还是没个底。

要说也巧哩,就在那天晚上,父亲一身汗水泥水高一脚低一脚摸回河湾镇,回到自己家的时候,已经是大半夜了。他没有想到,家里的人都还没有睡觉,而且,竟然听到了叽里哇啦的日本话!

父亲吃了一惊,这是咋回事?家里咋会有日本人?

父亲蹑手蹑脚地进了院子,一眼看到院子里站着许多人,从屋子里透出来的灯光里,他看见大部分都是村子里的人,还有几位是在我们姬家当帮工的,也叫"打短",就是家里有事情临时找来帮一段时间的忙,因为我们家在村子里开着轧棉花厂子,所以是少不了帮工的。同时又因为轧棉花也只是秋后的一段时间比较忙碌些,不可能一年四季都轧棉花,所以也就只能是临时叫帮工了。不过,父亲竟然发现在这些人中间,站着几个穿着黄衣服,戴着护腔帘帽子,扛着长枪的日本兵。

父亲就呆住了,一时不知道家里到底发生了什么大事情!

这时，一个叫文娃的帮工认出了父亲，就过来说："哟，是少爷，少爷回来咧？"

听见文娃这样叫，村子里的人就围了过来，七嘴八舌地和父亲打招呼，问候着父亲。这会儿，文娃借着灯光看到了父亲一身的泥水，衣服也破烂得不像个样子，就吃惊地问：

"少爷，您不是在南边吗？这是咋咧？成了这个样样咧！"

站在院子里的那几个日本兵刚开始看到闯进来这么一个不速之客，顺手就把枪横了过来，对着父亲。但看到村子里的人都和父亲打着招呼，大概觉着对他们构不成威胁，就又把枪放了下来，但还是疑惑地不时盯着父亲看一眼。

父亲就长长地喘了一口气，脑子里迅速转了一下，说："嗨，回来的半路上，遇到劫道的咧！"

众人一听，都围了上来，说："是土匪？"

父亲说："大概是，反正有……有枪哩。冲着我打了两枪，没打住。多亏麦子长高咧，我一直顺着麦垄子跑，这才跑掉咧。"父亲边想边编着说，似乎连他自己都觉着真是那么一回事儿了。

文娃一听，就失眉吊眼地叫了一声，说："哎呀哩，您说这世事是咋尿的咧，净成了土匪咧！"他叫完就带着哭腔对父亲说："少爷，您就快进屋去看一下东家我伯吧，还有我奶奶哩，今个黑夜里咱家里也遭土匪咧，打伤了我伯和奶奶，还……后来，多亏来了这些日本人，把土匪打跑咧！"

几个村民也七嘴八舌地说，姬村长，噢，就是姬东家的命都要没咧！也有的说：哪里是土匪嘛，尿哩，就是县里保安队的货，上午就来村子里找村长咧，中午好吃好喝了一顿，临走还想要大洋哩。姬村长没有给，这就黑夜里装土匪来抢咧。

文娃信誓旦旦地说："我认得出来，那个领头的就还是保安队的那个队长吴天怀，他右眼上有块刀疤，尽管用黑布蒙着脸，可眼睛他没蒙住哩。"

父亲这才记起来，他老爹，也就是我爷爷姬鑫成还是河湾镇这个河东一带最大的编村的村长哩。

说起编村，这也是阎老西为维护他在山西的统治，在全省推行"民国政治"和"村本政治"的产物。就是在全省设立编村制，把几个相邻的村子划成一个大编村，设立村长、副村长、闾长等，可以代行警察的职权。其实，这个编村的村长所代行的警察职权，明白点说，只有一个，就是要爷爷姬鑫成出面向他所管辖的编村里的老百姓征收各种苛捐杂税。可是，爷爷姬鑫成所面对的都是每天低头不见抬头见的村里百姓，咋着能像县里头那些下乡来征税的，冲着老百姓吹胡子瞪眼睛，对交不起税的又打又骂又牵牛又拉羊呢？再说咧，村子里百姓日子过得都很艰难，一年里的各种税咋能掏得起呢？所以，这些各种名目的杂税，爷爷姬鑫成就都用我们姬家这些年攒下的大洋去交了。这样子几年下来，我们姬家已经破败得不成个样子咧。加之正在河东城里主持"艾姬有限公司"生意的父亲突然间悄悄离去，长时间没有消息，公司也收不到棉花，村子里的轧棉花厂也就停了下来咧，轧棉花机器上布满了灰尘，厂房里的屋角上已经有蜘蛛结下了丝网咧。

要说嘛，我的父亲姬金荣扔下河东城里的生意突然不辞而别，随之就是长达好几年时间里杳无音信，这对爷爷姬鑫成心里的打击还是挺大的。尽管坊间传着各种各样的说法,但爷爷姬鑫成心里却一直担心自己的独生子是遭遇了什么不测。不然,自己的儿子咋能说走就走了呢?连个招呼都不给家里打!就说是跟着那个德国佬到南方去咧,却也不能一去不归呀。就在爷爷姬鑫成听从河东城里匆匆赶回到村上的本家侄子姬立业,告诉了父亲突然出走的消息后,并说有人看到了,掌柜的是被一伙子蒙着脸带着枪的人抓走的,怕是被土匪绑架咧。他自然是不相信了。接着就又听到消息,说他的独生子姬金荣,也就是"艾姬有限公司"的掌柜是延安派过来的共产党,要在河东城里闹甚暴动哩,结果被省上老阎派人秘密暗杀死咧。恰巧也就在那会儿,在河东城的西厢桥洞子里,发现了一具尸体,穿着长衫,面目不清。有人就劝说爷爷姬鑫成赶紧去认一认,不管是不是心里就有个底咧。爷爷姬鑫成却一直沉默不语,既不说去认,也不说不去认,就那么一个人坐在西偏厦里,坐了一个白天,又坐了一个黑夜,不吃也不喝,瘦小的身躯就蜷缩在那个溜光的圈椅子里,加上西偏厦本来光线就阴暗,那样子真有点吓人哩。

而且不管谁进去劝说,他都是摆一下手,让这个人出去,不要打搅他。就连漂亮的奶奶进去,还未开口就也被他赶了出来。

然而,正当大家为爷爷姬鑫成这个状况手足无措干着急的时候,爷爷姬鑫成却自己从西偏厦里走出来了。他对守在门口的奶奶和其他帮工佣人淡淡地说:"套车,我得去趟河东城里。"

爷爷姬鑫成那天去就带着他的本家侄子姬立业。

自从那天爷爷姬鑫成处理完全"艾姬有限公司"的善后,安排本家侄子姬立业尽心地看护着公司的门面,这样不至于让外面认为公司倒闭咧,这就为日后东山再起留下了后路。回来后他就变得有点痴呆了,经常对一些事情答非所问，而且耳朵也有点聋，一句话得三番五次地说才能听明白。但在家里有一点，爷爷姬鑫成一直坚持着，就是每年吃年夜饭的时候，他都让往饭桌上多摆放一副碗筷，家里人都知道那是给父亲摆的，所以，一顿年夜饭就因为多摆了这一副碗筷，一下子就显得凄凉了起来，家里人都感到了一种压抑，尤其是奶奶，泪水就流个没完，所有人吃饭也没了心绪。但这又似乎成了规矩，也没有人敢提出来不要摆这副碗筷了。

在文娃和那几个帮工七嘴八舌的讲述中，父亲就知道了晚上家里遭抢的大致情形。

也就是正当他在气喘如牛拼死拼活地逃离稷王山的时候，那伙子用黑布蒙着半张脸，化装成土匪的县保安队也摸进了我们这个叫河湾镇的村子了。不过，也有人说，他们吃饱喝足后压根就没有离开村子，是在村子里的一个叫坏坏的家里躲着的，那坏坏可真的是一个土匪哩，腰里揣着用红布包起来的笤帚疙瘩，在村北的沟岔子里抢过人。这么就是说，县保安队根本上就是和土匪勾结在一起的呢。

文娃说，那会儿他刚把骡子的夜料喂过，正要回屋歇哩，就听到巷子里的狗叫了起来，先是一声，两声，接着就此起彼伏地叫成了一片。那会儿为防土匪，村子里养狗的人家挺多。于是，就有胆子大的人起来床偷偷扒在门缝里窥个究竟，就看到在黑暗里有一队人马，扛枪使棒的，直奔着姬家的那条巷子去了。那些人就在心里感慨，看样子今黑夜姬家又不得安宁了。同时他们又在心里自己安慰自己，看来人还是穷点好哩，连鬼都不上门来，能一觉睡到大天亮哩！

文娃听见狗吠得那般凶，心里也咂摸着不对劲哩，就说是过队伍吧，这黑更半夜的队伍也不歇着呀？就这样想着，他就也趸摸到大门口，刚想在门缝里看一看，就听见一阵杂乱的脚步声来到大门口，停下了。随即就有人上前来拍门，拍了几下见还不开，有一个抡起手里的枪托，"通通"地就砸开了门。

这会儿，爷爷姬鑫成和所有的人也都被惊醒了，大家也都来到了前院，还没等爷爷说出什么，就听见"扑通"一声，大门竟然被连着门框一起推倒了，一伙子蒙着脸的人端着枪就涌了进来。他们二话没说，把所有的人都集中到院子一角，也就是西偏厦那儿跪着，然后又用枪对着，一副随时准备开枪的架势，唯独留下爷爷姬鑫成一个人站在院子中间。有一个土匪（虽然他们的真实身份是县保安队，但既然这会儿蒙着脸装成了土匪，而且做的也是土匪的事情，我在下面的叙述中也就这样称他们为土匪了。）熟门熟路地进到屋子里提出了一盏"气死风"灯来，这种灯四面都用玻璃罩着，也挺结实，我们那块儿也叫马灯，因为一般都是挂在马车辕杆上，长途拉货时晚上照路的。那会儿有这种灯的人家不多，也都是有钱人家里才买上一盏两盏的，也是一种身份的象征了。只见那个土匪刚把马灯往上一举，就有一个人低了头骂道："举你妈的低点，还怕别人认不出你那尿眉眼哩！"

那土匪就把马灯放到了地上，灯光就从下往上照，站在灯光跟前的人脸就一下子拉长了，下面亮上面黑，显得很狰狞，尤其是那些用黑布蒙着脸的土匪们，就一个个就如同阎王殿里的小鬼般了。

那个蒙着脸的领头的，也就是文娃认出来的县保安队的队长吴天怀，举着手里的盒子枪对爷爷说话——他当然是压着嗓门，憋出另一个声音来，但爷爷姬鑫成还是一下子就听出来了，也就认出他来了，毕竟中午还在一起吃饭哩。

那个吴天怀哼唧着说："都听着，我们是抗日游击队，是专门打日本，保护老百姓哩。眼下正是抗日艰难的时候，我们打日本需要钱，买枪买子弹。姬东家，我也不想为难你哩，只要你拿出三千大洋，我们马上就离开这里。否则……哼！"

爷爷姬鑫成一听这伙子蒙着脸的土匪们开口就又要三千大洋，登时腿就软得站立不稳，摇晃着眼看要倒下，被身旁的两个帮工扶住了。爷爷姬鑫成努力地站稳了些，嘴唇抖动着说："长官，请高抬贵手，我们，实实在在是没钱咧！"

爷爷姬鑫成说的是实话，如今我们姬家已经真是山穷水尽了，就是上个月县政府又来编村里征收抗日税，逼得爷爷姬鑫成把奶奶的几件首饰都当了出去，又抵押了两块地，这才勉强凑齐。现在一下子又要三千块大洋，又上哪儿去凑呢？

吴天怀"哼哼"了两声，由于鼻子也用布捂着呢，就听见他的声音如同一头猪在哼哼着讨食，他迈着八字步，在院子里来回走了几步，对爷爷说："我说姬东家，姬村长，你就少在这里装穷样咧，咱这河东四周围三村五镇几百里的谁不知道你们姬家，身上掉根汗毛都比我们的粗哩。你看看你们一家子身上穿得甚？我们穿得甚？再说咧，你们家里没钱，咋会当上编村村长？哼哼，我们要你们的钱是去打日本哩，是保护你们哩，这点钱都舍不得出，把钱藏着留给日本人呀？要去当汉奸呀？"

爷爷姬鑫成浑身都在抖动着，苦苦哀求说："我们家是确实没钱咧，要是我藏了钱，天打五雷轰……"说着，求着，爷爷姬鑫成的腿一软，竟然跪下去了——

爷爷姬鑫成冲着吴天怀跪下了，而且冲着吴天怀磕头了……

父亲不止一次地这样对我说过，他从小就听爹，也就是我的爷爷姬鑫成教育他，男儿膝下有黄金哩，生下来只是一跪天二跪地三跪父母的。

而今天，爷爷姬鑫成却对着一伙子土匪跪下了！

爷爷姬鑫成的苦苦哀求变成了撕心裂肺的哭喊："长官，我家确实没有钱咧，你要是不信可以搜，要是搜出一块大洋来，任长官咋着处罚都行哩！长官，真的没有咧……"

吴天怀听爷爷还这样说没钱，顿时恼羞成怒，抬手就用手里的盒子枪在爷爷姬鑫成的额头上磕了两下，顿时爷爷的额头上就出现了两个指甲盖般的血印子。他凶神恶煞般地狂吼道："我给你说哩，要是在天亮前你不把钱凑齐，我就以汉奸罪杀掉你全家。你信不信？"他冲着身后的几个土匪摆了一下头，说："先给这个冥顽不化的老家伙一点颜色看看，烤他一会，看他给不给钱！"

几个土匪就扑过来，很熟练地扒下了爷爷姬鑫成的衣裤，几下就用绳子分别捆住他的胳膊和腿，把爷爷姬鑫成四肢拉开脸朝下吊在院子里的一棵椿树上，然后就在下面点起火，他们把这种折磨人的刑法叫"烤肥猪"。

几个土匪围着熊熊的火堆，兴高采烈地还用手里的枪和棍子把爷爷捅过来捅过去，就听见爷爷姬鑫成的一声声惨叫，在黑夜里传出很远。村子里的老人告诉我说，那天的晚上，几乎整个镇子里的人都没睡着，都听到了你爷你奶的惨叫声和斥骂声哩,那些土匪真是糟粕种,这伙子灰才真该天打五雷轰的哩!

看着爷爷的惨状,奶奶扑过去也跪在吴天怀跟前,声泪俱下地哀求他放了爷爷。

吴天怀用盒子枪拨一下奶奶的下巴,淫亵地笑着说:"早就听说姬东家的大奶奶是百里挑一的稀样人儿,还真是不虚传哩,都这么大年纪咧,看上去还是这么……哎,我不嫌你老,你就跟上我去当婆娘,也能吃香喝辣的,享福去吧。省得跟上这么个老东西,不但没尿用,还一天担惊受怕的……"

话没落音,谁也没有想到,我那个平日里看上去低眉顺眼、弱不禁风,在家里事事都不拿主意的奶奶,却一下子变得像只发疯的老虎,猛地从地上跃起身子,冲着吴天怀一头撞了过去,嘴里叫着:"你们这伙子丧尽天良的土匪,不得好死哩,等老天爷睁了眼,让龙抓了你,让雷劈了你!"奶奶竟然一下子把吴天怀撞得倒退了好几步,要不是身后有几个土匪扶了他一把,肯定就倒在地下仰面朝天了。

没想到让一个小脚女人撞成了这个狼狈相,吴天怀顿觉在众土匪面前很没面子了,他有点恼怒地对土匪们喊:"看尿不出来,这熊婆娘还挺恶哩,把她也扒光吊上去烤烤……"

几个土匪就兴奋异常地扑上来要扒奶奶的衣服,奶奶拼命挣扎,哪里是这些土匪们的对手,很快就被扒掉了上衣。这时,文娃他们几个帮工实在看不下去,就有点骚动,却被土匪们用枪逼住了。

吊在那里被火熏烤着的爷爷姬鑫成看着土匪们在欺负奶奶,在扒奶奶的衣裤,挣扎着声嘶力竭地大喊道:"吴天怀,你们丧尽天良,绝不得好死……"然后就昏厥了过去。

吴天怀一听爷爷姬鑫成叫出了他的名字，就知道爷爷姬鑫成早就认出他了，于是一下子变得更加疯狂起来，一把扯掉脸上蒙着的黑布，狂喊道："日他娘的，老子就是吴天怀，还怕尿你不成。吊，吊上去，不拿出钱来，就把你们这老熊烤熟卖钱。我看是你们命重要还是钱重要！"

正当文娃和越聚越多的村民们不知道咋着才能救下姬东家姬村长老两口，急得手足无措时，忽然听到在镇子的南边响起一阵密集的枪声。

吴天怀一惊，愣了愣，就叫跟前的土匪去看是咋回事？是什么人在打枪？

这会儿，枪声也越来越近，越来越密了。随即，那派出去看情况的土匪也慌里慌张地跑了回来，一脸的惊惶失色，语不成调地报告说："不……不好咧，吴队长，是日本人，日本人打进镇子咧。咱们守在村口的十几个人全都打死咧！日他娘的，不是说得好好的……"

这个土匪话没说完，吴天怀就抢过去一个耳光，骂道："说尿你妈的甚哩？还不让大家赶紧跑！"


吴天怀带着县保安队跑了，文娃他们就赶紧把爷爷姬鑫成从树上解下来，女佣人们赶紧给奶奶裹上衣服扶进了屋子里。此时的爷爷姬鑫成已是伤痕累累，胸前的一大片皮肤已被烤焦，淌开了黄水，人也是奄奄一息，只有出的气，没有进的气，眼看着人就不行咧。

日本人来的只是一个小队，还有皇协军的一个中队，带队的是个少尉，名字也挺怪，叫个什么松尾巴三郎。也许不是叫这个，但镇子里的老人们信誓旦旦，说就是这个名，没问题，翻译就是这样告诉大家的。

而且后来这个叫松尾巴三郎的少尉就在我们村口的公路旁边修建了一座炮楼,他就带着那个小队的日军驻扎在这里,没事就跑到村子里来要吃要喝,和村子里的许多老年人都熟悉了。后来这个松尾巴三郎还在我们河湾镇上认了个干娘,吃住也经常在他的干娘家里。当他要调防的时候,竟然哭兮兮地说:"远远地走了,见不成娘的了,死了死了地。"他竟然来找父亲,要父亲去给联队司令官说,让他继续在河湾镇驻防。父亲去说了,他还真留下来了,后来投了八路军,作了反战同盟的士兵。当然,这是后话了。

而此时,当他带着日军和协同作战的皇协军摧枯拉朽般轻轻松松地就把刚才还不可一世的吴天怀这帮子保安兼土匪驱逐出我们河湾镇后,就直接带着翻译来到了我们姬家,来抚慰遭劫的乡绅姬鑫成。他一看爷爷伤势严重,眉头就皱了起来,嘴里就骂出一句:"八格牙鲁,这帮支那猪,只会办坏事的有。"然后就让同来的日军卫生兵赶紧抢救人事不省的爷爷姬鑫成。那卫生兵就给爷爷姬鑫成注射了一针不知什么药,一会儿,爷爷姬鑫成就不那么大张着口费劲地喘咧,而且慢慢地把眼睛睁开了一条缝儿。

村子里的人也都松了一口气。

站在一旁的松尾巴三郎刚开始也有点紧张,这会儿顿时很得意起来,嘴里就"约西、约劳西"地叫了起来。他整了一下身上的军装,站到了院子里台阶上,对着院子里的人大声喊:"大日本皇军的医术,大大的高明。你们的良民大大的,你们的不用怕。大日本皇军就是来保护你们的,要为你们治病的,打土匪的,要给你们建立'大东亚共荣新秩序',建立王道乐土。"接着,他让翻译告诉大家,镇子里要成立维持会，他建议就让乡绅姬鑫成老先生当维持会长。他又让翻译说："虽然姬老先生现在很不方便行动，但是有大日本皇军的医生，姬老先生会被治好的。"这样讲了一番后，他就在翻译的陪同下，到屋子的客厅里喝茶去了。这会儿佣人已烧了水，泡好了茶。

那是日本兵第一次来到我们河湾镇的。在此之前，镇子里的人光是听说日本兵占领了河东城，到处杀人。在镇子里人的传说中，日本兵都凶恶得很，长得青面獠牙，杀人不眨眼，一个个都像阎王殿里的魔鬼般。可今天看到了真正的日本兵，长得也和咱中国人一个模样，就是个子矮了点。那个日本官儿，看上去年龄也不是多大，眉眼倒也和和善善的，还长了一双小眼睛，笑起来都眯成了一条缝儿，还让大家觉着挺可笑的哩。

大家心里就有点嘀嘀咕咕了，看这样子，这外面的世界里还真有和咱长得一个样样的人哩！

也就在松尾巴三郎正在我们姬家的院子里起劲地宣传着皇军"大东亚共荣新秩序"的时候，我的父亲姬金荣也就是在这个时候走进了院子。

父亲正打算赶紧到屋子里看自己的父亲，也就是我的爷爷姬鑫成咋样了。而松尾巴三郎听到了院子里的骚动，身为军人的他还是非常警觉的，就放下手里的茶碗，起身来到了屋外，正好与父亲迎头相遇。

双方就一下子都怔在了那里。

松尾巴三郎面对着眼前这个蓬头垢面浑身汗湿的年轻人，首先第一个反应就是伸手去摸身后的王八盒子，但他随即又反应了过来，此刻能出现在这座院子里的人，大概应该都和姬家有着一定的关系，既然是这样,就对他这个驱逐了土匪,又救下了姬老先生的命和姬家全家的大日本皇军构不成什么威胁和危险的。这样一想,他很坦然自若地对着这个不速之客一笑,眯缝着他那对小眼睛说:"你的,什么人的干活?"

父亲虽然刚才已经听文娃他们讲了日本兵救了我们全家的过程了,但还是阴沉着脸,对这个拦在大门口的日军少尉说:"我是姬家的儿子。你们让开,我要赶紧去看我父亲!"

松尾巴三郎一听翻译说明,顿时快活得连叫了几声"约西、约劳西。"他伸出手来要和父亲握手,说:"这个的,姬公子姬先生回来得太是时候,真的太是时候。"

父亲并没有去握松尾巴三郎的手,也没有对他表现出应有的亲热来,甚至可以说连正眼看他一眼都没有,只是从嘴里淡淡地冒出一句话来,可以说是一语双关的。他说:"你们可真的是费了心咧!"

那个松尾巴三郎并没有听出来父亲话里的讥讽,以为父亲说的是感谢的话,仍是满脸的笑容。翻译是听出来了,却没有翻译过去。

就在我参军入伍后第一年休探亲假时,父亲觉着我应该算是长大了,就给我讲述了不少有关我们家族的往事,包括这些同日本人进行斗智斗勇的往事。那会儿父亲身体已经非常不好了,讲起话来也是断断续续的,中间要不停地喘息着中断半天,所以思路就也是纷乱的,一会儿讲到这里,一会儿又不知道讲到哪儿了。但我还是非常清楚地记得他曾告诉过我,他一开始就对这件事情的起因产生了怀疑,也就是我在前面提到的几个疑问。

父亲觉着这是日本人的一个阴谋。

实际上这就是由日本人操纵着和县保安队共同演的一出戏,其目的就是让爷爷以及镇子里的老百姓认识到日军才是保护他们的军队,从而逼迫爷爷姬鑫成出面当我们这个最大镇子、也是最大编村的维持会长,接下来就是为他们征收粮食啦。

要说,日本人的算盘也是算计得很精心的哩。

松尾巴三郎就在心里暗暗赞叹,司令官的这一招就是高,已经有十几个村子就是靠这样的手段,非常顺利地成立了大日本皇军的维持会了。而眼下这个大村子成立维持会也是顺理成章的事了。而且令他没有想到的是,姬家的少爷、也就是河东城里"艾姬有限公司"的总经理姬金荣竟然也出现了。在此之前,今野司令官曾交代给他一个任务,就是要想法找到姬家少爷。今野司令官要让这个"艾姬有限公司"在河东城里重新开业。这真是"踏破铁鞋无觅处,得来全不费功夫"了,没想姬老爷子被"土匪"这样一折腾,姬家少爷就自己出现了。所以,这会儿松尾巴三郎显得很踌躇满志,挂着那把指挥刀,晃动着上身,眯缝着小眼睛,对着父亲说:"约西,姬少爷,你的看看你的家园,看看你的同胞,又有谁能来保护他们?你们的政府吗?"他摆了一下手,接着说:"看过了这一切,我想姬少爷就会对大日本皇军的'大东亚共荣新秩序'感兴趣了。"

父亲没有接松尾巴三郎的话,仍然是一副冷冷的态度,他说:"请你让开道,我要去看我的父亲和母亲!"

这回松尾巴听懂了,就"约西"一声,让开了门口,又鞠了一下躬,摆手让父亲进去。

父亲走进屋子,看到爷爷姬鑫成变得愈发瘦小的身躯蜷缩在炕边上，成了那么小的一个人儿了。虽然由日军的卫生兵打了一针，勉强睁开了一会儿眼睛，这会儿却又像太累似的闭上了。嘴里虽然有了喘气声，但却仍然处于半昏迷的状态里。奶奶好一些，她只是受了惊吓，身体上好像没有什么大的损伤。她垂着头，半倚在炕边，紧紧地攥着爷爷姬鑫成的左手，那模样看上去真是生怕爷爷丢下她不管了，她自从嫁入我们姬家，从来就没有拿过主意的，这会儿就更是六神无主了，只是一个劲地在掉眼泪。

就在父亲脚步沉重地快走到爷爷床前的时候，就突然看到爷爷的喘气声变得急促起来，眼睛也一下子睁开了一条细缝，嘴唇抖动着，竟然有了声音："儿，我的儿，他回""回来咧！"惊得奶奶抬头一看，眼前站着的果然是自己的儿子，日思夜盼的独生子姬金荣。

奶奶只是轻轻地从喉咙里"哦"出一声来，另一口气没跟上来，就一下子晕过去了。

这一下可让父亲为难万分，不知道是该先抢救母亲还是先看望父亲了。

好在几个女佣人倒是有经验，赶紧过来掐着奶奶的人中。松尾巴三郎少尉带着那个日本卫生兵也赶紧过来，又照样给奶奶打了一针，奶奶便慢慢喘息着躺在那儿，似乎睡着了。

父亲看奶奶似乎不那么要紧了，就过来看望自己的父亲。他过去，轻轻抓住爷爷那变得枯槁的手，把嘴凑近爷爷耳边说："爹，是我，是您的儿子回来咧！"

爷爷姬鑫成似乎是努力地想睁大自己的眼睛，看一下自己的儿子。但费了半天劲，眼睛还只是睁开一条缝，就这样，他把那一丝微弱的目光落在父亲的脸上，久久不动。然后手动了一下，似乎在用力抓紧父亲的手。

父亲说："爹，你有话，就对儿子说吧。"

爷爷姬鑫成就这样攥着父亲的手，像是怕他又那么不辞而别跑掉似的。喘息声更急促了。这会儿，父亲看了一下屋子里的人，语气沉重却又不容置疑地对大家说："我爹怕是不行咧。我想单独跟我爹待一会儿，请大家都出去吧。"他特别看了一眼站在门口的松尾巴少尉和两个日本兵，说："日本人也请出去！"

旁边的一个日军伍长见状大怒，刚要张口说什么，就见松尾巴少尉抬了下胳膊，制止了他的举动，然后鞠了个躬，带着日本兵出去了。

这样过了半个时辰后，谁也不知道我父亲跟爷爷姬鑫成说了些什么，爷爷姬鑫成在他生命的最后弥留时段给父亲交代了什么。当父亲一个人出现在院子里时，他虽然泪流满面，但还是非常清楚地告诉院子里的人，明天咱们河湾镇就成立维持会，并且由他来当这个维持会长。

于是院子里的人都明白了，姬东家姬老爷子已驾鹤西去了。

而且让大家没有想到的是，我那奶奶也就那样不声不响地随着爷爷一块西行了。

父亲还告诉松尾巴三郎，等办完两位老人的后事，他就按照他们的想法和要求，去河东城里恢复"艾姬有限公司"，不，是恢复"棉丰堂"的经营业务。他说这是他父亲姬鑫堂的临终交代。

虽然公司改回了原来的名称，但门口可以挂日本旗。

父亲还特别强调，镇子里除了成立维持会外，还要在日军的支持下，成立镇自卫队，队长就由姬明文来担任，枪械自然是由日军提供了。

这个姬明文就是我在前面多次提到的我们姬家的帮工文娃,说起来他其实也算是我们姬家户的同姓了。但由于他自小就是个孤儿,根本不知道他的亲生父母是谁,十几岁上来到我们姬家当帮工,他也就自称是姓姬了。还是爷爷姬鑫成给他取的这个名字呢。只是大家习惯叫他文娃,姬明文的大号就是从他开始担任了我们河湾镇自卫队队长后开始才有人叫起来的,自然还是由父亲带头这样叫的哩。

父亲的决定真是让松尾巴三郎激动得心花怒放,竟用日本话连喊了几声"天皇万岁"。他语无伦次地让翻译告诉父亲,这真是大日本天皇"王道乐土"的活生生的典范,他要报告河东驻屯军司令官,要把我们河湾镇评为实施"大东亚共荣"的模范村镇。

在安葬爷爷姬鑫成和奶奶的过程中,松尾巴三郎带着他的日军小队以及那个中队的皇协军,一直在镇子里维持着秩序,并帮忙操办着葬礼。日军河东驻屯军司令官今野正雄亲自撰写了一幅挽幛"河东商魂",派人专程送来,挂在葬礼的醒目位置上。

村子里从那会儿就有人在议论,看来这姬家真的是代代相传,总是和外国人靠在一起的。老子姬鑫成那会儿投靠的是德国人,挂的是德国旗;这会儿他儿子姬金荣则投靠的是日本人,要挂日本旗,要真正去当汉奸啦。姬家真的是尝到了挂外国旗,当外国人奴才的甜头啦!

## 第三章

我问过父亲，爷爷临终时真的是那样给他交代的？让他去做这个维持会长，并且要靠日本人维持河湾镇的治安，保护村民？爷爷真的是那样想的吗？

父亲淡淡地一笑，说："你爷爷是河东名扬方园百十里的大掌柜，也是有名的大善人，能出此下策，害自己的后人吗？他在生意场上滚打多年，甚人没见过，甚事没经过？是何等精明之人，早就看出来那天晚上是日本人和县保安队合伙演出的一出戏，只是县保安队的吴天怀假戏真做，想借此机会从咱们家弄出一些钱来哩，最后才害死了你爷爷和奶奶咧。这个结果也是日本人没有想到的。你爷爷临终真正告诉我的话是，千万不能相信日本人，不能再当卖国商人给人骂祖宗咧。而我呢，却是恰好利用了这一点，顺水推舟，先是在村子里组织起了自卫队，保护麦收，随即又堂而皇之地回到了河东城里，以'棉丰堂'为落脚点，开始我和赵克义大队长商量好的地下工作了。"

我在前面讲过了，就在我们家生意和那个德国佬艾瑞略进行合作，并在门前挂上了德国旗的时候，周围也确实有不少的老百姓骂我们家是卖国贼，卖国商人的。但那会儿毕竟只是和一个德国佬在进行合作，影响力并不是很大，老百姓刚开始喊上一阵，日子一长，时间的流水就把这些冲淡化了。而这次和占领河东城的日本人进行合作，要在门前挂上日本太阳旗，在中国老百姓的眼里，那可就是名副其实的汉奸啦！

其实，就在父亲那天晚上偷了稷王山抗日独立大队的黄金，逃离稷王山后的当天晚上，河东驻屯军司令官今野正雄就知道得一清二楚了，那份由代号"火狐"发给华北派遣军总部，然后又迅速转给河东驻屯军的密电就放在了他的办公桌子上。

"华北河东谍字××号：据可靠消息，中共稷王山抗日军之二号头目，副大队长兼后勤供给部长姬金荣，于×号晚六时突然逃离稷王山抗日军。离开时该偷走抗日军全部积蓄之黄金（具体数目不详）。据说系该不满抗日军内部倾斗，生活艰苦之现状，又贪生怕死，不愿打仗。估计该会重新潜入河东城，利用皇军占领河东城而重新恢复自己的生意，据悉该就是河东城最有名的'艾姬有限公司'年轻掌柜……"

看完密电，今野正雄立刻喊来了联队里分管情报的情报官河原代子大尉，让他迅速把有关姬金荣的情况搞清楚，包括他的家族，他在河东城里的生意等等，还有他是如何上的稷王山，竟然还当上了反抗大日本皇军的抗日军的副大队长……

要说，日军的情报工作效率倒也蛮高的，不到一个小时的时间，有关父亲姬金荣的所有材料就又放在了今野正雄的案头。姬金荣系河东一带经营棉花业及粮油的巨擘姬鑫成的独生子。姬家祖上就一直以经营棉花生意为主，兼做粮油。姬金荣为姬系单传，为河东城与德国人艾瑞略合资经营的"艾姬有限公司"总经理，中国人习惯叫掌柜。就在日军将河东城包围得水泄不通，很快就要占领的前一天，姬金荣被一伙不明身份的人绑架，随即下落不明。半年后，有人发现他上了稷王山，并且当上了稷王山抗日军的副首领。姬金荣实际上就是被他们绑架上稷王山的。而让姬金荣当他们的副头领，自然是因为姬金荣在河东城里有着最大的生意，有着自己的公司，而姬家在河湾镇也是首屈一指的富户。从经济上可以支持抗日军。

今野正雄就觉着这个姬金荣是个很有价值的人，尤其是在他将要在河东一带为日军征收这么多的粮食的时候，他的身边非常迫切地需要一个来帮他，这个人应该熟悉河东一带的风土民情，应该在老百姓中间有一定的号召力和影响力；这个人还应该是个非常体面的人，有主见的人，能够出现在大众场合，让大家所接受。甚至说这个人应该有足够的民族自尊心，是个爱国的人！

今野正雄在侵华日军中，早以他幼时曾在中国读书，具有深厚的汉学底蕴而闻名。他说得一口流利的汉语，而且熟谙河东方言，同许多各种各样的中国人打过交道，知道如何来处理同中国人之间的矛盾。所以，多田骏中将选择他来河东城为即将进行"晋南会战"的日军征粮送粮，也应该算是知人善任的了。所以，今野正雄一下子就从这份密电和对姬金荣的简介中，确定这个人就是自己需要的那个人。

而且今野正雄非常准确地作出判断，姬金荣首先要去的地方并不是河东城，而是他的家，河湾镇。

他于是就迅速招来河原大尉，联队参谋长坂本少佐，松尾巴三郎等，几个人商量了一下，如此这般地做了安排。

于是，就在我父亲姬金荣出现在我们姬家的时候，也就有了松尾巴三郎率领的日军赶走吴天怀土匪，成功地解救了我的爷爷和奶奶，解救了我们家的巧合。

也就有了父亲不顾一切立马就成立了河湾镇维持会和河湾镇自卫队，并由自己担任维持会长的坚决行动。

随即，河东各镇各村不断成立维持会以及自卫队的消息，也源源不断地报到日军河东驻屯军司令官今野正雄的案头。这些消息，真的让今野正雄感到了一阵轻松，犹如一阵春风吹过般心旷神怡。刚来到河东城时的压力也似乎无形中减轻了许多。

我听父亲讲过，其实，今野正雄是从心里真喜欢我们河东城的，他是在一岁多一点大的时候，随着做生意开洋行，实际上是搞情报工作的父亲和母亲从东北的"满洲国"来到了华北，然后就在河东待了十多年才离开。他是在河东城里上的小学，学的自然就是那会儿的国文课本了。所以可以说，今野正雄的国文底子很好，比许多念不起书的中国人强出许多。记得父母奉调回国离开河东城的时候，他还哭哭啼啼的不愿意走呢，是母亲抱着他强行上了汽车的。一眨眼这么些年过去了，却没想他又会来到了河东城，而且竟然是以一个占领者的身份来的。

现在，他竟然有了一种迫切想与父亲见一面的感觉，想和河东人聊一聊的愿望。这会儿，围在今野正雄身边的河东人很多，包括河东城里的皇协军司令杜子孝，刚开始几乎每天都要来向他汇报情况，就是没情况汇报也要找个理由来他这里一趟，看今野司令官有甚吩咐。今野正雄需要他们围着他转，听从他的吩咐。但今野正雄却看不起这些中国人，觉着他们就如同是养着的狗。今野正雄在河东城读书时就曾养过一条小黑狗,那狗只要喂它食,它就不住地冲着你摇晃尾巴。今野是有国学知识的人,他想同一个有知识,有主见,或者非常自尊爱国的中国人聊,甚至可以和他交朋友。今野觉着我的父亲姬金荣应该属于这类型的人。但松尾巴汇报说,河东城里最大的富户,河湾镇首屈一指的大乡绅姬鑫成老先生那天晚上没有经受得住考验,就是没有能经受住吴天怀那帮土匪的折磨,"死了死了的"。而且他的太太经受不住打击,也竟然随着姬老先生一块儿"死了死了的"。今野正雄听了,就非常感慨,觉着这真的是中国人特有的不离不弃终生厮守的感情,于是就命令松尾巴带着那个小队驻在河湾镇,帮忙安排葬礼,他自己还用中文撰写了一幅挽幛,表达了自己的吊唁。

据父亲讲,那帮子日本兵帮起忙来还真是实在哩,让去做甚就低一下头,"哈依"一声,然后就埋着头一声不吭,直到做完后才直起身子,然后等着去验收,要是不行马上就重新做,规规矩矩的。不像那些皇协军,做起事情来一副懒洋洋的样子,嘴角叼着一根烟,帽子歪歪斜斜地扣在头上,几个人拢在一起,一棵葱一瓣蒜能剥一晌或者大半天,有的一个上午或者一个下午手上就是那么一棵葱。松尾巴就对父亲说:"姬的,你的看,和大日本皇军一比,就看出你们中国人做事情就是不行,打起仗来就更不行!"

父亲正在给爷爷办丧事中,就没有说话。其实,皇协军的做派他何尝没有看到呢?

到了吃饭的时候,日本兵围在一起,先集体吟诵:"致谢天皇,赐我美食;稻米麦面,壮大筋骨;香汤佳肴,培育心灵……"

父亲和镇子里的人站在旁边,听翻译一讲,心里就在骂:"这明明吃得都是我们河湾镇老百姓种出来的食物嘛，说确切点是吃的我姬家的食物，管你们天皇个屁事，却要感谢他，真是大白日头下讲鬼话哩！"

日本兵吟诵完毕，然后一声口令，就迅速围在一起，开始吃饭。他们吃饭时很专心，全都在埋头苦干，眼睛只盯着面前的菜和饭，只听得一片呼噜噜的喝汤声和快速的咀嚼吞咽声。而皇协军们吃起饭来就随意的多了，端着饭碗晃过来悠过去，有的还晃到伙房里去找肉吃。有的嘴里骂骂叽叽地，说："干尿了一天活咧，就让人吃尿这饭食呀！还是有钱人哩！"

记得母亲给我念过一首那会儿村子里人编排皇协军的顺口溜："歪戴着帽子跋着鞋，背着杆枪充大爷；见了百姓瞪眼珠哩，进了屋子就胡拾翻哩；进了饭店要好饭哩，横挑鼻子竖挑眼哩，吃了一盘又一碗，把嘴一抹不给钱咧……"

父亲说，那会儿参加皇协军的大部分都是无业游民，流氓无产者，街头的混子，村里的赖子，都是冲着一个目标，就是能混吃混喝，能公开抢能明里偷。至于战斗力，那就是另一回事了。


好了，我还是讲一讲河东城的日军驻屯军司令官今野正雄。

无论中外战争，似乎都有那么一个约定俗成的规矩，凡经过苦战攻城略地之后，得胜的一方是要大大地犒赏士兵的，都要让士兵们放松一下的。所以，抢东西和搞女人都是很正常的现象。

但是这次今野却在日军攻入河东城前明确规定，在河东城周围的村镇有些过分的行为可以，但一旦进入河东城，任何官兵不允许杀人，不允许放火，不允许抢东西，尤其不允许强奸妇女。今野正雄在河东生活读书多年，知道中国民众对男女之事深恶痛绝，他也知道中国人之间的一句非常恶毒的骂人话，就是"日你×！"意即家里的任何女子。而且小时候他也用这句话骂过一个中国同学，是"日你嬷！""嬷"是河东方言，意即"娘"。所以，他特别强调了对日军淫兴的控制，因为这也是最容易引起骚乱的。如上各条，一经发现，立刻交由宪兵队处理。日军一进城，今野正雄就让在全城各处贴出安民告示：

"大日本皇军将和河东市民共同建立大东亚新秩序，实现王道乐土。所有物资及其他交易，一律不允许强买强卖之现象，尤以性交之事，均应建立在自觉自愿公平合理之基础上。驻军所有官兵均不得扰民以损害大日本皇军之荣誉……"

今野正雄还让宪兵司令泽田信派出宪兵，每日在河东城的大街小巷巡逻，维持治安。

要说，今野正雄这一套抚慰安民的办法还真是行之有效的，在日军占领河东城不到一个月的时间，市面上就基本上恢复了往日的繁荣昌盛，原来关了门逃走的商人们又陆续地回来了，开门营业了，就连学校也恢复上课了，不过，他让学校里特别增加了一门课程，就是学习日语。

没想半个月后，一件更让今野正雄兴奋的事情出现了，一队日军宪兵在巡逻搜查中，发现几个可疑人员，这几个可疑人员在发现宪兵后，也仓皇逃窜。宪兵就进行了追捕，结果这几个可疑人员逃到了城南的安邑镇，在追捕中和日军宪兵发生枪战，被击毙一名。其余几名分散逃走。宪兵在搜捕过程中，在那里竟然发现了一处巨大的仓库，里面除了储藏着大量的军火和服装外，还有相当多的粮食，大部分都是小麦，也有玉米和小米、玉豆等杂粮，初步估算有五六百万斤之多，而且这些粮食由于存放时间过长，通风保管不善，有些都生了虫子，还有一部分都发霉了。当地的老百姓说，这原是二战区国民党军的一个仓库。平时在这里驻扎着一个营的兵力守卫，日军进攻河东城的时候，守卫仓库的晋绥军那个营一枪没放，还没等日本兵打过来，就放弃仓库，全部跑掉咧。

这个消息让今野正雄兴奋的一个晚上都没有睡着觉，他在心里说，这真是天皇的福分，也是日本人的福分，确切点说，更是他本人的福分了。

几百万斤的粮食唾手可得，没有费一点力气。这首次征收粮食的任务完成得真有点让人始料不及而喜出望外了。而接下来那满地的小麦就要成熟了，就在他带着他的部队往河东城开进的途中，他已经闻到了路旁那即将成熟的小麦香了。

他下令给宪兵队司令泽田信，奖赏那个带队巡逻，并把发现了那个国民党军仓库的宪兵伍长安达特别提升他为宪兵少尉。并让他带着一个特别抽调出的宪兵中队看守警仓库，对于任何试图靠近仓库的人，一律格杀勿论。

可别小看一个宪兵少尉的军衔，那其实相当于一个普通军队里的大尉了。

我这些年看一些二战的书，发现里面的许多军人包括军官都怕宪兵。于是翻看了一下军事词典，上面对宪兵的解读也就这么一句话："宪兵是某些国家的军事政治警察。"

在国民党时期，宪兵全部是排以上军官组成的。而日本人的宪兵则基本上全是中尉以上军官，也就是连级干部了。这也就是宪兵到哪里都很牛B，一般连当地警察局也从不放在眼里的原因了。

应该说这些日子里的今野正雄，心情相当不错，比起他刚当河东城驻屯军司令官时好多了，甚至可以用志得意满来形容了。

他觉着这是河东城特别对他这个曾经的"河东人"的到来一个赐予，这一切就似乎是在为他准备的。

他觉得自己一下子真正从心里喜欢上了这个黄河边上的小城了，这个城市是与他一直有着千丝万缕的联系的，也许就是在等着今天，等着他来管理改造这个城市的这一刻呢。

这种感觉，就是他在这里生活读书的时候，他也没有过这种感觉。

今野正雄特意为自己做了两件中国人喜欢穿的长袍和马褂，然后像模像样地穿上，独自悄悄地在城里转，他不让警卫跟随，说那样就会拉开与市民的距离的，他要亲身体验一下大东亚共荣给河东城带来的繁荣与昌盛。他中国话说得很不错，没有人能听出他是日本人，更没有人知道他就是日军驻这个城市最大的官。当他一个人很随意地走在我们河东城的大街小巷里，头顶是温暖明媚的阳光，稠浑的黄河水穿城而过，他的目光不住地停留在街道两边那些卖衣服卖绸缎的，卖药材卖果蔬的商店；还有各种饭馆、酒楼，听着从那些小商小贩嘴里发出的各种吆喝声和叫卖声，今野正雄的思绪缥缈，仿佛又飘回到了那个岛国上的九州，今野正雄的家乡是九州的小仓，位于那个岛国遥远的南方，那里几乎是被那岛国其他地方所遗忘的一个角落，所以就更是显得宁静安详。那年，他的父母回国后就一直在家乡悄悄地待着，几乎不与任何人交往。他也随着父母回到了家乡，在九州的小仓生活了一年多的时间。每天的早晨,他喜欢去鹿儿岛的码头边上买那用草茎串成一串的小鱼,然后回家让母亲烧鱼汤,那味道真鲜,每次喝鱼汤时的心情都是无与伦比的好哟!

而此刻今野正雄的心情也和他头顶的天空一样晴朗无比。

他在心里突发奇想,要是能碰到当年在河东一块读书的同学,相互间还能认得出来吗?如果真的认识了,他会说什么呢?又能说些什么呢?

这时他就看到了一位光着两只脚的老汉,头顶戴着一顶破烂不堪的草帽,蹲在街边,手里提着的是一串用水草串起来的小鱼,嘴里叫着:"黄河鲤鱼,一串一个铜钱。"

今野正雄不由自主地走了过去,想买下这串黄河鲤鱼来,却没想在身上却掏不出一个铜钱来。正当他为难的时候,身后却站过来一个人,一把推开了卖鱼的老汉,大声喝道:"要什么钱?快走开,走!"他扭头一看,竟是河东城皇协军司令杜子孝。

原来杜子孝怕他这个驻屯军司令官出事,就带着几个人也穿着便衣,悄悄地一直跟在他的身后,对他实行着保护。

面对着惊恐的卖鱼老汉,今野正雄冲着杜子孝摆了一下手,阻止了他们下一步更加粗暴和愚蠢的行为,对着杜子孝一脸笑容地说:"我没有带钱,你们谁借我两个铜钱?"

杜子孝赶紧说:"我有,我有。"就从自己的口袋里掏出几枚铜钱来递给今野正雄,但仍是一脸疑惑地说:"司令官要吃鱼……"

今野正雄又威严地瞪了杜子孝一眼,不让他说下去。对他说:"在河东城里,我不需要你们的保护。"然后把手里的铜钱都给了卖鱼老汉,提上那串黄河小鲤鱼继续朝前走去了。丢下那个卖鱼的老汉不知所措，好半天看看手里的铜钱，又看看那位个子不高，显得很威严的买鱼人的背影，愣怔着不知道发生了什么事。他只是知道一点，今天的一串小鱼竟然卖了好几个铜钱。难道说黄河鲤鱼值钱咧？

倒是杜子孝冲着卖鱼老汉喝了一嗓子，说："你这个老汉，今天发财咧。那是日本人在咱河东城里的司令官。"

这就更让卖鱼老汉大惑不解了，传说中的日本兵都是凶神恶煞般的杀人魔鬼，可这个日本官儿这么和善，像个很体面的有钱人，一下子就给了他这么多的铜钱，比起那些抢他鱼的国民党兵和警察强了不知多少倍哩！

老汉有点犯糊涂了。

当那个黄河边上卖鱼的老汉这样想着的时候，我相信，也有许多人和卖鱼老汉有着同样的想法。我在我们村子里也听老人们这样说过，他们说日本人刚来时也好着哩，对面碰见老乡了还鞠躬，嘴里叽里哇啦的，看到小孩子就从口袋里掏糖，那会儿农村里的孩子没有见过糖的，日本兵就伸出舌头示范般地舔一下，说："糖，甜的，你的喜欢！"后来嘛，就慢慢地变坏了。

就在日本人刚刚进驻河东城的时候，也确实搞了一阵子"大东亚共荣""王道乐土"什么的，闹腾得还挺欢实。说实话，那会儿也确实繁荣昌盛了一阵子，街上的店铺都开张了，戏园子里天天上演着戏，学生们都在上学。这就是今野在那天买鱼后一直精心思考的计划，一个长远的计划，他要把河东城建成一个"大东亚共荣"的模范城，让这里的每一个老百姓都体验到"中日亲善"的好处,都做天皇陛下的臣民,都效忠天皇。他要比自己的父亲做得更好,更长远。到了那个时候,区区几百万斤粮食算什么?河东城还生产有世界上独一无二的潞盐,这可真是好东西,采集非常方便,只要用大扫帚扫到一堆,让从黄河里刮来的南风一吹,就形成盐颗粒了,要是这盐专供日本人吃,恐怕几个世纪都吃不完的呢。河东还高产享誉亚洲的长绒棉花;还产稷山大红枣,那枣肉质细腻,剥开后有金黄丝镶边,甜美可口,俗称"金丝枣",河东人也这样说:"天天吃金丝枣,一辈子不见老。"在古代,这枣可是皇帝的贡品呢。那今天就可以供给天皇了;还有鲜美的黄河大鲤鱼……河东城里能够运往日本的好东西真是太多太多了!

如果在下一步真的能把河东城里的这些在日本岛国的本土上从没有见过的好东西运回国,对自己来说,何尝不是一次机会呢?一开始他对多田骏安排自己去执行征收筹粮食的任务,他在心里多少还是有些不乐意的,觉着既然身为帝国军人,就应该在战场上厮杀,这样才能立下战功,他也想以此堵一堵那些对他年纪轻轻就挂上大佐军阶说三道四表达不服气不满意的人的嘴,让他们看一看,自己并不是个孬种,并不是个靠着皇室的关系爬上去的人,自己是个有本事有能力的人。

看来,真是天皇的神威在帮助着自己呢。

今野正雄因为有着皇室的那层关系,自然是知道日本国内的状况的。从昭和十二年(1937)开始,国力贫困就已经开始表面化了,工业和农业出现了全面危机,尤其是农业危机更是严重。全国各大城市缺米现象相当严重,到了昭和十四年(1939)的春季,在东京的米谷商品交易所已被强令解散,粮食全部被统管了起来。到了六月份,东京市政府下令，从这个月开始，东京的所有饭馆里禁用大米。到了八月，又公布了面粉统制法。警察署长亲自和粮商一同为买米问题而奔走，并在全国采取了每次出售仅限制在二升以下的办法。

如此糟糕的国家经济，怎么能支撑住战争的需求？所以，也就是从1940年开始，驻华日军就开始实行"就地筹措"各种费用，也就是日本国内不再拨与经费，让他们向中国西北的中共军学习，也"自力更生"，以战养战。来对中国进行侵略的日本兵哪里会进行什么"自力更生"呢，他们心目中的"就地筹措"无非就是向中国的老百姓进行抢掠。

今野正雄并不觉着他这是在进行抢掠，他觉着这是一种"合理负担"。他觉着又一次来到河东城，完全是命运对他的青睐，是神的安排。他带领着大和民族的优秀儿女们来到河东城，是来帮助还处于落后中的河东人建立王道乐土的，谋求共存共荣，也许就是天皇为了让他来报答小时候曾在这里生活过一段时期，报答这片土地的吧！

今野正雄这样想着，都要陶醉了。

眼看着第一批征筹的粮食已经落实，只等多田骏的命令一下达，就只管往派遣军的需要之处送就是了。而麦收也即将开始，看来征收粮食的任务是轻而易举地就完成了。下一步，他就可以全力地来实施他要把河东城建成中日"亲善"的模范城市的计划了，征收粮食虽然也是为了圣战，但却只是在为华北派遣军服务，贡献"小小的"不说，还只是在幕后服务的。而成功地建立起一个模范城，就可以让河东城的老百姓都效忠天皇陛下，心甘情愿地做天皇的臣民，这里的一切都可以说是天皇陛下的，可以说是日本的，那"贡献才是大大的"呢。

当然，今野大佐的心眼还是挺多的，他是给自己留了一手的。他并没有向多田骏及华北派遣军方面报告发现了国民党军用大仓库的消息，只是不住地报告说正在全力以赴地组织兵力，和当地乡绅及商家多方联合，进行着征收粮食的工作。但他同时保证，是绝对不会影响这次"解决中国事变"的"晋南会战"的，他可以用脑袋担保。一旦影响了圣战，他将剖腹谢罪。

话说得如此信誓旦旦，如此斩钉截铁，不留余地！

其实我们心里都清楚，今野正雄心里是有底牌的。所以才敢对多田骏如此说话。

这天，今野正雄吃过早餐，看着窗外明媚的阳光，春风习习，绿莺飘飞，忽然来了兴致，唤来了皇协军司令杜子孝，问他河东城有什么地方可以去看一看？虽然他小时候是在河东城里待了许多年，但毕竟那会儿年龄小，许多好看的风景都忘记了。

杜子孝想了一下，就告诉他，要看寺观的话有永乐宫，那可是中国传说中的"八仙"之一吕洞宾故里，再说哪里的元代壁画世界上都有名哩；再就是普救寺，那主要是有张生与崔莺莺的爱情故事，更主要的是有个"红娘"这么个人物。另外还有五老峰、瑶台山，还有关帝庙……

听到这儿，今野就打断了杜子孝的话说，那就到关帝庙吧。

于是，一行人就换上便衣，准备去位于河东城西南方向的关帝庙。

在换衣服时，今野又谆谆地告诉杜子孝和跟着他的几个皇协军官，穿上军装就要像一个真正的赳赳武士，而穿上便装就要像一个彬彬有礼的绅士。他对杜子孝等中国人的穿着打扮奇形怪状五花八门很不以为然，在心里觉着中国人在这些方面很落后，没有一点品位。他告诉杜子孝，说他现在是河东城里的一个司令，不再是什么地方上的杂牌武装，也不再是流窜于黄河滩里杀人越货的土匪了。所以要学会穿西装，因为皇军要组织一些活动，出席时必须要穿西装的，不然就会被拒之门外，才不管你是什么人呢。而穿西装应该是成套的穿，颜色要一致。不能上面穿西装下面穿马裤，更不应该穿当地老百姓的大裤腰抿裆裤子，我们河东人也叫撅勾子裤。而且穿西装一定要穿皮鞋，不能穿布鞋，尤其是当地人穿得那种圆口布鞋。就是穿皇军发给的马裤也有讲究，那就是一定要配上皇军发给的马靴……

尽管杜子孝他们并不一定能听得懂，能一下子弄得明白，但还是一个个地不住哈腰点头，嘴里不停地说着"是哩，是哩。""以后穿衣服就要向太君学哩。""是哩，太君穿甚我就穿甚哩。"

今野正雄在杜子孝他们的陪同下，一行人就来到了西南方向的关帝庙。在关帝庙正门的牌楼前，今野正雄站住脚，看着牌楼大门上的对联："精忠贯日月，大义参云天。"就轻声念了一遍，一副若有所思的样子。

杜子孝他们也站在今野正雄的身后看着，却不得要领，只是看见今野正雄在看，他们也就傻呵呵地跟着看。其实他们对今野正雄为甚要来关帝庙看一看也不甚了了，一个破败的庙宇，因长时间无人打扫，变得脏乱不堪，主庙后面的结义园和御花园都被当地老百姓占着了，有几间住了人，那几间长廊则用来喂牲畜了，到处布满了牲畜的粪便。

今野正雄就叹息，用一种鄙夷的语气说："这就是你们支那人，竟然这样不敬重关帝。要知道，他是东方之神！在我们日本都有许多关帝庙，我们大日本的武士在拜师前，都是先要拜关帝的，他是武圣，是一位把忠诚、守义、勇敢和高超的武艺结合在一起的圣人，也是一位军神！"

杜子孝他们听着，又频频地点着头，说："噢噢，是哩，是哩嘛。"

一行人走进主庙，看到供奉的关帝塑像上落满灰尘，布满蛛网，今野正雄更是连连叹气，深为惋惜。当他们绕过主庙，来到后面的"御书楼"，看到关公正在夜读《春秋》的塑像时，今野正雄又随口念出一首诗来，不仅悠扬顿挫，还略伴摇头晃脑："有文无武不威如，有武无文不丈夫。谁似将军威而武，战袍不脱夜读书。"

对于诗，杜子孝他们更是云里雾里，听不明白甚了。但有一点他们都还是清楚的，就是奉承，就是说好话，让这位目前主宰着河东城的日本人司令官高兴。所以，当今野正雄刚一住口，他们就一齐拍着手说："司令官做诗真是好诗哩，比中国的那个甚、甚，对了，叫李白的做得都好哩。"

今野正雄听着杜子孝他们这样夸赞和奉承，不由得仰头哈哈大笑了起来。

杜子孝他们看见今野正雄高兴的大声笑，觉着一定是马屁拍对了地方了，于是也都跟着笑。杜子孝又说："李白算尿个甚哩，他咋能和司令官比吗？他是这个的。"他说着话伸出小手指头，然后又伸出大拇指头，说："司令官是这个。"

于是大家就又跟着举起了大拇指，连连说："是哩，杜司令说得是哩。杜司令也是这个哩。"

今野正雄止住笑，看着杜子孝和他的这些手下，在心里说："难怪他们在大日本皇军面前不堪一击,看起来他们就是没有文化,没有知识,就是愚昧啊。这样的劣等民族,就是做天皇的臣民也不够格的呀!"于是他说:"其实我刚才念的那首诗,就是你们支那人写的,是当时明朝的江南四大才子之一文徵明写的。你们都不知道?"

杜子孝和他的手下顿时都很尴尬,一个个傻愣着站在那儿,不知是该笑还是该哭。

在返回的途中,今野正雄问杜子孝,让他协助河原大尉调查眼下还在河东城里的工商界知名人士的事情进展如何?

杜子孝吭哧了两声说,这件事河原大尉似乎不愿意让他们皇协军插手,自己带着人在进行调查。

今野正雄一下子就看穿了杜子孝的心思,他是不想协助河原大尉做这件事情的,因为只是协助,所以就是完成了也没有自己多少功劳。中国人就是在这些事情上计较,耍小心眼。今野正雄就正色说:"河原君对河东城并不是很熟悉,自己又不会说中国话,放手让他自己去搞这件事情,不是在为难他吗?"

杜子孝从今野的话里听不了不悦,赶紧说:"我今天就安排人下去,协助河原大尉进行调查。"

今野正雄说:"子孝君,你要明白,在你的名字里有个'孝'字,说明你的家人,就是给你取名字的人希望你能做到'孝',对家人,对国家,而现在你要做的,就是做好中日亲善的这件事,你知道吗,这也是'孝',最大的'孝'。"

杜子孝并没有弄明白他名字中的"孝"字与日本人说的"中日亲善"有什么联系,但他还是点着头说:"是哩,我明白,我明白。"随即又谄媚地说:"司令官,您懂得真多,连我们中国的事情都懂,您真是大日本的这个、这个哩。"他又冲着今野正雄竖起了大拇指来回摇晃着。

今野正雄就很得意地笑着。

杜子孝看得出来,他的这个马屁又拍对了地方了,而且拍得非常好,今野司令官笑得很开心。

要说杜子孝在河东城里的办事力度还是要比日本情报官河原大尉强出许多,毕竟强龙难压地头蛇,天时地利人和,杜子孝都占着哩。从关帝庙回去后的第三天,杜子孝就把河东城工商各界知名人士的名单呈报给了司令官今野正雄大佐。

今野正雄很认真地看着这份名单,里面有河东潞盐营销总公司董事长王晓峰、有河东糖业有限公司经理任月芳、有河东城最大的面粉公司老板安万有、有河东"瑞丰"钱庄大老板李富仁、有河东城里最大的药行"康福祥"大老板朱运来、有河东城最大的日杂店"昌盛庄"大掌柜李成本,有最大的汾酒销售代理行老板张大旺、有河东城里最红火最气派也最豪华的"银湖大酒店"总经理蔡存德、河东剧院"爱乡剧团"团长萧月朋,还有禹西街上最大的妓院"怡戏院"老板万太礼等等,可以说,这份名单几乎囊括了河东城工、商、运输、贩卖,甚至是吃喝玩乐等各个行业和领域里的头面人物。

今野正雄看完名单后,略蹙了一下眉头,问杜子孝说:"我怎么没有看到和粮食棉花有关的商号和掌柜老板?"

杜子孝赶紧说:"是这样的司令官,河东城里最大的棉花和粮食商号应该是'棉丰堂',掌柜的原来是姬鑫成,也是河东最大的乡绅财主,家就在离城不远的河湾镇。后来和一个叫艾瑞略的德国人合资经营了,改成了个挺洋气的外国名,叫甚哩?噢,叫'艾姬有限公司',由姬鑫成的独生子姬金荣担任总经理,他还另外有个名字叫姬玉堂哩,说是叫甚、叫甚号、字……"

今野正雄说:"叫字。就是根据人名中的字义,另取的别名。"

杜子孝赶紧说:"对、对着哩,是叫字。还是司令官懂得多。不过,我觉着这是我们中国人里有文化的人的毛病,都有了名字咧,为甚还要取个甚字来?"他说着看了看今野正雄,见他没有反应,就又接着说:"噢,要说嘛,姬金荣他们这个'艾姬有限公司'由于有外国人做后台,几乎就控制着整个河东一带,甚至包括陕西渭南韩城一带的棉花和粮食市场。他们家经营棉花和粮食生意多少代了,是祖传的,从姬鑫成的父亲那一代就开始经营棉花和粮食生意了,所以姬金荣这个人应该对粮食的品种、成色、储藏期和市场价格,都应该是比较了解的,而且据说是这方面的行家,非一般商人可比。不过么,这个人就是在皇军即将进攻河东城的时候,他突然失踪咧,去向不明,有人说他是跟着那个德国人跑出国咧,也有人说他是被稷王山上那些土八路绑架咧,让他家里出钱赎人哩。后来的情况就不清楚了。再剩下的都是些小商小贩,不成气候的。不过,我已经派了人到河湾镇去咧,一有那个姬金荣的情况,我们就……"

今野正雄就淡淡地却又是那么很矜持地笑了笑,对杜子孝说:"杜司令,你们的情报工作可是大大地落后我们大日本皇军的。那个姬金荣的所有情况,我们都已经掌握了。他现在已经是河湾镇大日本皇军的维持会长了。而且他还在河湾镇组建了河东第一支民间武装,河湾镇村民自卫队,用来维持镇子的安全,协助皇军,当然也包括你们皇协军了。"

杜子孝就谄笑着说:"是哩是哩,我们情报肯定赶不上皇军的,皇军能人大大的多。"

今野正雄交代杜子孝,他们要安排可靠人员,对这份名单上所有人员的身份和背景,进行全面的调查,也包括他们的家人,都具体在做些什么?他们平时打交道做生意的那些人的背景和来自什么地方?看他们都在一起做些什么事情?有没有反对大日本皇军的言行?都要一一调查清楚。今野正雄对杜子孝认真地说:"杜司令,你在做着一件大事的,是关于中日亲善的大事,就是要把河东城建成大东亚共荣的模范城,而这些人都是中日亲善建成模范城的关键人物。"

杜子孝点着头,学着日本人也"哈依"了一声,然后走了。

要把河东城建成"中日亲善"的大东亚共荣模范城,是今野正雄十分关注的事情,也是他就任河东城驻屯军司令官以来最着力要做的一件事,他甚至觉得这件事要比征收粮食和棉花的任务重要多了,也具体多了,而且这将关系到他在河东城任驻屯军司令官成绩的大小,对他功绩评判的优劣。今野正雄等杜子孝离开后,把参谋长坂本少佐和情报官河原大尉喊了来,又一起把杜子孝呈报上来的这份名单和河源手里所掌握的名单对比研究了一下,确定出里面的重要人物和具有影响力和号召力的人物,他们觉着搞中日亲善,建立大东亚共荣模范城,这些事情还是由中国人出面比较好办,因为具体来说,这些都还是属于中国人的事情,在中国人地面上的事情,既然是中国人的事情,就还是由中国人自己牵头来办，那估计要比日本人办起来顺利得多。

在这些人物中，还得有一个出面领头的人物才行。

他们研究了半天，最后一致同意，确定了"艾姬有限公司"的总经理姬金荣为领头的人物。至于能有什么具体办法把河东城里这些工商各界的头面人物拢到一起来，那就要看这个姬金荣当了这个领头人物后，能有个什么妥善可行的办法了。

这会儿今野司令官就又想起了一件必须马上亟需办的事情，就是答应给河湾镇自卫队的武器，这件事情虽然一开始今野司令官还有过犹豫，觉着一下子就随随便便地就发给这样一个也是随随便便组织起来的自卫队武器，是不是也有点太随便了？但又一想，只要有了河湾镇这样带头成立自卫队的先例，就会有其他的村镇仿效，这样便又可以成为协助皇军的一部分武装力量了，这样子在即将开始的麦收中就可以让他们进行监督收割，也可以让他们进行征收粮食，这真的是一举之得的好事情。这种事情也只有姬金荣这种头脑高度灵活的生意人才想得出来。这样一思考，今野司令官便让坂本直接去杜子孝的皇协军，把一部分已经破旧的枪械清理出来，顺便发给河湾镇的自卫队。同时，从皇协军里抽调一些忠诚可靠的人员，到河湾镇自卫队担任教官，培训一下自卫队员，不然，发给枪也不会瞄准不会打，拿在手里还不如一根烧火棍子呢。另外，让皇协军的人员顺便通知姬金荣，让他迅速回到河东城里来，一是尽快让"棉丰堂"开张营业；二是大日本河东驻屯军司令官今野正雄要见一见他。

等坂本走后，今野又对河原悄悄地交代说，从现在开始，就对姬金荣的"棉丰堂"进行全天候监视，并对里面所有从业人员身份和底细进行重点调查,要真正确保姬金荣这个人能万无一失,为我所用。

我的父亲姬金荣,就这样成了日本人的目标,在不知不觉中被他们选中了,也在不知不觉中就让他们往自己的头上扣了一顶汉奸的帽子。

我曾问过父亲,说:"咋就会那样巧呢?你当初被稷王山抗日独立大队暗暗地派下山,是为了搞粮食和布匹,同时却也被日本人选中,竟然当了商会会长,领导起河东城里的商界了,这是不是一种天意的安排,既助你成功,又在后来让你受难呢?"

父亲淡淡地笑了一下说:"要说是巧合,倒也算是一种巧合哩,就是都想搞粮食哩。日本人想把河东城搞成他们在华北战略中的物资粮棉基地,而八路军和国民党也想利用河东这个天然粮仓进行补给哩。就是稷王山独立大队也想要粮食哩。这就是一种巧合咧。再就是咱们家在河东城里的影响,'棉丰堂'在河东城里的声誉,这些都应该是实力。日本人不是憨瓜,不会选一个没有实力的人来做他们的代理人的,至少在城里的商号店铺里就喊不赢,没有人会听他的哩。人常说么,瘦死的骆驼比马大。咱们家在那会儿早已是名声在外咧。再说,经你老爷爷、爷爷那辈人的手上祖传下来的生意,别的先别说哩,就光是'棉丰堂'的名号就能卖上几千两银子哩。不过吗,这名声一大一出去了,也不见得就全是好事情,这就也是后来那些散兵土匪和官府衙门不断上门的原因。他们知道只要来就能弄上钱哩,弄多弄少是另一回事,但起码不会放了空,白白地跑上一趟。"

# 第四章

其实，就在今野大佐司令官急切地想与父亲见一面，让去河湾镇训练自卫队的皇协军通知父亲速来河东城的时候，父亲却已经悄悄地进入到了河东城里，利用过去的生意关系，成功地购买了一批粮食和布匹，正在联系安排车辆，想办法尽快送到稷王山上的独立大队那里，因为父亲心里非常清楚，稷王山抗日独立大队已经是非常困难了。可没想，这第一次送粮就出了点事。

我也曾听父亲讲述他第一次筹粮和送粮的经过，本来一开始他想既然回到河湾镇了，就地筹措一些，也就是在我们河湾镇或者周围的村子里悄悄地先筹一些，赶紧送往稷王山抗日根据地，以解独立大队的燃眉之急。谁知这会儿正处于青黄不接的时候，老百姓家里的存粮基本上都吃完了，而小麦还没有收回家里，除了我们家和几户屈指可数的大户人家有少部分的存粮，但也只能是挨到麦收，况且收麦子时还得吃哩，还得吃好些，因为收麦子是全靠力气哩。这样子全镇上就已经没有存粮的户了，再加上兵荒马乱，今天你来抢，明天他又来夺，弄得老百姓是家家瓮底朝天无粮下锅的，许多人都在挖野菜摘树叶吃了，一天一天地挨着熬着，就都眼巴巴地看着麦子变黄，在等着麦子熟哩。

父亲一看镇子里的这种情形,知道在村子里筹粮是不行了,就在安葬了爷爷和奶奶后的第三天晚上,父亲让文娃领着几个帮工把家里的各种余粮清理了一下,给家里剩了一些,基本能维持到新麦割下来,然后将其余的装了两麻袋,一麻袋小麦,一麻袋玉米。父亲把这些粮食分成两担子,让文娃和另一个自卫队员各挑一担。然后他去找那个松尾巴三郎,说现在是青黄不接的时候,只筹到了点粮食,要立马给河东城里送去。搁在镇子里夜长梦多,就怕给饥饿的村民老百姓抢了。一是让松尾巴派两个人护送一下,另一个就是要开个路条。松尾巴很高兴,这些日子他已经和父亲以及镇子里的老乡们处得很好,还认了个干娘,经常就住在这户干娘家里。听父亲说筹到了一粮食,便非常高兴,一边从炕上爬起来写路条,一边就让把那个皇协军的中队长叫来,让他派两个皇协军一路护送。但却没交代护送到哪里去。于是,文娃就和那个自卫队员各挑一担粮食,拿着松尾巴三郎开出来的路条,后面跟着两个皇协军,大摇大摆地向着稷王山方向去了。

当天的夜里,父亲就悄悄地潜回了河东城里。

一到河东城,父亲最先得知的几个消息都是本家侄子姬立业告诉他的:第一个是河东城的皇协军司令杜子孝已经两次派人来传达了河东城驻屯军司令官今野正雄的命令,让他们"棉丰堂"的大掌柜抑或是"艾姬有限公司"的总经理姬玉堂,也就是父亲一回来就赶紧向他们报告,今野司令官要接见他。同时,要求他们开张营业;第二个就是驻河东城日本兵发现并占领了安邑镇上那座国民党大型储存粮食和武器装备仓库的消息

父亲没有去理会第一个消息,而是开始考虑着第二个消息,他内心

产生的想法就是，这批物资都是中国人的，绝不能就这么白白地便宜了日本人。他们稷王山抗日独立大队既缺粮食又缺武器弹药，国民党河东政权却一直视他们为非法武装，一枪一弹也不发给他们。如今却一枪不放拱手送给了日本人，让这帮子东瀛饿鬼吃饱了肚子再去遭害中国人！

就是搬运不走，也得想办法毁了这些东西。

然而想法归想法，父亲也清楚，眼下单凭他一己之力是无法从日本人重兵把守的安邑仓库里把那些粮食和武器搬运出来的，就是毁灭掉这座仓库也是力不从心的。他觉着这是件大事情，得向赵克义汇报商量，也许还得向乡吉特委汇报哩。眼下还是先想办法给稷王山筹措送一批粮食吧。当天的晚上，父亲就带着姬立业，悄悄地拜见了几位河东城里的小户粮食商号，这些小商号当年都曾得到过父亲在生意上的关照，而且这些小商号的生意又离不开"棉丰堂"，这都是生意场上的链条，虽然没有同利，却又相互挂扯，离不开的。所以，父亲又分别从他们那里筹得一些小麦和玉米，还有陈年高粱。因为日本人一进驻河东城就对粮食和棉花等商品进行了限制，用他们在日本国内实行的粮食统制法，所以，他们都不敢公开出售粮食，几乎就要关门了。可日本人又不让他们关门，于是就这么不死不活地吊着。当父亲在晚上突然出现在他们的商铺里向他们筹集粮食时，他们似乎明白些什么，却也什么也不问，多少都拿出了一些。当父亲比较满意地和姬立业回到自己的"棉丰堂"时，却没有想到有一个不速之客在等着他呢。

这个不速之客就是稷王山独立抗日大队里管着后勤还兼着伙夫的父亲同乡孙天贵。

孙天贵在父亲逃离稷王山后，天天惦记着被父亲偷走的那些金条，因为在把金子交给他保管的时候，赵克义大队长是和当时任副大队长的父亲一起来的，金子是由父亲非常郑重地交给他的，并且告诉他，这是党和组织上对他的信任，这金子是独立大队的全部资金，是准备购买枪械和子弹的。而且父亲当时还这样对孙天贵说："这金子是我们的同志用生命换来的，应该说比生命更重要更宝贵哩。你名叫天贵，可这金子比天还贵重哩。"那话，孙天贵真的牢牢记住了。可他没想到偷走金子的人却正是这位反复告诫他金子是多么重要的人，这真是识人识面不识心哪！他一次次地找赵克义大队长痛心疾首地检讨他的失职，没有保管好独立大队的物资。他要去下山找到姬金荣这个偷走金子的叛徒，把金子要回来。赵克义大队长就好言安慰他，并说这事完全不怪他的，而且独立大队并没有因为他丢失了金子撤了他的职，还继续让他当保管，继续担任伙夫，所有剩余不多的钱还归他保管着。同时赵克义大队长又告诫他不能轻举妄动，更不能随便行动，靠他一个人的力量是不行的。但越是这样安慰，就越是让孙天贵心中痛苦和内疚，他虽然是我们河湾镇那一带小有名声的厨子，还能做出几个拿手的菜，现在却每天就只能熬两锅掺着野菜和树叶子的玉米糊糊。有和他熟悉的队员就和他开玩笑说："孙大厨子，就每天这喂猪的饭食，我也能做哩。还用得着你这大厨子吗！"也有的发牢骚说："哎哟哩，总是这种饭食吃下去，别说和日本人打咧，咱自己先就饿屎日塌咧！"还有的说："不是说咱们还有金子甚的，攒着买枪哩。先买点粮食让人吃嘛，别都饿死咧，还买甚枪，谁来扛呀！"

孙天贵就觉着那些话都是有所指的哩，虽然不明着说，但似乎队员们都知道是自己保管着独立大队那点可怜的家底的,现在却让人偷走咧,是自己失职,也是自己没有认清自己的同乡姬金荣的真面目。但是有一点,这也是他多次从姬金荣嘴里听到的,尤其是在他偷走金子前的一段日子里,经常说些落后分子的话,说稷王山上的伙食太差了,他在河东城里当掌柜时每顿饭都要三个以上的菜哩。说他们家的"棉丰堂"已好久没有正常开门营业了,不知道要损失多少大洋哩!说那是他们祖上传下来的家业,却没想在他的手上毁于一旦……然后就是长时间的唉声叹气,根本不像个副大队长的样子,比队员们的思想还要落后哩。

孙天贵就埋怨自己,在听到姬金荣的这些落后言论时,咋就没有想到去向赵大队长汇报呢?要是赵大队长早一点知道了,就会把他抓起来,哪里会让他当了逃兵,而且还偷走了独立大队的金子呢?唉,那会儿只是想着自己和他都是河湾镇上的同村乡亲,而且还是姬金荣的老爹看他父母早逝,一个人在镇子里孤单一人生活,就让他离开镇子出来,先是在他们家的"棉丰堂"里学着做饭,慢慢地竟练了出来,还能做出几个独特拿手的菜肴来,而且竟还有了一点小名声,河湾镇上有谁家婆婆娘和小孩子过满月的时候,也请他去做几桌菜款待客人。但大部分的时候他还是在"棉丰堂"做饭。在每年秋天收购棉花时短工多,吃饭的人也多,他一个人忙不过来,就让再加个帮手。谁知姬金荣却不让加,说一天就蒸一锅馍熬一锅米汤,又不摆七碟子八碗的,加甚人哩!他一赌气,就离开了,又到河东城的潞盐池子里担硝去了,担了一段硝,吃不下那个苦,就又回到城里的饭店去找活,反正在河东城里甚也干过,有时候找不到活干了,就觍着脸晃悠着到"棉丰堂"里白吃喝,反正是一个镇子上的,姬金荣也不好意思说个甚的,他姬家户家大业大,还咋着在乎一个人的吃喝嘛。直到他们组织起义暴动，成立甚抗日游击队，他孙天贵听到姬金荣一吆喝，说只要参加就能有好饭食有好衣服穿，听底下人说还能"共产共妻"哩，他就赶紧报名参加，就跟着上了稷王山咧。谁知道到了稷王山上，当着副大队长的姬金荣却还安排让自己做饭当伙夫，还私下里对他说是照顾他哩。刚开始也确实不错哩，虽然钱不多，却归自己管，到周围买些甚都是自己做主，这样下来竟然还悄悄地攒下来几个。可没想，姬金荣最后的这一下，却硬是把自己照顾到了沟里头咧！

说不定赵克义大队长他们嘴上是这样说哩，心里却在认定自己是和姬金荣合伙的，是和姬金荣合伙偷了金子呢！因为他们是一个镇子上的，自己又是跟着他才参加的暴动，才上的稷王山，这一切……说不清咧！这样一想，每天孙天贵就觉着赵克义大队长虽然嘴上那样安慰他，但看他的眼神却分明认定了他和姬金荣是一伙的，现在只是没有抓住姬金荣，把他稳在这儿，是在放长线哩。还有队员们的目光，说话的口气，分明都是在讥讽自己哩，还有那个时常到伙房里打水灌暖壶的大队部通信员小包，那眼神分明就是在监视自己的嘛！

不行，自己不能背这个黑锅，自己一定要想办法把金子从姬金荣手里要回来，还自己一个清白。如果有可能的话，连姬金荣本人一起弄上山来，让他面对面地对大家说明情况，当面鼓对面锣地说个清楚。

孙天贵就这样想着，也就近似于走火入魔一般，做起饭来脑子里还在想着这事情，竟然把两锅菜汤都烧煳了，让赵克义批评了他几句，说现在粮食这么紧张，你却还这样浪费……终于，就在父亲离开稷王山半个月后的一天深夜里，他怀里揣着那把他每天磨得十分锋利的切菜刀，骗过哨兵，悄悄地离开了稷王山。

孙天贵因为听父亲说过要重新开张我们家的"棉丰堂"的，所以他也认定父亲偷那金子也就是为了重新开张生意的，也一定是逃回到了日本人占领下的河东城了，他觉着父亲是认为稷王山抗日独立大队不敢到河东城里来找他的。而他这回却偏偏来找他了，却偏偏敢独自一人深入到虎穴里找他这个叛徒来了，不但要找他要回独立大队的黄金，还要把他抓回到稷王山上去，让他当面说清楚情况，然后、然后……就让大家说咋着处理他吧。毕竟是一个镇子上的乡亲，要杀掉他，自己还真下不了这个手哩，况且姬家对他孙天贵还是有恩的，他这个人不能恩将仇报，让镇上的人背后骂自己是个忘恩负义的小人。

所以，孙天贵下山后，就直接来到了河东城，熟门熟路地来到"棉丰堂"，他对这里的一切都很熟悉的，趁着天黑悄悄地摸了进去，守在父亲住的北边那间大厢房前，等着父亲的出现。

按说，河东城被日军占领着，城门口都有日军和皇协军的岗哨，盘查着出城和进城的人们。而孙天贵身上还揣着一把菜刀呢，咋着就能顺利地进了城呢？要说这也和今野司令官大力推行他的"怀柔政策"和"王道乐土"以及建立大东亚共荣模范城有关系，试想一下，一个"大日本皇军"占领管辖下的"模范城"，却每天如临大敌般戒备森严，对每一个进出城的老百姓都要搜查，实在与"王道乐土"式的模范城形象不符。聪明的今野正雄就下令，让日军宪兵和特工便衣在城内加强巡逻，却对进出城的人员放松盘查，最多只是对感觉可疑的人员盘问一句或者搜查一下，大部分人都是随便出入的。所以在那一段时间里，河东城里还是蛮热闹蛮繁荣的，每天城郊的老百姓一大早就把家里产的菜呀水果呀杂货呀甚的,拿到城里来卖,换点油盐酱醋回去,有拿担子挑的,有用小车推的,一路上倒也浩浩荡荡的,有些在城门口还能恰巧碰见站哨的皇协军是熟人,就打着招呼,有的就拿出担子里的特产往站哨的熟人手里塞,顺便也塞几个给站岗的日本兵。日本兵就会乐得眉开眼笑,连连说:"约西,大大的好。你的皇军的朋友,大大的良民。"那阵儿,我们河东城似乎真的是大东亚共荣了哩。

所以,孙天贵也就这样轻而易举地就怀揣着菜刀进了河东城了。

那天晚上,父亲在带着本家侄子姬立业联系了几户小商号的筹粮事宜,回到"棉丰堂"就已是晚上九点多钟咧。父亲就让姬立业早点去休息,明天一早就赶紧带几个伙计去把这些谈妥的粮食筹集到一起。说完后父亲还在院子里站了一会儿,伸展了几下酸麻的腰,这才进了屋。谁知当他刚要转身关门时,一个黑影跟了进来,手里明晃晃的东西一闪,就横在了父亲的脖子上。

父亲感到脖颈那儿一凉,就知道那是一把锋利的刀。他心里只觉一惊,就明白遇上土匪或者道上的人了。

父亲十六岁就到河东城当上了与德国佬合资的"艾姬有限公司"的总经理,小小年纪就在生意场上打拼,多多少少也是经历过风浪的,也对三教九流各种人物都已见识过了。所以他认为此时的人应该就是个打劫的,无非就是要些钱财了,一般是不会伤人的。所以这时候千万不能慌乱,更不要一着急就乱喊叫,那反而会让抢劫者惊惶失措,对你下手的。这会儿,父亲就让自己镇静下来,竭力用一种平静的声音说:"那条道上的朋友,可否先把手上的刀松了,有甚话咱们好好说嘛。"

那人手上的刀并没有松,相反的是还稍稍用了点力,嘴里还压低声音恨恨地骂道:"好你个逃兵姬金荣,你可把我害苦咧。你当逃兵不说,咋偷走我保管的金子吗?让我在稷王山咱队伍上咋着做人哩嘛!"

这下父亲就听出来了,这人原来是孙天贵。

父亲顿时就松了一口气,说:"哎呀,是天贵呀。你快放下刀,听叔说嘛……"

我们家在河湾镇辈分排得高,所以孙天贵虽然和父亲年龄差不了几岁,确切点说应该还比父亲大几岁哩。但按辈分他却得喊父亲"小叔"。谁知父亲话刚落音,孙天贵就又骂了起来:"叔,熟你个皮哩!还有脸当人家的叔!你快说,金子在哪儿?"

一听孙天贵问金子的事情,父亲就明白这家伙是奔着金子来的,就问:"是谁让你来问金子的?"

孙天贵说:"没有谁让我来,是我自己来的。我把金子没有保管好,让人、让你偷咧,我就要自己找回去哩。"

父亲说:"噢,是这样的呀。天贵,你这就是无组织无纪律咧,咋能不请示自己偷偷地跑下山,来到河东城里呢?你先放开叔,把刀拿开,我让人给你做碗面。你恐怕一天都没有吃甚东西吧?"

听父亲这样说,孙天贵的手略松了一松,就"咕咚"咽了一口唾沫,说:"我、我不吃饭,你先把金子给我。噢,你还得跟我一块上山去,把这事说清楚,然后我再放你回来做尿你的生意。"

父亲知道这个孙天贵正在冲动中,而且脑袋里面一根筋,不然也不会冒险闯到河东城里来找他要金子。但也不能把实情告诉他的呀。父亲就尽量地用一种很委婉的口气说:"天贵,你听叔说,这事情没有你想得那么简单哩,这是组织上的事情,你明白吗?是组织上决定的事情,你懂吗……"父亲说到这里已经有点急了,老是让这个孙天贵这样纠缠下去,把院子里的伙计们惊动了,再惊动了在门外日夜监视的日本人和皇协军,事情就不好说清楚了。晚上父亲一回到"棉丰堂",就察觉到了店铺里的异样,门口那几个闲散溜达的人,虽然穿着打扮是老百姓,却一眼能看出来是些什么人。这时候,父亲在心里又开始埋怨赵克义大队长了,咋就不把善后的事情布置安排好,把屁股擦干净呢?不但让山上的人随随便便就知道了事情的原委,还竟然离开稷王山跑到河东城里来了。

父亲又在担心着,自己让姬明文他们送的那批粮食送上山了没有呢?这孙天贵一路下来,咋就没有撞上文娃他们呢?

正当父亲这样焦虑地考虑眼下咋着来处理这件事,咋着让这个愣头青孙天贵明白事情不是他想象的那个样子的时候,却见孙天贵猛一把将父亲推倒在地上,用早就准备好的绳子把父亲胡乱捆绑了起来,缠绕得就像个粽子般。然后他就摸黑在屋子里胡乱翻腾了起来,嘴里叨叨着说:"姬金荣,你快告诉我,金子藏在哪儿了?你告诉我,我把金子拿回去,看在同村的份上饶你一条命,你就做你的生意,挣你的钱去。哼,连门口都挂上了日本旗,你就当日本人的汉奸吧!"

父亲仍然压低声音说:"孙天贵,我以副大队长的名义命令你,赶快停下来,赶紧返回山上去。我已经往山上送了一批粮食咧,还有一批弹药和枪支,就在安邑的仓库里,我正在想办法……"

孙天贵胡乱翻腾了半天,根本找不见金子在哪儿。他又冲过来,冲着父亲挥着手里的菜刀,变得愈加凶巴巴地说:"姬金荣,我再也不相信你的谎话啦!你还敢说你是副大队长?呸!你这个逃兵,革命的叛徒,已经成了日本人的汉奸啦!我真恨不得一刀砍掉你的头!快说,金子藏在哪儿啦?你要是再不说,我就……"他说着就用刀在父亲的脖子上比画了一下,由于天黑看不清,这一刀竟在父亲的脖子后面留下了一道深深的伤口,这道伤口一直没有愈合好,伴随了父亲多少年,每到刮风和阴雨天,这道伤口就会发红,让父亲疼痛难忍。直到父亲去世的时候,父亲脖子后面那道如蚯蚓般深褐的疤痕依然清晰。

父亲不由自主地"哎哟"一声,也就随着这一声,从屋子外面突然闯进几个人来,前面的那个人大声喝道:"不许动,再动就开枪啦!"父亲借着屋子外面反射进来的光线,看见那个人手里端着个枪,对着黑暗中的孙天贵。另一个人则迅速拉亮了屋子里的电灯,父亲就看见拉亮电灯的人是本家侄子姬立业。

前面那个端着枪的人竟然是河东城皇协军司令杜子孝。

但那会儿父亲还不认识他,也没有想到在这种时刻竟然有皇协军的司令亲自冲进来保护他!

后面呼啦啦地紧跟着又冲进来几名皇协军,都把手里的枪口对着孙天贵。

好一个孙天贵,毕竟也在稷王山抗日独立大队待了那么长的时间,虽然干的是伙夫做饭的活儿,可也多少参加过训练的。再加上年轻,他一看这情形,闯进屋子来的人的手里都有枪,就知道遇上埋伏了。但他也只是稍稍地愣了几秒钟,就把手里的菜刀朝着这个领头端着手枪的杜子孝横着劈掷了过来,趁着杜子孝慌忙躲闪向后退的工夫,他一纵身撞向了靠着后墙的那扇窗子,那窗子是用木头做的窗棂儿,糊着麻纸。他一下子把木头做的窗棂子撞断了好几根,人也随着这股冲劲儿撞了出去。父亲住的这间厢房是他们"棉丰堂"院子里的正屋,屋子后面是一条小胡同,顺着小胡同出去约有三四百米的样子,就是流经河东城里的那条汾河,河岸上盖着不少简易棚子,都是在河东城里谋生活的人们搭盖的,有不少的地方长着高高的芦苇和蒿草。所以,人只要跑到那儿,就很难抓到了。

杜子孝一看孙天贵从窗户逃掉了,就急忙对着屋子里的皇协军喊道:"都站着干甚哩,还不快去追,一定要抓住他,可别让这个杀害姬掌柜的熊货逃掉了!"

那些个皇协军就挤着搡着一窝蜂地跑出去了,接着,街头就响起了零星的枪声和乱糟糟的吆喝声。

这会儿,姬立业已帮父亲解开了绳子,把父亲扶到了椅子上坐了下来。从脖子后头淌下来的鲜血已经把父亲身上的衬衫染红了一大片,慌得姬立业拿了一块毛巾使劲地按着脖子后面的伤口。

杜子孝关切地走了过来,问父亲说:"姬掌柜,刚才那个想杀你的是什么人?"

父亲或许还没有从刚才的惊悸中缓过来,闭着眼睛靠在椅子上,喘息着说:"他要来杀我,我咋知道他是甚人?反正进门就是要钱哩,你看翻腾得这个乱……"说到这儿,他略微侧头看了杜子孝一眼,说:"多谢壮士出手相救。可我还不知道您是做甚的哩。"

杜子孝还没开口,旁边的姬立业就急忙插话说:"叔,他就是咱河东城的皇协军杜司令。"

杜子孝也就接着说:"杜子孝。"说完还很矜持地向父亲微微点了一下头,也可以说是微微颔首。这个动作是他向今野正雄学来的。今野告诉他，这个动作在日本是很有传统的，因为日本人有鞠躬的习惯，而这个微微颔首是上层人物向同僚表示尊敬的一个动作，既不需要弯腰太大的显得做作，也表示了礼节。杜子孝觉着日本人就是聪明，连点个头都这么有文化，不像中国人，趴在地上就是磕头哩。

父亲一听介绍，就显得似乎有些意外地"哦"了一声，便站了起来，向杜子孝也略点了一下头，却引起了脖子上伤口的疼痛来，便又不由自主地"哎哟"一声。

杜子孝见状，就说："姬掌柜还是赶紧先上医院里包扎一下吧，我外面有车子哩。"

于是，父亲就在侄子姬立业的搀扶下，先来到了院子里，看到院子里站了不少的伙计，还有几个背着枪的皇协军。父亲向一个叫来娃的伙计交代了一声，让他带着其他伙计看好门，早点去歇息了。因为明天一大早还要收粮食哩。

杜子孝带着自己的几个部下竟然一直陪着父亲到了河东城里当时最大的市立医院里，当缝针包扎好了，又打了一针"破伤风"针剂，医生说每天来按时换药就是了，没必要住院的。父亲就要自己坐黄包车返回"棉丰堂"，又再三对杜子孝司令表示了感谢，也让他早点回去休息。谁知杜子孝则坚持要用他的车送父亲回去，态度甚至有些蛮横，根本不容拒绝。父亲只好又乘坐着杜子孝司令的车回到了"棉丰堂"。不过，父亲隐隐有一种感觉，杜子孝是在带着皇协军监视他的，不然，在孙天贵挟持自己的时候，他咋一下子就能出现在"棉丰堂"呢？而且还是自家侄子带着进来的哩，他咋着和杜子孝这个八面威风的皇协军司令认识呢？

这样一想,父亲又不由多看了两眼坐在旁边的侄子姬立业,心里就多了一些想法和念头来。

果然,在父亲回到"棉丰堂"后,杜子孝说是为了保护姬掌柜的安全,命令一个班的皇协军留下了。

父亲心里有点明白,但还是用一种十分不解的口气对杜子孝说:"杜司令,要不是您今晚及时出手相救,姬家此时恐已在黄泉路上,这已经令姬家感激不尽了。再这样重兵保护,我就更是担当不起了。"

杜子孝就"哈哈"一笑说:"姬掌柜,你多虑了。不是我要这样子来保护你,是大日本皇军要保护你哩,而且是咱们河东城驻屯军今野司令官亲自下的令。我已经把今天晚上发生的情况向他做了汇报,他已下令,全城戒严,一定要抓住那个行刺姬掌柜的凶手。而且他明天也要来看你哩。"

原来是这样,是日本人派杜子孝他们来专门"保护"自己的。日本人这样做,是准备做什么呢?父亲略微一琢磨,就有点明白日本人的用意了,一定也是冲着粮食来的,冲着那满地飘香的麦子来的。

看来稷王山抗日独立大队里真的有暗藏的敌人奸细,不然,自己刚下山这么短的时间,河东城里的日本人就把自己的一切情况都掌握了?这个情况还得赶紧通知赵克义大队长,让他抓紧清查出这个隐藏的奸细,不然,下一步的行动还真不好开展呢。

河东城日本驻屯军司令官今野正雄果然就在第二天的一大早来到了我们姬家开在河东城里的"棉丰堂"登门造访,陪着他的当然是河东城里的皇协军司令杜子孝,其他日军军官他一个也没有让来。他准备以一个中国人的身份和父亲聊一聊。当他昨晚听到一直监视着"棉丰堂"的暗哨报告,说有人潜入了"棉丰堂",看样子是准备抢劫"棉丰堂"的。他先是暗暗地在心里叫了一声"天助我也"!随即就命令杜子孝,迅速带着皇协军赶到"棉丰堂"去,一定不能让姬金荣有生命之虞,当然,适当地让他受一点皮肉之苦还是可以的,这样就更能体现出"大日本皇军"的皇恩和在危急时刻体现出的救赎来。

日军驻河东城的宪兵司令泽田信对今野正雄独自一人去"棉丰堂"的安全特别不放心,他说:"那个姬的掌柜,毕竟是从反抗我们大日本皇军的队伍里逃跑回来的,中国人常说:防人之心不可无。司令官单独去是可以,我派人在周围暗中保护您。"

今野正雄哈哈一笑说:"泽田君,如果是这样,我就是去哪里也没什么实际意义了。"他颇有点自负地说:"在这个河东城里,我还是充满自信的,我走到哪里都是安全的。你没有看到,在'棉丰堂'的大门口挂着的是旭日旗子吗?"

其实,今野正雄早已经知道了从稷王山抗日独立大队有人下山来寻找偷走他们金子的叛徒姬金荣的消息了,他并没有声张,只是想看到结果如何。如果这个人真是想来要回他们那点可怜的金子,肯定会和姬金荣发生冲突,甚至动手杀人,这些他暗暗地布置杜子孝严密监视"棉丰堂",若有人潜入,可以放其进去,不必打草惊蛇的。如果是来和姬金荣进行联系的,正好一网打尽。他为自己的安排很满意,不管这个人是如何动作,最终都会来个水落石出。

现在,让今野正雄希望的结果已经出来了——

于是,今野正雄就只让杜子孝一个人陪着他,散着步,悠悠哉哉地就来到了父亲的"棉丰堂"商号登门造访。

在河东城里赫赫有名的"棉丰堂",昨天晚上商号掌柜的被悄悄潜入的不明身份的人刺伤,还差点丢了命,多亏了皇协军及时赶到,这才救了姬掌柜一命。所以,前柜多加了两个年轻伙计,注意起来往人员,尤其是要到后院见掌柜谈生意的人,更是警惕万分,一定要先去通报,等姬掌柜、也就是父亲同意后才可以绕过前柜,到达后院。这会儿,前柜的几个伙计看到这么早就来了两个人,一个矮墩墩的年轻人,嘴唇上却留了一抹黑胡子,看上去挺滑稽的,穿着一件长衫,手上还拿了一个弯弯的拐杖,却不挂着,来回地晃。另一个瘦高个子,上身穿着黑西装,但下面还是一件屎黄色的马裤。也许是脖子上的领带太紧了,不停地用手在拽来拽去的。由于昨天晚上杜子孝穿了军装,伙计也就没有认出他来。

杜子孝抢到今野的前面,对伙计说:"这是大日本皇军河东城驻屯军今野司令官,要去看姬掌柜,赶紧通报去。"

伙计一听,脸色顿时就变了,浑身哆嗦着不知该去做甚了。

今野就呵呵地微笑了两声,走到柜台前,和颜悦色地说:"怎么,没有见过日本人?和传说中的不一样吧。"

这时候,姬立业就及时地出现在了前柜,他一看是杜子孝,又见这个人是他陪着的来的,就知道不是一般人,赶紧鞠了个躬,说:"杜司令,我这就去喊我叔起来。他昨晚睡得太晚咧!"说着又让伙计搬椅子让杜子孝和今野坐下,然后赶紧一溜小跑到后院去了。

其实,父亲早就起床了,正在听我们河湾镇的自卫队队长姬明文,也就文娃说稷王山上的事情哩。就在这天凌晨,文娃匆匆地来了,他是前天按照父亲的吩咐带着一个自卫队员把那两担粮食连夜送到了稷王山上，顺便也送去了两个皇协军俘虏和两杆大枪，然后又带着赵克义的紧急指示连夜赶了回来。

赵克义一是肯定和表扬了父亲卓有成效的工作成绩，二是让文娃转告父亲，孙天贵私自下山了，肯定是来找他讨要黄金的，让父亲做好准备。同时，他们也在山上散布了孙天贵因为过不惯艰苦生活，当了逃兵的消息，这样，隐藏在山上的奸细就会把这一情报传送给敌人，从而减轻父亲这边的压力。同时，稷王山抗日独立大队也接到了乡吉特委的指示，说国民党二战区安邑军用品仓库被日军占领，里面储存了大量的粮食和军火，国民党军正在想办法摧毁这座仓库。赵克义要父亲想办法，从这座仓库里转移一些物资出来，特别是枪支弹药一类。同时，赵克义让父亲利用日本人的武器装备，把河湾镇自卫队迅速武装发展起来，然后从稷王山抗日独立大队抽调一些人员来进行训练和组织教育，慢慢渗透进去，使之成为我军的一支力量。

文娃端着碗面条，"吸溜"一口，然后就给父亲一字不落地背赵克义说的话，一口气说了那么多，听得父亲头都大了，加上脖子上还有伤，一晚上没有休息好，就有点不耐烦，嘟嘟囔囔地埋怨着说："他们不把工作做好，这会儿才把孙天贵的事传下来，昨晚差点要了我的命哩。又想要人家仓库里的货，又要搞自卫队，我把这些都干了，他们躲在山上做什么呀！"

文娃又说起了一件事情，他告诉父亲，听松尾巴三郎说，咱们河湾镇被划为"模范治安区"，要在路口修一座炮楼子，家家户户都要办理良民证哩，良民证上要贴相片，松尾巴三郎通知说这些日子里村民一般不要外出远行的,河东城里要来照相的,给每个村民照相哩。

父亲就说:"那就让大家照嘛。要不是办这个良民证,恐怕大家都没有照过相哩。"

文娃迟疑了一下说:"不光是这,好多人不愿意照,说照相是抓人的魂哩,怕把魂丢咧。还有,每张照片要交十元钱,许多人家怕是交不起的。"

父亲想了想说:"良民证还是要办的,不然将来出门办事十分不方便,弄不好都容易让日本人打死。尤其是自卫队员,更是人人要办的,这件事你要抓紧些。再过一些日子就要麦收了,没有良民证咋着出去收麦子呢?这样,你回镇子后先让大家照相,钱我来想办法。"

这时候,姬立业就进来了,说杜子孝陪着一个日本人来了,看上去像是个大官儿。

父亲心里就猜测出应该是今野正雄。他就赶紧下床,穿上了那件好久都没有穿的蓝丝布长衫,松口紧布鞋。然后又擦了把脸,把头发理顺,这才赶紧来到前柜,先双手抱拳对杜子孝作了个揖,说:"杜司令,失敬失敬!"

杜子孝就介绍了今野正雄。

父亲就又赶紧对着今野正雄作揖,用一种十分惊讶的口气连连说:"哦,是、是这个今、今野司令官,欢迎,欢迎来敝号视察。"

今野正雄微微笑着颔了颔首,说:"谈不上视察,早就想来拜访姬掌柜。不料又听说姬掌柜昨晚遭遇不测,所以今天一大早就过来,一则表示慰问;二则也十分地想和姬掌柜坐一坐,商谈商谈。"

父亲就赶紧伸手一让说:"既如此,司令官就请里面一坐。"又对杜子孝点一下头说:"杜司令,您也请。"

就这样,日军在河东城的驻屯军司令官今野正雄昂首阔步地踏入了我们姬家经营了多年的"棉丰堂",后面跟着不可一世的河东城皇协军司令杜子孝,两个司令在父亲略显殷勤的陪同下,走进了正厢房的待客室里。父亲一边忙着吩咐姬立业赶紧让伙计准备茶点,一边招呼今野正雄和杜子孝分别坐在了正中的两张太师椅子上。

今野正雄虽然坐下了,头却在不住地转动,四处打量察看着,只见在两边的墙壁上,分别贴着"经营准则""生意十诫""人生须问"等行业规矩,还有"成熟棉花的识别和眼观鉴定""等级小麦鉴定法"等商业知识。在靠门的旁边,贴着一张用规规整整的小楷书抄写的"做生意忌",上面这样写着:"一忌坐在家里等客上门,做生意必须跑动,不跑不活;二忌没胆量,总想着等十拿九稳的生意。有七分把握就可以行动,错过时机就赚不下了;三忌好高骛远,看不起小本小利。做生意要一步一步地去走,要从小做大;四忌攒钱,把钱存起来,不愿再投入,把活钱变成死钱;五忌人家咋干咱也咋干,总是跟在人家的后面走,依样画葫芦……"下面还留着一大片空白,没有再写。

今野正雄饶有兴趣地把那篇没有完成的"做生意忌"念了一遍,就抚摸着下巴笑着说:"有意思,有意思。既有做生意的经验和技巧,又含有做人的高远意境。而且,这也和作战一样,简直就是兵法呢。"

父亲就略显苦涩地笑了一下说:"说来惭愧。这本是家父多年经商时记下的一些心得体会,留下的空白处是让我们继续总结着记下去。可我们不肖,这些年来,毫无长进,只是在惨淡经营着,眼看着就要关门停业咧,着实让司令官见笑哩!"

这会儿，姬立业就和伙计们端着泡好的茶以及点心进来了。

父亲就招呼今野正雄和杜子孝两人坐下喝茶。父亲先端起一杯茶来，十分恭敬地说："今天敝号真是添了风采，来了两位司令官，而且也是我姬家的恩人。这杯茶我权当酒，先敬两位恩人一杯。"

今野正雄心里知道父亲说的是什么事情，却故意装作不解地问道："姬掌柜这话说得让我有点摸不着头脑了，什么恩人？"他扭回头看着杜子孝："你知道是什么事？"

杜子孝倒是明白父亲是指什么了，便开口说："司令官，不是、不是您……"却见今野冲他瞪了一下眼睛，顿时吓得把下面的话噎在了嗓子眼上，说不出来了："呃、呃，这个……"

父亲没有理会杜子孝，继续说："姬家虽不才，倒也在河东城生意场上拼杀多年，却不料在这短短的时间里连遭厄运。先是遭人绑架为匪，好不容易脱身逃回家中，却又遭遇土匪抢劫。家父是我们河湾镇方圆数百里的闻名的好人，却被一伙装扮成土匪的县保安队活活逼死，家人还遭污辱，如果不是皇军及时赶到解救，后果真难以想象哩。还有昨日深夜，姬家筹粮食深夜归来，没想店里潜入一抢匪，威逼钱财，若不是杜司令奉今野司令官日夜监护敝号，恐怕早已为鬼魂了。所以，我要感谢二位司令，感谢大日本皇军两次出手，在紧急时刻救了我的一家和我本人。"父亲说着就仰头喝掉了碗内的茶，然后双手抱拳向今野正雄和杜子孝作了一个揖。

今野正雄就也站了起来，向父亲鞠了一个躬，呵呵地笑了一声说："姬掌柜所讲之事，只是大日本皇军的举手之劳。在河东城里，像姬掌柜这样在战火尚未平息之际，就能看准商机，着力振兴家业，促进市场繁荣，当属有胆有识之士。所以保护好像姬掌柜这样的人士，维护河东城的安全，是大日本皇军的责任。"

父亲说："今野司令也是过奖咧，确实让姬家汗颜哩。要说嘛，姬家就属一纯粹生意人，只要有钱赚，冒点儿风险也是应该的。不知今野司令听说过这两句话吗，在生意场上，往往风险越大，赚头也就越大哩。"

今野正雄就连连点头，说："有道理，有道理。大日本皇军来到中国就是要和中国民众携手，共同建造大东亚的王道乐土的。中国地域辽阔，物产丰富，加上大日本皇军的优秀人才，我们一定能同心协力，把河东城建成中日共荣的模范城。"他说着，一口喝掉了自己碗中的茶，又反客为主端起茶壶，过来先给父亲的碗里倒满，又给自己的也倒满，然后对着父亲的茶碗碰了碰，说："把河东城建设成大东亚共荣圈的模范城，十分需要姬掌柜这样的有识之士，可以说，我对中国人很了解的，中国的许多事情往往就是坏在了少数像你说的那些人的手里了。当然，并不是所有的中国人都是渣滓了，更多的是精英。就像姬掌柜这样的，还有杜司令这样的，就是中国人当中的精英。"今野确实很聪明，很谙中国人的心理，如果只是一味地夸赞父亲，和父亲亲热套近乎，而冷落了皇协军司令杜子孝，会让他的心里产生想法的。不管怎么说，日本人在河东城里只有区区不足两千人的兵力，在许多时候还是要依靠皇协军这支武装的。尽管今野正雄在心里是看不起像杜子孝这类有奶就是娘的角色，但在征服中国的过程中却还是离不开这类人的。所以，他在夸赞父亲的同时，也不忘捎带上杜子孝。

果然，杜子孝就有点受宠若惊地赶紧站到了今野正雄的身边，用一种十分谄媚的口吻说:"大日本皇军就是来帮我们建立王道乐土,还有,还有大东亚……这个、圈子的。所以,我们都要听从大日本皇军的派遣,听从今野司令官的派遣哩。你说对吗,姬掌柜?"

父亲就笑着说:"这一点我至少觉得杜司令要比姬家做得好。如果杜司令昨天晚上不听从今野司令的调遣,那姬家可就……哈哈哈。"

杜子孝就觉得非常得意,那毕竟是他替皇军做的一件既上得台面也显得出的事情呀。今野正雄让他一定要保护好父亲的,如果昨晚上父亲真的出上点事情,怕他也是不好对今野交代的。这就是做奴才的麻烦,主子交代的事情就一定要办好,不然,就只有挨打挨训的份儿了。

今野正雄喝了两小碗茶,抹抹嘴唇夸赞说:"唔,这茶喝到这会儿,才真正地喝出味道来了。姬掌柜,如果我没有猜错的话,今天我们喝的茶是西湖龙井了。"

父亲就点了一下头,说:"今野司令猜得没错,是西湖龙井,还是去年来咱们河东采购棉花的浙商捎来的哩。现在战事频频,往返也实在不容易,所以只能请今野司令喝陈年的了,真是不好意思呀!"

今野似乎来了兴致,随口念了一句诗:"哦,'笑揽清溪月,清茶不厌多'呀。"

父亲听得出来,今野念的是唐朝张旭《清溪泛舟》里的头两句,只是把那句"清辉不厌多"改成了"清茶不厌多"了。他就在心里暗暗赞叹今野正雄对中文的了解。

今野又喝了两口茶后,便对父亲说:"姬掌柜,你见过我们日本的茶道吗?那喝茶的程序可真是非常烦琐复杂的。有四句话十二个字做了个概括,就是'取器时,手要轻;放器时,要深思'。不过,那喝茶的含义是已经远远地不在茶的本身了，实际意义主要就是体现在那些程序里了。"

父亲就笑了笑说："今野司令，恕我直言，我觉着那是你们日本国太穷咧，不产茶，没有茶喝，所以才把程序搞得那么复杂，看似花样很多，却没有多少实际内容，就是说光让人在看程序表演咧，茶却喝不了多少。"

听父亲这样讲，今野正雄的脸上就有点不悦。不过，他还是努力克制着，没有发作。

杜子孝却听出了父亲话里的讥讽之意，不禁乐得哈哈大笑起来，却扭头一看今野的脸色，赶紧止住笑，对父亲说："姬掌柜，你咋说大日本皇军连茶都喝不上呢？他们那里富得很哩，茶叶也是大大地有哩。我还打算到日本国去喝茶道哩。我说得对吗？司令官。"

谁知今野正雄却不理会杜子孝，端起茶碗慢慢地呷了一口，似乎若有所思，过了一会儿，他对父亲一本正经地说："其实，这也正是我今天专程登门拜访姬掌柜的原因。"

父亲就"哦"了一声，看定今野正雄，等着他的下文。

今野正雄就也放下手里的茶碗，清了清嗓子，用一种十分认真的神情对父亲说："姬掌柜，敝人还未进河东城前，就闻姬掌柜和'艾姬有限公司'的大名了。"他看了一眼父亲，说："现在我是不是应该用'棉丰堂'的字号？"

父亲轻轻地摇了一下头说："没关系。我在听您说哩。"

今野正雄就继续说："那好。我想许多的客套话就不讲了。姬掌柜既然能脱离匪军队伍，回到大日本皇军治辖下的河东城里来，说明了姬掌柜意欲重振家业的决心。而姬掌柜刚回到家乡河湾镇上,就率先成立了维持会,并自任会长,还组建了自卫队,也充分说明了姬掌柜的远见和卓识。大日本皇军充分体恤河东的百姓深受战乱涂炭,有心救民众于水火,携手建立大东亚共荣的王道乐土。本司令自到任以来,就一再呼吁,恢复河东工商业的发展。敝号'棉丰堂'在河东城历史悠久,驰名黄河两岸,畅销华北各地,正是我要重点开辟的实业之一。所以……"

父亲仍然是那么淡淡一笑,说:"今野司令真是过誉了。说句心里话,我也是听到了今野司令在河东城实行怀柔政策,这才萌发重新让'棉丰堂'开业的心思。试想一下,'棉丰堂'乃我姬家多年经营,几代传承,何尝忍心离弃呢?"

今野正雄就哈哈地笑了起来,这确实是他得意的笑声,因为他从父亲这一番话里听得出来,是发自内心的。他了解中国人,一个多年经商的商人,是不会和人发生刀光剑影的,他只是想赚钱。一个商人要想赚钱却是离不开环境的。而河东城今天的文明繁荣安全环境,就是他今野正雄制造出来的。他努力地抬起胳膊,拍了两下父亲的肩头,说:"约西,约劳西。姬掌柜,大日本皇军需要你的。让我们携手共同重建河东城之文明风气,形成道不拾遗夜不闭户之境界,这真是给生意人创造出了大大的公德之天地。姬掌柜,我们需要把河东城的所有商家和所有大大小小的生意人都组织起来,成立一个商会,这样就可以稳定河东局势,发展河东经济,让老百姓感受到王道乐土的安全繁荣来。姬掌柜以为如何?"

父亲说:"能让老百姓受益,那当然好了。"

今野正雄不耻下问地征求着父亲的意见,说:"姬掌柜,你在河东城里经营打拼了多年，贵号又是河东城首屈一指的中外合资公司，影响深远。所以，你觉着这个商会叫个什么名称比较合适，大家都能接受，又恰如其分地体现出大东亚共荣的政策来呢？"

父亲呵呵一笑，随口说道："这名称今野司令官不是都已经说出来了吗，就叫'共荣商会'不就行了。"

今野正雄闻言，不禁轻轻地拍了两下巴掌，连声说："妙，妙，姬掌柜不愧有主见有魄力有想法的商界精英人士。这名称既代表着大日本皇军的共荣精神，也代表着河东城商业人士的团结共荣的境界。真是太妙了。"顿一顿，今野又说："再者，我还想请姬掌柜出面，担任共荣商会的会长，不知意下如何？"

父亲就用一种感觉十分意外的口气"哦"了一声，双手抱拳对着今野正雄拱了拱，说："哎呀，今野司令真是太抬举姬家咧。河东城的商会会长，应该是资产雄厚，德高望重之辈担任才是哩。姬家才疏学浅，这几年生意又荒疏，再加上也太年轻，恐怕不能服众，实在难以胜任哩。"

在旁边好半天一直插不上话的杜子孝倒有点急了，站起来说父亲道："我说姬掌柜你这娃咋尿咧，还掰扯开咧！大日本皇军让你当你就当么，还怕甚！你背后有大日本皇军做后台哩，还怕尿他谁不听你的？"杜子孝一急，本色就露了出来，说出的话里就连串带着不少脏字儿。

今野正雄就重重地"哼"了一声，制止了杜子孝的厥词大放，并且有点厌恶地微微蹙了一下眉头。

试想想，两个彬彬有礼的人正在斟字斟句地谈着话，突然插进来一个粗喉咙大嗓门狂喊乱叫的人，那场面可真的是很煞风景的哩。今野正雄觉着和父亲谈兴正浓,却突然被杜子孝这样一打断,心里肯定不高兴的。但他也没有多流露出什么来,还是那句话,杜子孝毕竟是皇协军司令么。

今野正雄说:"姬掌柜不可推辞。正如杜司令刚才所言,有大日本皇军在做你的后盾的。我打算请姬掌柜出面,就在本周约请河东城里工商界的头面人物聚一聚,到时我也来听一听大家的意见。倘无异议,就照此办理。你说呢?"

父亲沉思了一会儿,便说:"首先承蒙今野司令的信任;再就是让河东城商业发展流通。如此,我就斗胆一试啦。"

今野正雄又伸手拍父亲的肩膀,说:"放心,一切有大日本皇军支持,包括这个的。"他炫耀般地向父亲伸了一下他的左手,在他的左手无名指上,戴着一个硕大的金戒指。

父亲就怔了一下,然后就明白,今野正雄知道他从稷王山抗日独立大队偷金子的事咧,看来他们的情报效率确实不低哩。于是,他就做出一副十分不好意思的尴尬样子,脸也有点涨红了,低声说:"只是生意耽搁了这么些年,资金就很紧张咧。加之家里也因各种原因发生困难,于是就见财起意,做了梁上之事……唉,让今野司令看低咧看笑咧!"

今野正雄很有意味地说:"不不,这才是生意人,真正的生意人。"

## 第五章

可能有读者看到这里时就会提出问题了，说一个堂堂的日军的联队长，一个大佐司令官，如何就会这样信任你的父亲，信任一个中国人呢？况且这个人还参加过抗日部队，尽管说是逃跑回来的，可一下子这么信任，也似乎有悖常理的。

其实，今野正雄在恳切地要求父亲姬金荣出任河东城"共荣商会"会长的时候，一刻也没有放松过对父亲的调查和了解，他也并不完全相信父亲就是受不了稷王山抗日独立大队的艰苦生活，这才偷了金子逃走的。他也不相信父亲对他说的是"见财起意"就偷了金子，想回到河东城里继续做生意，重振家业。但有一点，从表面上来看，由父亲这样的人出面来协助日军还是比较可靠的了。首先，在危急时刻，是日军救了他的家人。因为今野司令也没有想到吴天怀的那帮子县保安队竟然假戏真做，竟然把姬家老爷子用火活活烤死了！家里遭此变故，姬金荣倾向日军那是再自然不过了。也多亏天意相助，稷王山上竟然不知死活地追下来一个讨债的，据说就是奉了命令要拼死保管金子的，就是丢了性命也不能丢了金子的那位，非要找姬金荣要回金子去。这也能想得通，他们就那点儿家底，还不知攒了多久才攒下这么些金货，却被姬金荣一下子兜底儿全偷走了，人家能甘心吗？也多亏了他的远见，早就安排人员暗地里监视着"棉丰堂"的一举一动。所以才能在姬金荣性命攸关之时又救了他一命！他能不感谢日军吗？

似乎这一切都在自己的预料之中的，都在按照自己的设想在运转着，这一切真的是天意，真的是天皇陛下在遥远的岛国协助着自己的吗？因为在日本人的心中，天皇就是神，是活着的神。

想到天皇对自己的神助，今野正雄激动得珠泪盈眶。

因此，今野正雄能在心里肯定，姬金荣连续遭受多次变故，一定在心里对这个政府产生了强烈的反感和怨恨，也更能明白一个国家真正需要一个什么样的政府。所以，日军要能够大胆地信任他，再反过来由他协助日军，这样子是最可靠的一种方式了。姬金荣是个聪明人，而且还是个商人，所以他的选择就是利益的最大化，用句中国俗语来说，就是识时务者为俊杰。

而父亲在回答河东城商业界一些人士的询问时，这样回答说："中国眼下政府太多，派系太多，乱成一团。姬家目前的做法，也算是良禽择木而栖了。"

今野正雄对姬金荣的回答感觉非常满意。他在心里说，让姬金荣当河东城的"共荣商会"的会长，这个人是选对了。

当然，日本人是不会彻底信任一个中国人的，就在河东城日本驻屯军里，对父亲姬金荣持怀疑态度的就有情报官河原代子大尉、参谋长坂本少佐。他们不只是对父亲不信任，而且是对每一个中国人都不信任。他们自己的内心里清楚，他们毕竟是侵入了别人的国家，是在别人的国家里，不是自己的岛国。要想让这个国家的人们欢迎你，和占领他们国家的敌人一起和平共处，彻底地效忠你，那似乎是一种不可能的事情！

坂本少佐就不止一次地提醒今野司令，不可以对中国人太信任了，要时刻提防着他们，因为他们不可能对"大日本皇军"忠心耿耿的。他尤其提到了父亲姬金荣，说这个人表面看上去对皇军挺忠诚，实际上狡猾大大的，他是在利用皇军，实现他自己的目标。

而今野正雄听后都略略沉思一下，却用一种若有所思的语气反问坂本说："坂本君，那么你说一说，在这个城市里的中国人，谁又对皇军是忠心耿耿的？"

这个问题把坂本问住了，他张了张嘴，想了半天才说："我只是觉着，我们不能太相信中国人了。"

今野正雄就用一种教导的口气说："坂本君，你是一个很纯粹的军人，所以，你不懂政治，也不知道政治和战争之间的区别。要真正统治河东城里的中国人，光靠大日本皇军是不行的，我们的兵力不足，所以要学会利用中国人来替我们管理他们，来替皇军做事情，这样比我们去管理更能体现出大东亚共荣的价值，也更有说服力。中国人有句古语，说软索才能套住猛虎。你以为我很信任他们吗？你想错了，我在中国生活过，也在这个河东城生活过，我比你更了解中国人。如果我们一味地用高压政策，只会让他们更恨我们，从而更加反抗我们。你说我们给他们一点小小的甜头，让他们心甘情愿地替大日本皇军做事，做许多我们做不到的事，然后再把他们扔给中国的抗日人员除掉好呢还是我们直接制造出许许多多的反抗者出来好呢？"

坂本不吭声了。但今野正雄看得出来，他心里还是有点不服气的。

而河原代子大尉就利用自己手中的权力，私下里不断地动用自己的情报手段，对父亲姬金荣进行了非常严格的各种调查和监视，尽管从华北谍报机关和各方面传来的情报都证明了父亲的真实身份就是姬家的独生儿子，一直在河东城里经营着姬家祖传的"棉丰堂"和后来与德国人合作并改名为"艾姬有限公司"。而且前几年突然失踪，确系是一帮乌合之众的所谓抗日队伍绑架，但姬金荣本人并未真正加入过任何抗日组织。一切证据都确凿无疑。但河原还是没有放弃，他必须要保证万无一失。特别是那天的晚上，皇协军在追到了汾河边上的芦苇处，抓到了深夜潜入"棉丰堂"找父亲讨要金子的稷王山抗日军人员孙天贵后，他立即和河东城的日军宪后队司令泽田信秘密联系，直接把孙天贵关进了宪兵队一间特制的地下室牢房里，连今野正雄他都先没有让知道。泽田信和河原都是来自日本仙台的同乡，说起这个名字，我们中国的读者有许多人应该是比较熟悉这个地方的，因为鲁迅先生当年就是在这里学医的。仙台和美国的首都华盛顿处在同一纬度上，但华盛顿是首都，仙台却是日本岛国上东北部比较偏僻的地方，属于穷山恶水，气候寒冷，周围都是汹涌的大海。所以这里的人性格都比较冷僻，固执。而从这里所征士兵大都是穷苦人家出身，能熬到泽田信和河原代子他们这一个级别已经十分的不容易了。所以他们作起战来非常凶悍，可以说是杀人不眨眼。在他们之间也是互相照顾的，也比较同心协力。而且这些人有一个特点，就是十分地仇恨富人，就是他们日军中一些比较富裕的士兵，他们也经常找茬欺侮。我想，这也许是河原代子一直对父亲身上的疑点抓住紧追不放的一个原因吧。

把孙天贵关到宪兵队后，河原代子立即就抓紧了对孙天贵进行了秘密审讯，用严刑逼问孙天贵是不是稷王山上的抗日军派下来和姬金荣进行接头联络的。没有想到的是，孙天贵说他只是偷跑下山，一是来找姬金荣讨要被他偷走的金子；二是想除掉这个叛徒。这一点河原也相信，中共那方面是非常痛恨叛徒的。

孙天贵说这些话的时候还带着痛骂，骂父亲姬金荣是日本人的走狗，只要他能逃出去，绝不会放过姬金荣的。这倒是他的真实话，他确实真是带着这种目的来的河东城，所以说出的话就也很真实，让河原大尉这个情报官琢磨不出他有编造假话的破绽。但他还是不放心，就交代宪兵队认真看守，千万不能让这个人死掉了。然后他就又皱着眉头琢磨了大半天，就去找父亲了。

当只剩下一个人的时候，孙天贵受了一顿刑讯，头脑却开始清醒了，他开始在思考，对河原审讯他的时候，反复追问的都是有关父亲姬金荣的事情，问他在稷王山上是做什么的，为什么又偷跑下山了，一切都问得非常详细，而且说只要他能指认姬金荣就是稷王山抗日分子安排到河东城里的卧底，就可以放了他。这反倒让孙天贵起了疑问，开始琢磨那天晚上他听父亲讲的话了。父亲说他偷金子下山，是"组织上决定的事情"。而从眼下来看，敌人并没有完全相信姬金荣的，不然，为啥在抓住他后就一直追问和姬金荣有关的一切呢？还有，赵克义大队长他们咋就不着急抓住姬金荣，要回金子呢？他觉着自己是不是做了一件大蠢事了呢？他就开始回忆自己在日本人的审讯中有没有说出对姬金荣不利的话来。

也就在孙天贵开始慢慢地意识到自己是不是鲁莽了一些，偷偷下山来找姬金荣是不是真的做错了的时候，河原代子大尉来到了父亲的"棉丰堂"里来请父亲了。

河原说要带父亲去见一个人。

父亲当时正带着姬立业和几个伙计，忙着整理征收到的一些陈粮，因为都是小宗，而且比较杂，既有陈小麦也有绿豆、玉米、高粱，所以都要分类，也就挺忙碌。

父亲就问去见甚人？

河原代子就笑着说："一个姬掌柜非常想见的人。"而且他还说就是去见一下，耽误不了多少时间的。皇军还有车子专门来接姬掌柜的。

父亲就只好跟着河原去了。他看着这辆挂着日本膏药旗和贴着宪兵标志的乌龟壳子汽车拉着自己在河东城里的巷子里拐弯抹角地行驶，心里就有一种不祥的预感。因为父亲也知道河原这个情报官的，虽然他只是个大尉，但因为他直接受华北派遣军谍报机关领导，所以，今野正雄有时也对他的行动无可奈何的。他也仗着这一点，许多时候就是我行我素。

在路上，河原似乎无意地问父亲："姬掌柜，那天晚上想刺杀你的人是谁？你认识他吗？"

父亲说："哎呀，冷不丁地遇上那么一件事，当时我吓得连东南西北都分不清了，哪还能知道那人是谁？"

河原说："他为什么要杀你？"

父亲说："还不是老一套，要钱嘛。一口一个金子的。"顿一下，父亲又说："我想他就是想要点钱，并不是真想杀我哩。要是真想杀，我一进门他就杀咧，还能等到皇协军赶了来吗？你说是不是？"

河原就"呵呵"了两声，不再吭声了。

渐渐地，乌龟壳子汽车驶出了城郊，父亲就看到汽车直接开进了宪兵队。

父亲就问河原说:"你们拉我到宪兵队见甚人吗?我在这里可没有认识的人啊。"

河原就说:"一会儿见了你就认识了。"

这会儿,车子就停在了宪兵队的院子里。河原下车后,并没有把父亲往宪兵队的营房里领,而是领着父亲绕过前面的房子,来到后院,又拐进一间屋子里,然后顺着台阶下去,里面是漆黑一团,等有人拉开了电灯,父亲眯了一会儿眼,这才适应了,就看到在靠里的柱子上绑着一个人,衣服破烂,浑身都是血,头耷拉在胸前。周围摆着各种沾着血和滴着血的刑具,看得人毛骨悚然。

父亲就做出一种惊恐状来,对河原说:"哎哎,这是甚地方?让我到这里见甚人?"

河原就笑着说:"就是他。姬掌柜,你认识那个人吗?"他向两个只穿着衬衫的宪兵示意了一下,一个就走过去,用手托着那个人的下巴,把他耷拉着的头抬了起来。

河原对父亲说:"姬掌柜,这回仔细地看一看,认不认识?"

父亲就仔细地端详了一会儿,还是摇了一下头,说:"总觉着有点儿面熟,但还是想不起来在哪儿见过他。你们下手也太狠咧,把人打成了这个模样,更不敢辨认了。我觉着,应该不认识。"

没想那人却冲着父亲狠狠地吐过去一口带血的唾沫,嘴里骂道:"姬金荣,你这个叛徒,你不但当了逃兵,投靠了日本人,你还偷走了金子!我真后悔那天晚上没有先给你一刀……"

父亲听见那人在叫骂,就又故作惊讶地走过去,弯下腰仔细地辨认了一会儿,这才"哎"了一声说:"是、是孙天贵侄子呀?咋会是你嘛!你咋着会来杀你小叔嘛?这是咋着一回事嘛?"

孙天贵就骂道:"我没有你这号丢人败兴的叔。你偷了金子跑咧,独立大队要枪毙我哩。我不找你要回金子还能咋?我咋着都是个死哩,都是你害得我,你害得我呀……我就是要杀了你,杀了你哩!"

父亲就"唉"地叹息了一声说:"你说你这娃,我就是偷,那也是独立大队的金子嘛,你说你这是图了甚?做甚事不用脑子,能办好事情嘛?只会坏事哩嘛!"父亲其实是在指责孙天贵不听从命令,擅自偷偷下山来找自己要金子,差点坏了大事情,自己被抓不说,还险些让自己暴露了。

这时,河原就走了过来,看着父亲的脸色说:"姬掌柜,既然事情已经明白了,你认为应该怎样来处理这个抗日分子呢?"

父亲就"哼"了一声说:"既然你们认为他是抗日分子,那就照你们的办法处理吧。你们用这样的办法不是在河东城里处理了不少中国人了吗?"

河原听出了父亲话里的讥讽,就也"哼"了一声,掏出身上的王八盒子递给父亲,说:"不管他是否抗日分子,留着他对你来说也是个后患。大日本皇军也给你个报仇的机会,你就枪毙了他吧。"

父亲确实没想到河原这一招,他知道这又是河原在试探自己的,他这一招真的很阴险呢。不过,父亲的聪明就在于他的脑子转得快,这也是他多年在生意场上练出来的。他只是略微迟疑了一下,就轻轻地推开河原递过来的王八盒子,说:"这个吗,我们做生意的人有讲究,讲究的是和气生财哩。不能沾血,就更不能动手杀人咧,一辈子都晦气哩。"

河原这会儿却有点咄咄逼人了，对父亲说："姬掌柜，你既然选择了和大日本皇军合作，那么，所有与大日本皇军为敌的抗日分子，都是你的敌人。你动手杀了你的敌人，怎么能说是晦气呢？请吧。"他又一次把他那支王八盒子递了过来，有点强制般地往父亲的手上塞。他似乎感觉自己精心设计的这一场戏有点演不下去了，有点演砸了，就想最后逼着父亲做这一件事情，让他亲手杀了这个中国人。让中国人杀中国人，这对河原在心理上来说，也是一种释放吧。

父亲真是有点愤怒了。他心里本来就对孙天贵惨遭刑讯心里十分难忍的，已经在拼命地不露声色地克制压抑着自己的情绪了。不管咋着说，孙天贵都是自己人，他只是不了解真实情况，才冲动冒失地下山来了。从这一点上说，父亲也觉着是自己连累了他的，可这是稷王山抗日独立大队的决定，是由他和赵克义秘密商量的决定，而且为了保证行动的成功，也就是为了保证稷王山抗日独立大队的前途，这个秘密行动是不能向任何一个人透露的。

父亲几乎有点粗暴地又一次推开了河原递过来的王八盒子，略有点恼怒地说："我说过了，我只是个生意人，从不杀人，更不动这些杀人的东西。至于说到在河东城里和你们日本人为敌的抗日分子就都是敌人，那也只是你们这些日本人的敌人。恕我直言，你们来侵略我们的国家，还必须要求这个国家的人都说你侵略得很对，都欢迎你盼着你来侵略哩。你相信这是真心话吗？占领并不等于征服，抗日是必然的，反抗你们也是很正常的。但残杀中国的抗日分子也只是你们侵略者的事，与我这个中国人有甚关系？老实说，他们不是我的敌人，只是我的乡邻、同胞。我也知道你今天把我带到这里是甚目的，你不就是怀疑我吗？怀疑我是抗日分子的探子吗？是他们的间谍吗？那么好，有胆子今天就把我也杀了！你不敢杀我的，河东城还不是你能控制了的哩。我现在就告诉你，我不但不会动手杀他们，还反对你们残杀他们哩。我们河东城老百姓有句话，现在不妨讲给你听：自己种下的刺藜最后扎得是自己的脚！"说完，父亲扭头就往外走去。

这时，似乎是终于明白过来的孙天贵大声怒骂着河原："我知道啦，知道啦！你们听着，小日本，爷就是今天死了，十几年过去又是一条好汉，还要专门来杀你们这些跑到别人国家里无恶不作的小日本，一个个杀光你们这些小日本王八蛋……"

正被父亲一番话抢白得恼羞成怒的河原代子大尉，脸色都气白了。他没有想到父亲敢这样对着他说这些话，简直太让他丢面子了。从这一番话他听得出来，父亲压根就没有把他这个大日本皇军的情报官放在眼里的，这就更加证实了他的心理判断，中国人是不会忠诚于皇军的。这会儿又听见孙天贵在大骂着他们，更是如同火上浇油，让河原失去了理智，转身举起手里的王八盒子，把里面的子弹全对着孙天贵打了过去——

父亲就在要拐过地下室的弯踏上台阶的时候，非常清晰地听到了一声："小叔——"

那是从孙天贵冒血的嘴里喊出来的，他竭尽生命的最后一点残存的力气喊了父亲一声"小叔"，就是告诉父亲，他一切都明白了！

我曾经问过父亲，孙天贵在生命的最后一息，用平时他对父亲的称呼，喊叫他"小叔"，是否也有对他鲁莽行为的后悔和对险些给父亲造成的杀身之祸的歉意呢？

父亲肯定地说,其实河原代子把父亲一带到宪兵队的地下牢房里,孙天贵就有些明白过来了。说句真实话,孙天贵虽然冒险下山,想找父亲讨回金子。但其实间接地他也帮助了父亲,让父亲更加得到今野正雄人信任。不管咋着说,他还是个年轻人,也只是一个做饭的厨子,不可能把所有事情都像我们的领导干部那样考虑想象设计得那样完美无缺。他只是凭着一种本能,一种正义感。他是我们河东大地上无数抵抗外侮的一个真正的老百姓,一个抗日战士。

父亲还告诉我,在他听到河原代子打死孙天贵的枪声时,本来他都踏上了两级台阶了,却不由自主地又返了回来,看了一眼河原的手里还冒着烟的王八盒子,淡淡地说:"河原君,你觉着就凭你,凭你这把破枪,能杀光中国人吗?如果你把中国人逼急了,就是河东人一人吐一口唾沫,就能够淹死你哩!你信不信?"然后他又重新踏上了台阶。

河原代子就瞪着充血的眼睛,在父亲的背后发疯一般地吼叫道:"我现在就可以枪毙你,说你私通八路!"

父亲根本没有理睬他,而是继续沉着地一步一个台阶往上走,一边"哈哈"地笑了两声说:"怕你是没有那个胆量对我开枪的!我倒是可以再送河原君一句话,你们日本人不是非常信佛教吗?这也是佛经里的一句话:报应是一种必然,也是一种因果。你可记住了,河原君!"

父亲告诉过我,他那天和日军情报官河原大尉产生了冲突,实际上是违反了地下工作者的纪律的。他不应该在日军内部树敌,而且这个敌人还是一名处心积虑地要找出他是敌方间谍的情报官。他不应该那般冲动的。但父亲毕竟是个中国人,也年轻,胸膛中流淌着热血,首先在感情上他就不会像上了年纪的人那样有克制性,也就是我们平时所讲的涵养性。

果然，在后来的潜伏行动中，这个日军的情报官河原处处与父亲为难，时时刻刻盯着父亲的一举一动，竟然有好几次都被他抓住了父亲的破绽，找出了父亲身上的漏洞。也多亏各方协助，才一次次化险为夷。直到有一次眼看父亲就要暴露了，上级就下令潜伏在河东城里的我方人员行动，在国民党军统人员的协助下，除掉了这个双手沾满了中国人鲜血的情报官河原。此乃后话。

就在父亲被河原大尉强行叫去和孙天贵当面对质的时候，日本河东城驻屯军司令官今野正雄大佐也恰好不在河东城里。这也就打消了我的一些猜疑，认为河原在河东城也负有监视今野正雄的任务的，也许这些原因也有。但同时也说明河原大尉对今野大佐司令官还是有所顾忌的，并不能完全为所欲为。

今野正雄是赶赴北平参加华北派遣军司令部召开的作战会议，并就粮食征集和运送问题进行述职。在述职中间，他也向多田骏简单地汇报了他们在河东城里实行"怀柔亲善"，组织"共荣商会"的情况。同时，他又委婉地提出了河东地域广阔，适当向河东驻屯军增加兵力的请求。多田骏在听取汇报后，感到比较满意，对今野正雄的前期工作提出了夸赞。他很认真地告诉今野正雄，日本除本土主权线外，还应该有多条利益线，这利益线就是跟主权线的安全紧密相关的地方。这些利益线甚至可以说是生命线的。多田骏说："大日本的圣战不是短时期内能够结束的，所以，征集粮食、棉花和其他物资将是一项长久的工作。你们做得很好，就是要依靠当地有名望的人物，有本事的商人，组成为大日本皇军提供各种必需商品的机构来。就是要用亲善的手段,不要光是想着武力征服。"但最后他还是拒绝了今野正雄增加兵力的要求,说现在皇军正在对盘踞在晋南的中国军队进行分路围攻,遭到中国军队的顽强抵抗,推进得很慢,任务十分艰巨,而且各个进攻部队都兵力十分有限,他手头更是没有多余的兵力了。他要今野正雄很好地去利用本地力量,如皇协军,如他汇报中说的村民自卫队,确保河东城一带的稳定,不能给这次围攻带来麻烦,更不能给派遣军增加负担。

多田骏要今野正雄回去后,尽快组织一批粮食、盐、油等副食和衣服,送到指定地点。当然,地点会用秘密电台通知他的。

出乎寻常,多田骏这次一直把今野正雄送到了司令部外面,察看了一下周围,看到卫兵也在远处,然后压低声音语重心长地叮嘱今野大佐说:"现在大日本皇军已经深深地陷入中国战场之上无法脱身了。我们日本作为一个岛国,地理条件成为严重制约日本生存与发展的最大不可抗力和外部环境。我们是没有战略纵深的,各种资源非常贫乏,在经济上只有依赖这些利益线了。"他千叮咛万嘱咐,让今野正雄一定经营好河东城这条利益线,充分发挥大日本皇军之威力,真正掌握民众之心理,把河东城管辖建成名副其实的日中合作模范城,万万不可大意。

可见多田骏对河东城的这条利益线是多么的重视了。

后来我查阅了一些当年日军兵分三路,从东、西、北三面"以钳形并配以中央突破之方式"对中条山地区的国民党守军发起疯狂进攻的有关资料。仅华北方面,也就是多田骏指挥的华北派遣军就集中了日军的精锐第一军、第十七、第二十一、第三十三、第三十五、第三十六、第三十七、第四一师团;独立混成旅第四、第九、第十、第十六旅团;还有飞行第三、第三十二、第八十三战队担任空中配合。总兵力达十万多人。这还不算配合作战的伪军部队。这样大的作战行动，粮草就是一个非常大的问题了。我们中国也有句描述战争的古话，叫"兵马未动，粮草先行"。这一点，小日本也是懂得的。所以，多田骏自然对河东这个华北地区的"麦棉之乡"分外地重视了。

近年来，也有不少史学家指出，日本从1938年起，连续十三次发动对中条山中国守军的围攻，均被成功击退后，又在1941年第十四次集结重兵，发动了对中条山中国守军的进攻，谋求一次解决"中国事变"得到定局。说白了，那是日军的一次真正豪赌，日军不顾其他"警备地区治安状况的下降"，先后从华东、东北等占领地抽调师团，配属华北方面军行动。当时的日本陆相东条英机和杉山元总长在迅速解决中国华北问题上取得了一致意见，提出"不要单纯考虑南方，要确立以中国北方问题为主的方针。要不惜代价，得到定局。""解决了北方问题，就解决了中国问题。否则，圣战将遥遥无期。"所以，他们押上的不只是日本士兵的生命，还有整个日本国的命运。

设想一下，如果那场战争日军打败了，或者说受到重创，那么，接下来抗战将会是另一种局面了。

得到了华北派遣军司令官多田骏的夸奖和表扬，尤其是多田骏对自己在河东城成立"共荣商会"这一计划的支持，让今野正雄很兴奋，也很高兴。他在匆匆返回到河东城后，不顾旅途劳累，也没顾上休息，就亲自来到"棉丰堂"来找父亲了。这次他竟然谁也没有带，一个人穿着件淡蓝色的长袍，却不伦不类地在头上戴了顶黑色硬壳瓜皮帽，便优哉游哉地就来了。

然而令今野正雄没有想到的是,与几天前热热闹闹的场面相比,此时的"棉丰堂"却是"门前冷落车马稀"了。只有一个中年伙计拿把扫帚在有一搭没一搭地划拉着门前的树叶子,就连负责保护监视"棉丰堂"的皇协军便衣也不知道躲哪儿去了。

这是怎么了?

发生了什么变故了?

今野正雄带着满腹的疑问迟迟疑疑地踏进"棉丰堂"的大门,看到院子里也是空无一人,显得很冷静,也有点凄凉的感觉。今野正雄一个人站了半天,竟然没有一个人出来招呼他一声,这可不是一个商家店铺应该出现的事情。

那么,掌柜姬金荣呢?他怎么能容忍自己的商号出现这样冷冷静静的局面呢?他不是一心一意地回到河东城里就是要重新振兴自己的"棉丰堂"的吗?

恰在这会儿,有一个年轻伙计手里提着一个大茶壶从北面的厢房里出来,正是姬立业。今野正雄就喊了一嗓子。

听见喊声,姬立业扭头一看,赶紧放下手里的大茶壶,快步跑了过来,对今野正雄鞠了个躬说:"哦,司令……太君。"

今野正雄没工夫计较他怎么称呼自己,而是有些焦急地问道:"这是怎么了?一个人都没有?姬掌柜呢?"

姬立业就"唉"了一声,吃惊地说:"原来,原来司令太君不晓得呀?"

今野正雄说:"到底发生了什么事情?快点告诉我。"

姬立业就有点结结巴巴地说："就在前天，不是，是更前一天，那个、掌柜的，我叔被抓进了宪兵队里咧，说他是八路的探子，是从那个、甚，甚的，从稷王山上偷跑下来的，又打又审的，还当着我叔的面打死了一个人，说是来和我叔进行联系的八路……后来，我叔放出来后，不吃不喝地躺了一天一夜，然后就回了河湾镇咧，说是……"

"八嘎！混蛋！该死的！"今野正雄没有听完，脸就气得变了色，狠狠地用日语骂出一句来，摘下头上的瓜皮帽就摔在了地上。这是他在中国人面前第一次用日语骂人，也是第一次在中国人的面前失态发火。在此之前，他一直用他引以骄傲的流利的中文和父亲以及他周围的中国人交谈，并且和颜悦色，让人感觉他根本不是一个军人，而是一个非常和蔼的绅士。有些不认识不知道他的人，干脆就以为他是中国人哩。而此刻，正是他在河东城付出了许多的努力之后，要让这些中国人进行回报的时候了，要保证这次"晋南会战"的全面胜利，就需要动员像姬金荣这些人站出来，带动河东的老百姓给进行圣战的日军运送粮食和所需物资。运送几百万斤的粮食，光靠他联队里士兵和皇协军，是绝对办不到的，累死也完不成的。只有依靠当地的老百姓。他一再要求在河东城率先成立"共荣商会"的真正目的也正在这里。在完成圣战的同时，然后在河东城建立一个大东亚共荣的模范城，建立起人人羡慕的"王道乐土"来。而他，今野正雄就是这座模范城市的大功臣，是一个日本人和中国人都夸赞的救世主。

而此时，却有人趁着他不在河东城的时刻，秘密审讯自己刻意选定和培养的人，故意制造对立情绪，刻意地破坏他的计划，要将他的努力付之东流，毁于一旦，他能不恼怒，能不发火吗？

今野正雄对姬立业邀请他进屋去喝茶的话听都没听见，怒气冲冲地离开了"棉丰堂"，回去后换上军装，坐上车就来到了宪兵队。当宪兵司令泽田信跑步过来向他敬礼时，他不由分说，又骂了声"八嘎！"劈头就是正手反手两耳光！打得泽田信有点发蒙，不知道今天发生了什么事情，让司令官发这么大的火。

日本人有打耳光的这个习惯，这似乎是个传统项目，就是在长官打自己的耳光时，还得立正站着，昂首挺胸，打一耳光低一下头鞠个躬，然后再抬头让继续打，嘴里喊着"哈依。"那意思好像是在说，长官打得对，打得准，打得好哩！

走进宪兵队司令部办公室，泽田信继续立正站着，眼睛里却充满疑问，一直跟着今野正雄转来转去，寻找和等待着答案。

今野正雄毫不客气地坐到了泽田信的办公桌后面，对泽田信说："听说你们抓住了那个刺杀姬掌柜的八路探子，把他带来，我要亲自审问。"

泽田信一听，便一下子明白今野正雄为什么发这么大的火了。其实在当时，泽田信也觉着河原代子采取那样的做法来试探父亲试探姬掌柜有点不妥，毕竟姬掌柜一直在和今野正雄接触合作，一直在协助着今野，并率先在老家河湾镇成立了维持会，自任会长。最近又在积极协商成立河东城"共荣商会"的工作，而且还应今野正雄的邀请，准备出任商会会长呢，是今野信得过的人，也应该是今野跟前的红人了。可你偏要找今野身边红人的茬，明摆着也是在怀疑今野，在找今野的茬嘛。这不是自己没事给自己找事吗？他一开始也劝河原代子没必要这样做，没必要给自己惹出麻烦来。泽田信明白，就是即使最后能证明姬掌柜真的是八路的内线,是间谍,那也是让今野司令官下不来台的一件事,是让他很没面子的事情。最终还是会给自己惹下了麻烦的。但他看到河原代子一副铁了心的样子,觉着他毕竟是情报官,有着独特的行动权力,况且也是来自一个地方的同乡,在国外就更是要相互照顾协助了,也就默许了,让他利用宪兵队的地下牢房审理了这个案子。谁知他被那个姬掌柜的一番话一激一冲动,竟然把那个抓来的刺客打死了,让这件案子成了一宗无头案,再无审下去的必要了。就是想要再抓住那个姬掌柜的什么把柄,也无处下手了。

泽田信知道总有一天今野会知道这件事,也会问起这件事情的,他也准备好了如何来回答的。却没有想到今野司令官会发这么大的火!

于是,泽田信就原原本本一字不差地把情况讲了一遍,这一回他可不敢看同乡的份上替河原隐瞒或袒护什么了,他几乎把一切的责任全推到了河原的身上,甚至说河原是假传了今野司令官的命令,他这才同意让他在这里审讯犯人,并传讯了姬掌柜的。包括后来开枪打死了犯人,都是河原代子的个人行为。他从头至尾都没有参与的,包括他秘密传讯姬掌柜一事,他也是事后才知道的。

在此时,泽田信只能无条件地保护自己。

今野正雄听完,半天无语。然后就起身准备离开宪兵队。就在他走出门的时候,又回过头来对泽田信意味深长地说了一句话,让泽田信琢磨去。他说:"宪兵队是河东城驻屯军的宪兵队,是今野联队的宪兵队。你的要明白。"

泽田信就立正回答:"哈依。"

但这句话还是让他琢磨了好长一段时间后,才算是想明白了。因为日本人的脑袋都是一根筋，想问题比较直接，不懂得暗喻。而今野正雄在中国生活过，少年时期几乎就是在中国度过的，接受过中国的教育，所以也就懂得中国人喜欢用的暗喻，有些话不讲明，不说透，让对方去想去琢磨。这也是给对方留面子的一种举措，不然，一下子把话说明说透了，不留余地，对方一时接受不了，就结下仇怨了。

这就是中国的孔孟之道，儒家思想。

今野正雄回到他的驻屯军司令部里，刚刚脱下军装，又准备换上那件淡蓝色的长袍子了。他是打算亲自到河湾镇上去秘密探访一下，一是看一看河湾镇这个在河东率先成立了维持会的模范村镇的真实情况，还有村里的自卫队，是不是在皇军的控制下？再就是间接打听一下姬金荣在村子里做些什么？村子里老百姓对他是怎样的看法？这个很重要。毕竟他是个中国人，虽然姬金荣口口声声感谢皇军救了他和他的全家，一直在全力和皇军进行合作。但他心里头到底是怎么想的？谁也无法掌握。

也就在这时候，却见情报官河原代子匆匆地来了，他一定是接到了泽田信的通报了，说今野知道他秘密传讯姬掌柜的事情了。他于是就匆匆地赶了来，向今野正雄来解释这件事。可当他站在司令官的办公室门口，大声连着喊了几声"报告！"屋子里的今野正雄就像是没有听见一样，自顾自地让卫兵给他穿那件长袍子，然后对着门后的那面大镜子照着欣赏着，似乎是要出门赴宴一般了。

连喊了好几声"报告"的河原代子，看见今野正雄故意不理他，知道今野正雄在生他的气。但他却不能离开，必须要向今野说明情况，否则，这个芥蒂就算结下了，那么，他今后还怎么在河东城里待？他继续鼓起劲儿来，大声说："报告司令官阁下，请您允许我解释，并报告我的新发现。"

今野正雄终于开了口，冷冷地说："河原情报官又有什么新发现？是不是发现姬掌柜是个真正的八路了？"

河原代子就进了办公室，立正说："是的。姬掌柜身上的疑点更大了。"

今野正雄没想到河原会这样说，似乎也来了兴趣，就凑了过来，盯着河原说："那好，我就听听。"

河原代子说："司令官阁下，姬掌柜这个人物确实很不简单，绝对不是一般的人物。"

今野正雄"哼"了一声说："看河原君这话说的，他要是个一般人物，我会看上他，让他来担当这个'共荣商会'的会长？"

河原代子说："我是说姬掌柜这个人是经过大事件的，心理素质极佳。我在他面前开枪杀了那个探子，一连开了好几枪，若是一般真正只是做生意的人，早就吓坏了。我看到过支那老百姓，有的会吓得尿了裤子。而姬掌柜竟然脸不变色，泰然自若，他那么年纪轻轻的，却有着这么好的心理素质，我怀疑他一定是参加过特殊的训练，就是特工训练的，而且，他确实有过那么长一段时间不在河东城里的经历……"

今野正雄说："姬掌柜那段时间的情况，你们情报部门不是都进行过严格的调查，对他的行踪和身份确证无疑了吗？"

河原代子说："是的。但关于姬掌柜那一段时间的行踪，只有证人说的话证明，没有实际证据证明他确实是被绑架了。我怀疑他被绑架只是表面上骗人的幌子，而他却在一个隐蔽的地方接受了培训，然后潜入河东城来。他与大日本皇军合作是有目的的。"

河原代子的这一番话显然对今野正雄是有触动的，因为他也不是很相信中国人的，说白了，他只是在利用中国人，在利用父亲，然后达到他自己的目的。

听完了河原代子的一番话后，今野正雄沉思了一会儿，然后这样对河原说："河原君，你可以继续你的调查，我不干涉你的情报工作。但是有一点，你不能因为你的情报工作而干扰了这次皇军的'晋南会战'计划。我要利用姬掌柜在河东城商界的影响和关系，保证皇军这次会战的粮食和物资运输。如果粮食和物资无法保证，贻误了战机，任务完不成，我们都得剖腹以谢天皇。你明白吗？"

河原代子又立正答道："哈依。"

今野正雄看着河原，穿着长袍子在屋子里来回走动了好几圈，又说："河原君，就算姬掌柜是个敌方探子，可他又能探到些什么呢？再退一步讲，就是他知道了一些小情况，可在强大得不可战胜的大日本皇军跟前，又能起到些什么作用呢？河原君，你可以看到的，自从大日本皇军来到支那，所向披靡，这个劣等民族是何等的不堪一击呀，大日本皇军一千人就可以打垮中国军队上万人。你的情报应该很清楚，在河东城的周围的敌对武装，靠近黄河风陵渡口那边有着号称是中央军的一个团，但那是被皇军打散的一伙子残兵败将逃到那儿聚集起来苟延残喘，欺负欺负他们支那人还是可以的。再就是延安那边的八路，时不时地袭扰一下，不足为虑。至于盘踞在稷王山上的那股自称抵抗大日本皇军的什么独立大队，也就是绑架姬掌柜的那帮武装，更是破枪烂炮，徒有其名,还不如一支土匪队伍呢。对付这样的武装,本联队的两千名皇军精锐,简直就是囊中取物一般了。你有什么可忧虑可担心的呢?"

河原代子心服口服地鞠了一个躬,说:"哈依。司令官实在英明。"

今野正雄又说:"但是,你可不能小看了姬掌柜这个年轻人,他在河东城的商业界可是个很有影响的人物,他家的祖传商号'棉丰堂'也是个非常有影响的老字号。我们如果不问青红皂白,先把他抓起来或者杀掉,势必会失去河东城里大多数商家的信任,说不定还会引起骚乱。你说是我们把他杀了引起骚乱好呢,还是我们利用完了不动声色地杀掉他好呢?或者我们借用别人的刀,比如说是国民党的,延安八路军的,让别人替我们杀掉他,这样也许会更好些。你觉着呢?河原君?"

河原代子这回是真的服了,觉着今野正雄就是比他们要看得远,有头脑,会和中国人打交道。他由衷地说:"听了司令官的教导,胜读十年书,一切都明白了。河原知道怎么去做了。"

今野正雄看到河原大尉虽然嘴里是在这样说,但脸上仍然流露出一股不服气的表情,就知道还是没有说服他的,在他的心里仍然没有打消掉对姬掌柜的怀疑的。今野正雄也知道他对情报官的控制是有限度的,所以话也只能说到这儿了。他对河原大尉说:"我要到河湾镇走一走,河原君不想和我一起去看看田野里的景色?闻一闻即将成熟的小麦的清香?"

河原代子又是一个立正,说:"请原谅,司令官,恕不能同行。"

今野正雄也不强求他一道去,就又对他说:"河原君,在中国有一句话很有意思,叫'螳螂捕蝉,黄雀在后。'你懂这句话的意思吗?我很小的时候就经常听他们讲,就牢记于心了。这句话的意思就是说,螳螂在专心捕捉眼前正在喝露水的蝉,黄雀却准备捕捉螳螂。对了,后面还有,一个孩子正拿着弹弓在瞄着黄雀。大日本皇军要想在河东城站住脚跟,让这个'粮棉之乡'成为皇军的利益线,得依靠中国人才行。但是,我们又不能只靠哪一个中国人,不管是那个姬掌柜姬金荣,还是杜司令杜子孝,还有……哪一个中国人都是靠不住的。但是可以让他们之间互相制约。河原君,你是不了解中国人的,可我了解他们。"

河原代子由衷地点着头说:"哈依,司令官阁下,这回我真的明白了。"

今野正雄看到河原代子这回似乎真的是心服口也服了,心里也挺满意,就又一次邀请说:"那么,我再次邀请河原君跟我一块去趟河湾镇,一是欣赏河东平原的景色;二是把姬掌柜接回河东城。"

河原一听要去接我父亲,觉着面子上有点抹不下来。因为就在那天,父亲就泰然自若地当面耻笑河原不敢朝他开枪,不敢把他咋样了!这才过去几天时间,自己就真的跑到他的家里去接他了,这不就是向他认错了吗?向他认输了吗?

今野正雄的脸色变得严肃起来,认真地说:"为了完成这次大日本皇军的'晋南会战',我们要迅速把河东城的'共荣商会'成立起来,为这次圣战服务。而姬掌柜是商会会长的不二人选。我们要利用好他,赋予他这个重要的使命,让他为皇军的圣战服务。所以,我们一定要去热情地接他回来。河原君,这也是一场战斗。"

这次河原代子毫不犹豫地说:"是,谨遵使命。"

## 第六章

今野正雄和河原代子一人骑了一匹马，只带了一个小队的卫兵，便直奔河湾镇来。他们并不急着赶路，沿途欣赏着路两旁随微风摇曳的片片已经泛着金黄色的麦浪，欣赏着各种蓬勃生长的庄稼，还有盛开的野花。远处的村庄掩映在一片绿树丛中，阳光在浮动着，在路两旁的庄稼地里有老百姓在忙碌着，看到一队日本兵过来也不躲避，照样忙自己的。今野正雄的心情好极了，大有一种"放眼望去，莫非王土"的感觉。他非常得意地对河原代子说："这就是我要建立的模范乡镇，模范城。我要建立的王道乐土。你看到了，在大日本皇军的控制管辖下，这里的治安局面多么好，百姓安居乐业，一片大东亚共荣的新气象。眼前又是多么美丽的田园风光，河东大平原，真是名不虚传的呀。"他在嘴里轻声地哼起了日本歌子《樱花》来：

"樱花啊！樱花啊！
暮春时节天将晓，
霞光照耀花英笑。
万里长空白云起，
美丽芬芳任风飘。

去看花,去看花,

看花要趁早,要趁早……"

河原代子骑在马上,胸前挂了一台照相机,不停地拍照着,他们情报部门是有照相机的。但他只是在拍照,偶尔也替今野正雄拍两张,却一直不吭声,也不接今野正雄的话题。

但他却在观察着周围的一切,而且观察得非常认真,还不时地掏出小本子记上两笔。

中午时分,今野正雄和河原代子一行来到河湾镇,远远地看到在镇子的口上集合了一群人,还有几个人敲锣打鼓的,显得挺热闹。走到跟前一看,原来是手持太阳旗的河湾镇村民乡绅,他们是来欢迎今野正雄一行的。

站在前面的松尾巴三郎看到今野正雄走到跟前了,就跑步过来,"咔"地一个立正,喊道:"欢迎司令官阁下到河湾镇模范村视察。"

今野正雄下了马,把缰绳交给后面的卫兵,满面笑容地看着松尾巴少尉,说:"松尾君,这段日子肯定不错,你长胖了许多呢。"

松尾马就咧开嘴乐了,说:"报告司令官,这里的村民非常感谢大日本皇军,模范大大的,友好大大的。您的看见了。"

那些老老少少的村民们站在阳光下,瞪着眼睛看着这个骑着高头洋马的日本司令官,有些懒洋洋地胡乱地挥动着手里的太阳旗,嘴里喊着刚刚教给他们的日本话:"考恩依玛斯,考恩依玛斯(欢迎)"。大部分的村民都是第一次说外国话,所以口齿不清,就喊成了:"拷你妈去(qi)!"就是过去了这么多年,村子里当年参加过那次"欢迎仪式"的小孩子,如今已年老得愈发口齿不清的喜喜老汉,说起那句日本话,还是说他弄不懂，说："那些日本人咋不把自己的老人当回事嘛，一口一个拷你妈的，真是一群糟粕种哩！"

今野正雄当然听不清村民们喊得是甚了，但知道是在"欢迎"他这个河东最大的司令官的到来。于是，他亲切地向村民们挥着手，大声地说："老乡们，你们好哇！"

村民们顿时就呆住了，就连那些有一搭没一搭敲锣打鼓的人也住了手，他们很奇怪，这个刚才骑着高头大洋马的日本官，却说得是中国话，咋的了，他是中国人？

这时候，父亲就急急地从镇子里赶来了，还跑出了一头汗来。这天，父亲穿了一身雪白的府绸衣裤，头上戴了一顶麦秆编的凉帽，显得很是风流倜傥。他一连声地说："哎呀，这是咋弄的嘛，司令官要来，咋着也不早早地通报一声，镇子里也好有个准备。你看这……弄得人手忙脚乱的。"

父亲曾告诉过我，那天他确实没想到今野正雄会和河原代子一块到镇子里来找他，让他赶快回河东城去。就是那个松尾马也不知道，只是当今野正雄他们离河湾镇还有三四里的河边小码头的时候，被松尾巴派在那儿监督河边运输，实际上是在收过河费的皇协军里一个小队长发现了，以为他们私自收取过河费的事让上边知道了，就一路紧跑，报告了松尾巴少尉。松尾巴听了也是一阵紧张，不知道今野正雄司令官不声不响地突然驾临是为了什么？但松尾巴很机灵，心里一转念，不管你来河湾镇干什么，我先把表面上的工作做好，让你高兴了再说。他就赶紧临时组织了一帮子村民，拿上早就做好的太阳小旗，敲锣打鼓地到镇子口上来欢迎司令官了。没想这一招真的让今野正雄大喜过望，觉着河湾镇真的是河东的模范镇,真的是王道乐土的典范了。

他真的是心花怒放了。

今野正雄热情地拉着父亲的手,在父亲和松尾巴三郎,还有镇子里几个有身份的士绅的陪同下,先到公路口上看了正在施工的炮楼,有四个皇协军在那儿监工,今野司令官给了他们一盒纸烟,让他们发给正在砌砖的老百姓抽,又让身后的卫兵送过去两瓶清酒。等父亲他们陪着今野正雄转身刚走了几步,那四个皇协军已经在身后"三星照呀""五魁首呀"地喝开了。

父亲陪着今野正雄又来到镇上唯一的商店里,里面除了食盐是河东的潞盐外,其余基本上全摆的是日本货,就连糖块也是日本的,还有日本的清酒。今野正雄花钱买了一大把花花绿绿各种颜色的糖块,散给了围在商店门口观看的孩子和老人。他还亲自给一位老婆婆的嘴里塞了一颗糖,但老婆婆用没牙的嘴抿了抿,又赶紧吐了出来,扔到了地上,对今野正雄使劲地摆着手说:"不,我不吃药,不吃药。你这日本人,好好地咋要用药闹人哩,要闹死我呀!"一下子让今野司令官很尴尬。

"闹"是我们河东话,也就是说"毒"的意思。

松尾巴三郎想替司令官打圆场解围,就过去一边结结巴巴地解释一边把地上的糖捡起来,拍拍沾在上边的土,在自己嘴边舔了舔,说:"这是糖,日本的糖,甜的。大大的好吃。"然后就又要往老婆婆的嘴里塞。

老婆婆往后躲了两步,点着松尾巴三郎说:"大大的好吃,你咋不天天吃,咋总是让杀鸡给你吃?让烙麦面饼子给你吃?镇子里的鸡都让你们日本人吃光了,连个下蛋叫鸣的鸡都没了!还大大地好吃哩!你们日本有那么多的好吃的，咋跑到我们这搭来干甚哩！一住下就赖着不走咧。哼！"

老婆婆这一番话，竟然说得今野正雄一帮人无语可答。

父亲赶紧过去说："司令官，村野之人，没见过大场面，不会说话。我们还是到镇公所里休息一下子吧。"这才算是解了围。

我后来专门回过一次村子，打听过那个老婆婆是谁，但村子里竟然没有记载，许多人都说没有听说过这么一回事。父亲讲这件事情时也说他也记不清这个老婆婆具体是谁家的，模模糊糊有个印象，好像是北头巷范有成的娘，大概日本人还没有投降就死了。

但我觉着，老婆婆堂皇正气大义凛然对着日本人说的那一番话，应该代表了那个时代里中国人的普遍心理。

我记得小时候常听母亲讲起日本人到村子里的情形，说那些日本兵就像是饿死鬼托生下的，到了村子里就是找吃的了，看见甚都想吃，进了谁家的院子就直奔着鸡窝去了，先是去摸鸡蛋，然后就是抓鸡了。母亲说对门的狗旦家养了几只鸽子，那可就造了孽咧，日本兵满院追着用枪打，一地的血和漫天飞舞的鸽子毛。看见谁家养着猪或者羊，一刺刀捅死了，光是把腿割下来拿走烤着吃。点火没有柴，就又把家户的屋门或者桌子柜子，只要是木头的，搬出去砸烂就生起火，然后就用刺刀挑着割下来的猪腿羊腿去烤，烤得半生不熟的还在滴着血呢，就迫不及待地张开大嘴用那龅牙去啃了……

父亲小心地陪着今野正雄来到镇公所，在院子里，一队自卫队员正在队长姬明文的带领下趴在地上练习射击，旁边还有一个日本兵和两个皇协军在指导训练。看到他们进来，姬明文就把队员们喊起来，站成两排，然后跑步过来，歪歪扭扭地冲他们敬了个礼。父亲就告诉他，这是今野司令官和河原代子情报官，来看自卫队的训练的。今年野正雄就伸手握了一下姬明文的手，说："好厚的茧子，是把握枪的手。"

父亲让今野正雄到屋子里坐，今野正雄却不进屋，饶有兴趣地看着自卫队员们在训练。他转身问父亲说："姬掌柜，你的自卫队现在能够进行作战吗？"

父亲说："眼下作战恐怕还不行哩。大家对武器掌握得还不是很熟练，还有，枪支并不能满足一人一支，所以训练起来大家就要换着来，这样训练就有些耽误事。"

今野正雄又说："你觉着你的自卫队能保护你的村民吗？"

父亲说："自从成立了自卫队，至少那些横行在滩里的土匪现在不敢明目张胆地来咧。再说咧，还有皇军在我们镇子里保护哩，我们就更是高枕无忧咧。"父亲说着，扭头看了一眼松尾巴少尉，说："你说是不是？"

松尾巴少尉就连连点头，说："有大日本皇军的保护，安全大大的有。"

今野正雄就答应说，回去后马上给河湾镇自卫队补充五十条枪，还有两挺歪把子机关枪。他让松尾巴少尉去办这件事。

父亲就连连表示感谢。

今野正雄就问父亲还有什么需要办的事情，大日本皇军一定全力支持。

父亲想了想，就看着今野的脸，迟迟疑疑地说，镇子里的人看病很不方便，虽然有个诊所，但缺医少药的。是不是在镇子里可以办个小型的医院?

今野正雄当即答应,可以办。医生和药品器械什么的,统统由皇军提供。

父亲就又代表河湾镇的乡亲们向今野正雄表示了感谢。

但父亲还是注意到,在做这一切的时候,河原代子面无表情,一声不吭,既不表示赞成也不表示反对。

父亲就在心里提醒自己,这个人才是最阴险的人,是最需要提防的人哩。

在临离开河湾镇的时候,今野正雄又亲自来到了爷爷和奶奶的坟墓前进行了吊唁。当他看到自己撰写的"河东商魂"四个大字被刻在一块石碑上,竖在墓侧时,大为感动,不由对父亲说:"姬掌柜,你这样做,村人可是会骂你哟。"

父亲十分坦荡地说:"今野司令,姬家既然选择了与皇军合作,就顾不上那么多了。我现在所想之事,就是确保河湾镇一方平安,把'棉丰堂'的业务拓展开来,借皇军之力重振我姬家门风。只是……"他犹豫了一下,用目光斜睨了一下后面的河原代子,只见河原代子并未加入到吊唁的行列中,而是孤零零的一个人站在一处崖前,看着不远处奔流的那条黄色带子,在明亮的阳光下,闪着光环,西绕东突,蜿蜒前去。

今野正雄就猜出了父亲想要说的话,"呵呵"地笑了一声说:"姬掌柜,此事我知道了,都是一场误会,都是一个目标,为了大日本皇军的利益。我这次专程和河原君一块来,就是让他向你道个歉的。姬掌柜,我们是朋友,我是信任你的。而且经过了河原君的这一次考验,我是更加信任你,信任你对皇军的忠诚了。"说着,他就转过身来,朝一直伫望着黄河的河原代子喊了一声。

河原代子就走了过来,他是知道今野正雄的意思的,所以,没等今野正雄再说什么,他就向父亲双腿一并,鞠了一个躬,用日语说道:"实在对不起,我必须向你道歉,请你原谅。"河原一下子叽里哇啦地用日语讲了一大堆,反倒把父亲弄得有点发愣,挓挲着两手不知所措,也不知道该说些什么。

后来父亲告诉过我,说那个河原代子中文虽然不如今野正雄那么流利,但也不差的,不然他咋在中国搞情报呢?但他那天对父亲道歉时却只用日语说,表明他心里还是不服气的,只是碍于今野正雄司令官的压力,才勉强向父亲道了个歉,实际上心里头的怨结得更深了。

父亲说,他们觉得日本人就是有那么一根筋,认准了的事情是很难扭回来的。

听着河原代子这样子道歉,倒也把今野正雄逗笑了,他先把河原代子的话翻译给父亲听,然后说:"河原君请你原谅。但是姬掌柜,你也得理解河原君,他是情报官,这样做也是为了河东城的安全,也是为了彻底消除你身上的怀疑嘛。"

父亲就笑着问河原代子,说:"河原君,你对我的怀疑彻底消除了?"

河原代子就"哈依"了一声。

父亲就"哼"了一声,看着今野正雄说:"听河原君这样说,我就放心了。好吧,我这就跟你们一块回河东城,赶紧把'共荣商会'建立起来。哎呀,说起建立商会,我还差点忘了。"父亲拍脑袋,对今野正雄说:"对了,我们河湾镇维持会为了庆贺'共荣商会'的成立,还抓紧时间排了两出小戏，今天正好化妆彩排一下，也恰好今天司令官来了，这就叫赶得早不如赶得巧哩，就请司令官和河原情报官一同去指导指导。"

今野正雄一听父亲竟然还在排演小戏庆贺"共荣商会"的成立，心里更是高兴，觉着河湾镇真的是日军管辖下的一个老百姓安居乐业，歌舞升平的太平盛世了。他就做出一副内行的样子说："好好，去看看。我记得河东城里唱的是、是什么戏剧呀？我一下子记不起来了……"

父亲说："我们河东一带流行蒲州梆子，老百姓也叫蒲剧。不过，我们排演的小戏是眉户，这是从黄河西边的眉县和户县流传过来的。"说着话，父亲就对一直跟在旁边的姬明文使了个眼色，让他到戏台去通知一下，就说司令官要来看戏哩。

那会儿，在我们河湾镇老百姓的眼里，父亲就十足得如同一个点头哈腰的汉奸一般。前前后后十分殷勤地陪着几个神气活现俨然如同这块土地上的主人的小日本，表现得非常到位。但父亲后来给我讲述这些的时候却告诉我，他每点头哈腰地赔一次笑脸，心里就恨恨地骂一句"小日本！"比如他端起茶让今野正雄他们喝，赔着笑脸说："太君，喝茶喝茶，茶的时间长了，会凉的。"心里却在骂："小日本，让你喝尿哩！"

父亲和镇上的一些乡绅前呼后拥着今野正雄来到镇里专门唱戏的戏台子底下，早有人在接到姬明文的通知后赶紧摆好了长条凳，前面摆着长条桌，桌子上放着炒好了的南瓜子、炒花生、泡好了茶水。松尾巴三郎有点讨好地告诉今野，在公路口的炮楼还没有修好之前，他们小队现在就暂且在戏台后面的大殿里驻扎办公。

今野正雄就又先来观看这座矗立在戏台北面的大殿，只见大殿坐北朝南，四周整齐，周围廊檐下全部用斗拱承托，单檐五脊顶，中间无大梁，只有直径约十厘米粗的中柱一列，直通平梁。有两根斜撑木在此中柱上集结，重点四散下层，顶脊小而灵巧，坡度很大形成一个扇面，整个屋顶部分不及殿长的五分之一。今野正雄也似乎懂些建筑，看后顿感惊奇，便问："这么一座大殿，就全靠这么粗的一根柱子支承着呀？这可真的是险中求稳，稳中求奇了。姬掌柜，这是什么时代的建筑呢？"

父亲早就有准备，便唤过一直跟在身后的镇子里的一位乡绅老汉到前边来，这老汉是我们镇子北头的玉民爷爷，早年还参加考过清朝最后一期的状元，只不过没中罢了。但镇子里的人则一直称他为老"状元"，认为他是全镇子里最有学问的。这会儿，就见"状元"身着蓝缎子长袍，套深褐色马褂，左手里拄着一根簇新的龙头拐杖，移步上前，很有学问地梳一梳下巴上稀疏的白胡子，一字一句地对今野正雄说："司令官有所不知，这大殿也唤作无梁殿，即没有通长大梁承托支撑。创始年代不详，这是元代重新修缮的。"

今野正雄问："那这是座什么殿呢？"

老"状元"清一下嗓子说："此殿实际上称稷王庙，是为祭祀我们中华民族农耕文明的始祖后稷而修建的。后稷以教民稼穑的绝世之功，奠定了他在中国农业史上无与伦比的崇高地位。"说到这儿，老"状元"似乎忘记了听他讲解的是日本人，竟然摇头晃脑地念起了《史记·周本纪》里那段关于后稷的出生、得名及耕稼才能："周后稷名弃。有邰氏女者，曰姜原也……弃为儿时，屹如巨人之志也。其游戏，好种麻菽，麻菽美乎，赞也。及为成人，遂好耕农乎。相地之宜，宜谷者稼穑焉。

民皆法则之也。帝尧闻之，举弃为农师者，天下得其利也。有功，功也。帝舜曰：'弃，黎民始饥，尔后稷，播时百谷。'封弃于台，世后稷，别姓姬氏也。"

老"状元"嘴里之乎者也一番抑扬顿挫的吟诵，听得周围人一片云山雾罩，就连父亲这个好歹读过几年私塾的也没听出个所以然来。没想到今野正雄竟然听懂听明白了一些。等老"状元"的声音刚落，他就问父亲说："姬掌柜，这个后稷是和你一个姓？"

没等父亲回答，老"状元"抢着说："是哩。后稷就是姓姬的。"

这一回今野没闹明白"稷"和"姬"两个发音的区别，就对父亲说："那么说，这个稷王庙就是你家的祖庙了？"然后又笑着对老"状元"说："你刚才讲得很好听，可我什么都没听懂，就只听懂了最后面的那一句，说这个神仙姓姬，和姬掌柜是一家子的，哦哦，最后还有个'也'。"

今野正雄的幽默，把父亲也逗笑了。他觉着今野正雄这个人其实是个蛮热情蛮有文化的一个日本人，在生活中也有他温柔的一面，而且在他脑子里还充满了幻想，也许这也是年轻人的一种共性吧。就是许多年后，父亲每逢给我讲起这些往事，每次讲到今野正雄这个日军大佐的时候，父亲都有很多的惋惜之情。说这个人如果不去当兵，不去侵略别的国家，不去给日本军国主义当炮灰，他在本国别的领域是能够做出一番很有成就的事业的。真的是可惜了！

看完了稷王庙，今野正雄和河原代子又重新坐到戏台前准备看戏。父亲感觉河原代子的神情似乎好了些，就主动地给他端过去一碗茶。河原代子仍然先用日语说了声"谢谢。"然后对着父亲笑了一下,说:"姬掌柜,怪不得你很精明,原来是有神在帮助你!"

父亲摸不着河原代子说这句话的真正含义,只好模棱两可地说:"噢噢,是有神帮助,更得依靠皇军的帮助和支持哩。"

后来,父亲才渐渐地了解到,日本仙台那个地方的人确实很迷信,对神明非常崇拜。据说在1281年的时候,忽必烈派出一支队伍进攻日本,再经过一个多月的激战,强大的蒙古军队逐渐粉碎了日本人的抵抗,已经接近胜利了。但就在这时,突然刮起了一阵可怕的台风,竟然把大部分的蒙古舰船掀翻,沉入海底。所以,日本人从此以后把台风称之为神风,说神风是专属日本人的,帮助日本人打败入侵者的。

父亲让镇子里的人排演的小戏是一出逗乐的诙谐剧,戏名叫"吹牛"。那会儿没甚娱乐活动,大一点的村子里就把一些爱唱爱闹的,本人也有点吹拉弹唱特长的人组织起来,组成一个戏班子,叫自乐班,也叫"家戏"。反正都是自己演给自己看哩,要求也就不是很高。在秋收冬藏之后,就把人员集中起来进行排练,有时候还从外面的专业剧团里请一些老师指导排练。等到一些祭神上庙之日,便粉墨登场了。村子里的"家戏"班底基本上都是自备"戏箱"的,也就是演出衣服和化妆品,但也得靠租赁。演戏所用经费有的靠"神会"出钱,像我们村子里有稷王庙,也就有了"神会"了,善男信女的香火钱就让"神会"有了资金可以资助演戏,有的靠公产支付,大多数还是靠老百姓捐款的。但也正是由于是捐款,有许多不愿看戏的老百姓就不捐了,这也使"家戏"有时候就自动流产,演不起来了。

这出名叫"吹牛"的眉户小戏,里面就两个人物,一个是山西的李大吹，一个是陕西的胡乱侃，陕西的胡乱侃来河东讨饭，碰到了也在讨饭的李大吹，两个人就互相吹开了牛，说自己的家是如何富有了。本来父亲是扮演李大吹的，但他要陪今野正雄司令官和河原代子情报官他们，就由B角王二娃出演了。

戏一开始，两个人相遇，谈到了久旱无雨，庄稼会歉收时，两个人全不顾一身破衣烂衫，饿着肚子，竟然吹开牛咧。

李大吹先唱：

我们山西四十年没下过雨，

收一年能吃他八十年。

麦子粒就好像大白馍，

玉米粒与那榔头无二般。

就数绿豆粒长得小，

上秤一称呀，哦哟妈哟，十三斤八两单七钱。

我家喂着七百匹骡子八百匹马，

还有九百匹大老腱（子牛）。

好田我有六百顷，

楼堂瓦舍五百间。

状元在我家里管着账，

举人给我把马牵。

娶妻娶了三百六，

儿子生有八百三。

……

今野正雄是能听懂唱词的，听见李大吹这样能吹，就"呵呵"地乐了起来,扭头对旁边的父亲说:"姬掌柜,要是真像他唱得这个样,我们就不用来中国了。"

父亲就轻轻地叹一声说:"也是连年遭年馑,收成不好,老百姓才编出这个戏,借嘴上满足一下。就正像司令官说的哩,要真是这样子,都富起来咧,还用得着你们……"父亲觉着话说多了,赶紧住了口,咽下了后面的话,悄悄地瞥了一眼旁边的河原代子,父亲对这个总是阴着一张脸,不声不响的日本鬼子,还是有点发怵,时刻在提防着河原代子。

这会儿,就听那个陕西人胡乱侃唱开了:

要说我陕西呀,八十年没落雨,

收成一年能吃二百年。

麦粒就像石磙子大,

一个粒能磨白面三斗三。

说起绿豆粒你可别害怕,

一个粒三间瓦房没装完。

芝麻粒儿开了口,

那香油呼呼地直往外窜。

好田我有八千顷,

楼房瓦舍九千间。

盖房子不用砖头垒,

统统是金墙银钉地铺毯。

孔子在我家里管着账,

七仙女给我当丫鬟。

……

今野正雄看到这儿，扭头对父亲说："孔子和七仙女都是些什么人？比那些个状元和举人还厉害？"

也坐在一旁陪着看戏的老"状元"没等父亲开口，就有点卖弄地赶紧插话说："孔子乃我华夏之儒家始祖，如此编排，真是有侮斯文。至于天上的七仙女嘛，则是人人向往之，则妄想之也。"

今野正雄眨巴两下眼睛，没有听明白老"状元"的话。

父亲就赶紧解释说："孔子是中国最有学问的人，是最早收学生办教育的，有七十二贤人，算是中国教育的祖师爷了。七仙女则是神话传说，是天上王母娘娘的七个女儿，长得最漂亮，也最聪明。"

今野还未说话，河原代子倒是听明白了，叫了一声说："约西，最有知识的人和最美的花姑娘，都是他家的人？他应该有多少钱？"他指着台上的胡乱侃说。

父亲说："都是吹牛哩。这出戏就叫'吹牛'嘛。"

河原代子说："所以你们支那人最不诚实，就是说假话的高手，到处都在吹牛说假话。是不是呀姬掌柜？"

父亲听着河原代子的话，心里说这小日本真不识好歹，我好心好意地请你们看戏，你倒好，又借题发挥。既然你不仁，就别怪我不义。父亲就淡淡地笑了一下，也不去看今野正雄，他知道一看今野正雄，说出的话也就有对着今野正雄的味了。这样不看他，也就只是对着河原代子说了。父亲的脸上挂着笑，说出的语气却很冷："河原情报官真是说得很准哩，不愧是个搞情报的。要说吹牛嘛，我们也就是唱唱戏，自娱自乐一下。其实，最能吹牛说假话的还是你们日本人。你们到处吹嘘日多么的富有,却跑到我们国家来抢东西,把甚都往你们那个小岛上弄。你们整天吹嘘大东亚共荣,王道乐土,却成天在杀人,把人命不当一回事。你那天不就很随便地开枪打死了我们村子里的人吗?还红口白牙地说假话,硬说他是个甚八路军的探子。还有哩,就是前些日子,我们镇子里的仁福老汉,出村去割草,被你们哨兵看到咧,让他站住。他赶紧就在身上掏良民证,可你们的哨兵就开枪把他打死咧。事后你们为息事宁人,反而造谣说他在掏武器哩。一个六十岁的老汉,能有甚武器?这就是你们日本人的诚实吗?"

父亲的一番话,让河原代子无言以对,脸都涨红了。只好坐下来,却不再看戏,阴着个脸,呼呼地出粗气。

今野正雄也听到了父亲的这一番话,但却没有和父亲说话,而是问旁边的松尾巴三郎说:"姬掌柜说得可真有此事?"

松尾巴大概没有想到父亲会在这个时候提起前几天发生的那件哨兵打死割草老汉的事情,顿时有点张口结舌,说:"这个,姬掌柜的,已经处理,好了的。"他用手比画了一下,说:"要大大的金票,姬掌柜的……"

父亲就接过去说:"司令官,这个事情已经过去了,就不再提了。其实,要是当时有个医院,老汉还是能够救活的哩。我觉着,司令官还是尽快地在河湾镇建立一座医院,这样河湾镇就完完全全地模范了。"

今野正雄就又一次认真地点头答应,在河湾镇建立一座医院,这件事他回去就立即交办进行。

我想诸位读者看到这里,一定会对我父亲这种十足的汉奸行为感到鄙视了,那会儿,父亲对日本人可真是小心翼翼毕恭毕敬了。但他所做的那一切都是在执行着他在离开稷王山根据地时和赵克义大队长商定好的计划,也在为他的下一步行动做掩护呢。如果能在河湾镇建起一座医院,也是为了给稷王山抗日独立大队提供医药设备,方便救治伤员的。

父亲也曾非常感慨地对我说过,做一个两面人真是非常难受和痛苦的,要时刻把真实的自己埋藏起来,然后装出另外一个你来,而且许多时候还要忍受误解和谩骂。这才是最难受的呢!

其实,父亲这次回到河湾镇,并不仅仅是因为河原代子传讯了他,故意给今野正雄拿一把,摆点儿谱的。父亲只是找了这个当借口。父亲匆忙地回到河湾镇,是接到了由稷王山抗日独立大队转来河东乡吉特委的紧急指示,护送一位病重的八路军领导渡过黄河到延安去。从山西渡过黄河到延安,有两条道可以走,一条是从塞北偏关河曲那一带渡过黄河,沿着那儿的人当年走西口的那条道往前走,然后绕道榆林到延安。但那条道路相对远,也偏僻,而且没有像样的公路。另一条就是沿同蒲路下来,从河东的河湾镇渡口过黄河到陕西韩城,然后或者走宜川或者走黄陵,都能很快地到延安。而且这边都是大公路。那会儿国共合作共同打日本,所以只要过了黄河到了陕西,就相对比较好走了。1937年,中国工农红军改编成八路军东渡黄河到山西进行抗日作战,一一五师、一二〇师和八路军总部及杨成武的三八六旅,还有八路军总部领导朱德、彭德怀、任弼时、左权、邓小平等,就是在韩城渡口上船渡黄河,在河湾镇渡口上的岸,进入山西进行抗日的。

日军在占领河东城后,也知道这条南同蒲铁路、公路和河湾镇渡口的重要性,就开始在这条位于南同蒲交通要道的公路口修建起了一座座的炮楼,还在河湾镇黄河渡口驻扎了一小队皇协军,也有十多个日军,每天都是日军和皇协军的双岗哨兵,严格地盘查两岸来往行人。这也是日军的一种战术,就是在占领区内大肆修建公路铁路以及如坟头般的碉堡,他们是以公路铁路为锁链,以碉堡为锁头,将整个占领区网格化,然后逐步地对根据地进行鲸吞蚕食,企图锁住困死根据地的八路军和抗日军民。

这位八路军领导的病情挺重,需要立即送往西安治疗,时间很紧,所以也就只有从河湾镇渡河最为快速便捷。这位八路军领导是由八路军一二〇师的一个警卫排护送过来的,人人使着双套家伙,有的是一长一短,长的是德制汤姆式,短的是二十响驳克枪。有的就是两把二十响,属左右开弓的双枪将。在路过晋绥军防区时,阎老西因为是二战区司令,特地又命晋绥军驻乡宁的新编独立旅派出一个连,一直护送到黄河渡口这儿,交由稷王山抗日独立大队。一看这阵势,父亲就猜到这位领导人物身份不低。晋绥军的那位连长临离开时对赵克义大队长交代说:"看好啦,我可是把人好好地交给你们八路啦。今后有个好赖,阎长官怪罪下来,可没我们甚事了。我虽然不知道这是个甚人,但却知道这不是个一般般的人,国共合作着哩,多的话就不说咧,你们可小心伺候着。"

听了这番话,赵克义自然不敢怠慢,赶紧组织人员准备护送这位病重的八路军领导过黄河。但那位领导的警卫参谋对赵克义说,对于黄河河湾镇渡口的情况,他们早已经派人侦察过了,封锁挺严的,盘查得也非常仔细。首先他们否定了强行过河的想法,因为护送着病重的领导,那样硬冲不现实。那位警卫参谋看上去职务要比赵克义高,但说话却非常和蔼客气,听上去是商量的口气,但却是不容置疑的,要让你去按照执行,那就是赶紧找一个熟悉渡口的内线人员,化装过渡口。

赵克义一下子就想到了姬金荣,想到了父亲!

那天晚上,父亲带着人避开日本人的岗哨,把他们接到镇子里南头的一户财主家里。

驻扎在我们镇子上的日本兵都住在北头的稷王庙里,平时也很难到南头来。说起来,我们镇子是一个贯穿南北的长条状,俗话里就有"八里河湾"的说法。所以,住在镇子北头的老百姓平时没事也很难到南头来,反之,南头也一样。这也是父亲为什么敢大着胆子把八路军领导直接接回镇子里的原因。他让姬明文带着几个可靠的自卫队员穿着便装隐藏在南头巷内,放了暗哨。

赵克义一见到父亲,就显得非常激动,连连说:"这真是养兵千日,用兵一时哩。你是隐藏在敌人中间的一枚好棋子,我平时舍不得用,就是为了在关键时刻发挥作用。"

父亲就装作不高兴地说:"这么说,我这些日子给你们送粮食送布匹,还有药品,对了,还有两个俘虏两杆枪哩,我做的这些事情,都白做咧!"

赵克义"哦"了一声,有点得意地说:"咋能说白做了呢?我可没有这样说。只是咱们稷王山抗日独立大队的同志们却不知道这都是你姬队副做的事情,还以为我领导得好,群众工作做得好,功劳都算在我头上咧。哈哈。"说到这儿,赵克义似乎想起了什么,脸色沉了一下,说:"我知道,我的工作并没有做好,就像孙天贵私自下山,差点儿就铸成大错了。不过,"赵克义卖了个关子,停顿了一会儿,这才附在父亲的耳朵上说,"那个代号'火狐'的日本特务我们已经查了出来,变成了一只半死不活的狐狸咧。现在他只要想活命,一切行动全由我们在控制安排着哩。"

父亲就也叹了一声,说:"要说嘛,这事也不能全怪你,主要是孙天贵死得太冤了,自己白白地送了命,还差点儿让这次行动暴露。看来,部队的教育还是要抓紧哩。"

赵克义说:"主要是没有政工干部,就我,又要抓军事,又要抓教育,哪能忙得过来嘛。等你把这次任务完成了,赶紧回来,你来当政委,咱们两个好好配合,把咱们稷王山抗日独立大队搞好。"说到任务,赵克义就想到了护送八路军领导过黄河这件棘手的事情,就把八路军领导警卫参谋的意思给父亲说了。

父亲一听,就说:"人家就是大部队上的人哩,看问题准得很,一针见血。黄河渡口咋着硬冲?场地窄小,打起来根本展不开。就是冲过去了,船在河里开不快,这里离河东城又那么近,不到一个时辰城里的日本兵就赶过来咧。还是不很危险吗。就照人家说的那个样,化装过河。"

赵克义赶紧点着头说:"是哩。要不咋找你来咧。养兵千日,用兵一时……"

父亲拦住赵克义的话头说:"打住吧赵大队,我可没有要你养,我是提着脑袋在刀尖尖上过日子哩。"

其实,父亲一接到这个指示,心里想的就是如何安全地把八路军这位病重的领导送过黄河去。看眼前的情形,只有化装成老百姓渡过黄河,除此,别无他法。父亲想到的第一个人就是松尾巴。

在黄河渡口守卫的那几个日本兵也是松尾巴这个小队的。给他说一声，再往他口袋里塞两块大洋，他就乐得很，一连声地喊："约西，你的朋友大大的。"在渡口过个把人应该是没问题的。但护送这位八路军领导的有一个排的兵力，这就得想个办法了。父亲还不由得在心里想，若是有一个营一个团，就直接打过去了，还用得着这么复杂吗！看来这个八路军的领导还真是个大人物哩。

　　父亲先向赵克义讲了自己的打算，然后两个人又去向那位八路军领导的警卫参谋汇报了自己的想法和计划。警卫参谋很认真地听了他们的汇报，又问了几个很实际的问题，然后点了点头说："看来地方上的同志点子就是要比我们多。这样，我要先去汇报一下。如果地方需要我们协助什么，就说，别客气。"

　　父亲说他在门口看到了那位大人物的八路军重要领导，那一眼让他很失望。父亲说那位八路军领导长得很瘦小，身体干巴巴的，一身衣服穿在身上晃晃荡荡的，脸色蜡黄，还不住地咳嗽，一咳起来惊天动地的，还咳出血丝丝来了，看起来确实病得不轻呢。但一旦开口说话，声音不大，却如铁锤砸地，一字一个坑儿。他对那位警卫参谋说：要尊重地方上同志意见，听他们的安排。在这些方面，地方上同志比我们有经验。

　　那位警卫参谋就立正回答说："是。政委。"

　　父亲是这样打算的，就对松尾巴三郎说镇子上一个人病了，要赶紧送到黄河对岸的西安城里的大医院看哩，人命关天，耽误不得。然后又让姬明文带着自卫队搞一个保卫渡口的演习，把这些警卫人员都换上便衣，开上几只船，呼啦啦地一冲一叫唤，场面闹大些，既讨了日本人的欢喜，又完成了护送八路军领导过黄河的任务，用眼下时髦的话说，就是达到了双赢的目的了。

父亲先来到稷王庙，看到两个日本兵蹲在庙里的那棵大槐树的荫凉下玩一种类似于围棋的截方游戏。但父亲却没有看见松尾巴三郎。两个日本兵认得父亲这个河湾镇的维持会长，就呲着一嘴的龅牙嘻嘻地笑着说松尾巴少尉又看他干娘去了，那表情显得很暧昧。

父亲怔了怔，就离开稷王庙，硬起头皮到北头巷的松尾巴三郎认的那位干娘——寡妇凤花家去了。

为什么说父亲一提起要到这个寡妇凤花家就迟疑了呢？原来这个凤花是那会儿我们河湾镇上有名的风流寡妇，两年前她男人在黄河上捞炭时掉进河里被水冲得没了下落，不知是死是活，留下凤花一个人，却再没有改嫁。要说这个凤花，男人失踪那年刚满三十岁。人平常是有那么点儿懒，又喜欢打扮，每天都涂脂抹粉的，头发用蓖麻油抹得溜光，打扮得花枝招展，用镇子上人的话说，把自己天天打扮得"如同要上轿咧"！意思也就是说打扮得要出嫁呀！因为那会儿出嫁的新媳妇是要坐轿子的。

巷子里的人，尤其是一些女人们就撇着嘴说："甚呀，出甚嫁哩？还不是熬不住，就是为了勾引男人！"

还有的就干脆说："成天涂抹得像个妖精，我看就是咱镇子上的狐狸精哩。"

要说凤花本人，也确实长得不难看，在我们河湾镇上也算得上是个美人。但就是因为她自己喜欢打扮而把自己的名声弄坏了，一般人就都不愿意往她家里去，也不敢和她有交往，似乎却把凤花当成了个祸害，怕沾染上闲话来。而镇上人的这个样子这种态度，反而把处在犹豫中间的凤花往前推了一步，她干脆真正地放浪开了自己，镇上那些二流子、光棍汉们一个个地走马灯般往她家里跑。别看凤花家里没有几亩地，就是有地她也不去种不去侍弄的，一天就在家里打扮得光鲜亮堂的，要不就是东家门出西家门入地串门子，一天甚事也不干，家里却不缺吃不缺穿。而镇子里若是有谁说了她的闲话，在她背后吐了她的口水，到了晚上，不是家门口倒上了粪便，就是院子里扔了几只死猫死老鼠，深更半夜的有人隔墙往院子里扔砖头，好几天家里不得安宁。就在父亲回到了河湾镇，成立了维持会并且担任了维持会长后，还有人向父亲提出来，应该管一管这个没了章程的寡妇凤花，这样子下去太不像个样子。再不然就让镇上的自卫队把她捆起来游一次巷，杀杀她的疯狂气焰。

父亲没有这样去做，而是在一次碰见凤花后劝了她几句，让她别自己糟蹋自己，别这样子下去了，想办法再嫁个男人，过个安稳日子。

谁知凤花一听父亲这样说，眼睛里霎时就注满了泪水，说："姬少爷，一开始我就是这个样子吗？我也不想这样子哩。要是那会儿他们都像您这样子劝我，我会成了这样子吗？都是他们逼得我这样子哩，不这样子，我一个寡妇家，还能活下去吗？"

父亲知道她说的"他们"，就是镇子上那些满口仁义道德，却一肚子男盗女娼的人们，总是在背后说三道四议论他人的是非。父亲只好摇摇头，无言地走了。

谁知凤花却在父亲背后说："姬少爷，我、我听说，说你们、你们的甚……会里要个做饭的，您看我能行吗？"

并不是维持会要个做饭的，而是维持会给驻扎在镇上樱王庙里的日本人寻个做饭的。日本人在本国基本上都吃大米,几乎就不吃面食的。而在我们河东却基本上全是面食,几乎就不吃大米饭的。日本人不会做面食,每次都是煮一大锅面糊糊,还经常煮得是下面糊了焦了,上面的还没熟哩。松尾巴三郎就向父亲提出,找个人帮他们做面食。

听到凤花这样说,父亲就站住了,觉着这倒是可以的,让她去给日本人做做饭,也算是有个事情做了。

于是,父亲就做主,让凤花到稷王庙里给驻扎在那儿的日本兵做饭去了。

可没想,凤花做了没几天饭,就和松尾巴三郎热乎了起来,还把松尾巴认了干儿子,然后就不去庙里做饭了。大概她自恃有了日本人干儿子这个靠山了吧。

与此同时,镇子里风言风语地还说父亲也和这个凤花有一腿,不然,咋会把日本人介绍给她呢?当然,这些都是父亲回到河东城后,姬明文告诉他的。尽管父亲听后只是笑一笑,并没有把这些镇子人的闲话当回事,但若是自己真的去了凤花的家里,让镇子晨的人碰上看到了,那人们在背后可真就有的说了。

那闲话可就不是闲话了!

但此时父亲重任在肩,已经无暇顾忌那么多了……

## 第七章

在顺利地完成了护送八路军重要领导渡过黄河的任务后,赵克义在返回稷王山根据地的时候,又和父亲交换了一些意见和看法,具体商量研究了保卫夏收抢收麦子的一些事宜,而这里面最主要的一项就是要多动员老百姓快收快打快藏,要和日本鬼子展开一场抢收小麦的运动。他告诉父亲,活动在中条山一带的八路军王新亭的三八六旅第十七团,近日也奉命开赴稷王山一带,保卫麦收。同时,晋绥军新编独立旅也派出一个团驻扎在乡宁,准备伺机摧毁被日军占领的安邑军用仓库,必要时要协助他们的行动。赵克义又交给父亲一项任务,就是要父亲利用"棉丰堂"商号,把业务扩大一些。简而言之,就是要父亲利用合法的商业身份,收购一些东西。他拿出一张列满了要收购的东西的单子,要父亲看一看,然后记在脑子里。单子他是要销毁的。

父亲看到单子上面列着有铜板、银首饰、丧葬用的冥器,还有大号猎枪子弹、足球、篮球等。

父亲充满疑惑地说:"收购这些东西能做什么用?这样一来,我这个'棉丰堂'不成了收破烂的杂货铺咧?"

赵克义说他也不知道这些东西具体能做甚用。但这是上次他去临汾参加抗日联席会议，调整和协同对日作战计划时，见到了八路军总部的一位副总参谋长，他交给他的，说这些全是八路军兵工厂里需要的，并说稷王山抗日独立大队是在地方活动，可以方便从老百姓的手中进行合理收购获得这些东西。而这些东西一旦到了八路军的兵工厂里，就都是无价之宝，就能制造出打日本鬼子的武器来。

"对了。"赵克义又想起一件事，对父亲说："你可以和日本人进行协商，多买一些他们配售的肥田粉。他们不是为了让老百姓多打粮食，一直在向当地的农民强行配售吗？"

父亲说："这也是兵工厂需要的？"

赵克义点了点头说："应该是。虽然具体不知道是去做甚，但肯定有用哩。"

父亲就答应了，说："我看到日本人拉来不少这种肥料，到时候还是我来做这个生意吧。"

赵克义看着父亲，迟疑了一下，又似乎想起了什么，说："这个，还有一件事……"

父亲就说："好我的赵大队，你能不能利索点，一下子把事情说完。咋着像……"他咽下了后面不雅的话，毕竟人家还是大队长嘛。

赵克义的脸有点红，说："这是最后一件事。我看你们自卫队的枪支装备还要比独立大队好哩。能不能支援几支？就几支，多了日本人会怀疑的，这个我知道。"

父亲就笑了，说："就这个呀？我还以为是多么大的事情哩。"他说着就出去喊来了姬明文，让他把早就准备好的十支"三八"大盖，三支王八盒子交给赵克义，还有一千多发子弹，都用包袱包好了。

赵克义激动得一个劲地说:"我早就说咧,你姬金荣这个棋子我平时最是舍不得用咧,那真的是养兵千日,用兵一时,你看看,这一下子……"

父亲就皱了一下眉头,打断了赵克义的话,说:"你又来了,我说赵大队,你甚时变成了个爱唠叨的老婆婆了?"

赵克义说:"这不是激动嘛,人一高兴了话就多起来咧。"

这里又得插几句了,就是得介绍一下赵克义大队长让父亲收购的那些东西的价值。

那会儿八路军在敌后坚持长期抗战,所需枪支弹药从哪里来?在一开始中共合作之初,国民政府也曾发给八路军不少装备。但到了后期,这方面就没有了指望,剩下的就是缴获了。不是有那么一首歌吗:"没有枪没有炮,敌人给我们造。"但实际情况是,仅靠缴获肯定是不行的,因为日本兵除作战顽强外,又是以顽固著称的,就在被消灭之际,也会尽量毁坏武器。日本兵在和八路军作战时,也不可能背着弹药箱,打到最后,弹药所剩无几,就是缴获也没有多少了。所以,真正起了作用的,是八路军的兵工厂。在艰苦卓绝的十四年抗战中,以八路军为首的红色兵工事业,发挥了重大作用。八路军先后创建了黄崖洞、芝兰沟、黄县等一系列的兵工厂,造枪、造炮、造手榴弹、造炸药等,为拼杀在前线的八路军将士提供重要的铁血补给。

先说兵工厂需要的铜板,这是兵工厂复装子弹头的原料。八路军将士在作战时都有个任务,把子弹壳要捡回来,然后兵工厂将其重新装药,制成翻新子弹。但子弹壳可以捡,弹头就不能指望了,天知道它会飞到什么地方去。我曾多次到黄崖洞兵工厂旧址参观过,看到过那个复装子弹头的冲床,就是把铜板的中心用那台特制的冲床冲压一下,正好形成一个弹头状的漏斗,在里面灌上铅,一个弹头就成了。解说员告诉我,黄崖洞兵工厂生产的子弹头,完全可以和日本兵工厂的产品媲美。所以说,父亲每收到一个铜板,就是向八路军将士提供了一发子弹。

而银首饰则是在水银不足的情况下提供银;丧葬用的冥器里含有大量的锡,被提炼出后用来制作硫酸时所需的管道。足球和篮球的内胆是用来做配置爆炸引火药的容器,这是因为炸药要保证其密度适宜,这就需要在足球或篮球胆中操作,一方面方便揉制,另一方面能隔绝外界可能诱爆的元素。我在黄崖洞兵工厂参观时,就看到了有的兵工工人在用手揉制炸药时发生了爆炸,便失掉了一半乃至整个手掌。

兵工厂需要大号猎枪子弹,自然不是为了去打猎的,也不是为了去和日军近距离作战的。大号猎枪子弹真正的价值是充当迫击炮的发射信管。因为八路军的迫击炮弹是用自己熔炼的马口铁制造的,能制造出炮弹,却没有发射信管,便用大号猎枪子弹改造后代替发射信管。

还有日军在占领期间实行的唯一"德政"——为了让占领区的农民多打粮食,从而实现日军的"以战养战"政策,他们向占领区的农民强行配售肥田粉。一开始老百姓对日本人的这种"德政"响应并不积极,因为多打下粮食也让日本人征收抢去了。而且肥田粉价格不菲,老百姓很难负担的。但后来,河东城日本人运来大量的肥田粉并不发愁销路的,全部都是父亲的"棉丰堂"推销出去了。其实,只有少部分卖到了农村,大部分都运往八路军的兵工厂去了。父亲也是后来才知道的,日本人生产的肥田粉主要成分内含有大量的硫酸铵,将其提炼出来,再通过化学反应，就可以变成炸药原料了。

不过，我也听父亲说过，日本人生产的肥田粉倒也确实长庄稼。就是在解放后的许多年，我国还从日本进口过许多农业肥料，我知道的就有日本"尿素"等。记得那年生产队刚拉来一车的日本"尿素"，在生产队里当保管的父亲很认真地研究了半天"尿素"肥料，又用嘴品尝了几颗白色的晶粒，然后非常肯定地说，这就是日本人当年强行推售的肥田粉，连味道都一点没变。

父亲说，就那几年，他可是帮日本人没少推售肥田粉的，不但"棉丰堂"的几间存放棉花和粮食的库房都占满了，连院子里堆得都是，到处都是那种肥田粉的味道。后来，皇协军司令杜子孝发现父亲这儿的肥田粉卖得特别快，就把日本人让他们推售的肥田粉也搬到"棉丰堂"里，让父亲帮他们推售。一开始，父亲还假意为难地说，他们这里堆了这么一大堆，推都推不出去，老百姓哪里能买得起呢。后来禁不住杜子孝再三赔笑脸说好话，还把那次他身先士卒冲进屋去救了父亲一命的事情也婉转地提了出来，父亲才答应帮他的忙，把日军配给他们皇协军的三千袋子肥田粉一块拉了过来，几天后，又一块拉到了晋东南的长治那边去了。至于拉去做什么了，是否全被老百姓用在田地里了，父亲不说，杜子孝自然不知道，日本人就更不知道了。

而且，今野正雄司令官因为推售了大量的肥田粉，还得到了华北方面派遣军的表扬。同时，父亲还以赚取了差价的理由，让今野正雄小小地赚了一笔，乐得今野正雄眉开眼笑，连连说："姬掌柜，你真是个大大的好商人，也是大日本皇军的真正朋友。"他向父亲建议，等战争结束，东亚共荣圈建立起来，他可以带父亲到日本国去，一块儿做生意，赚大钱。

父亲自然也没忘记杜子孝,不但帮杜子孝推售完了肥田粉,也私下里给了他一笔差价钱,说:"我是生意人,看到能赚的就赚一点。"让杜子孝感动不已,说:"姬掌柜,今后在河东城里,你的事情就是我老杜的事情。"

父亲就淡淡地说:"这是赚日本人的钱哩,不赚白不赚,咱们都是中国人,这也算是一种爱国方式吧。"顿一下又说:"杜司令,你说我当这个共荣商会的会长,知道的人明白我是为了生意,为了我们姬家祖传的'棉丰堂'。不知道的人呢?还不是在骂我是汉奸呀!唉!"

杜子孝听了,就也叹了一口气说:"其实姬掌柜有所不知,我也给你说句心里话,杜某人今天当这个皇协军司令,受日本人指使,也是不得已而为之。杜某人拉起这支队伍不容易哩,如果那时候我和日本人硬拼下去,肯定是全军覆灭的。没有了队伍,我杜子孝算尿个甚?俗话说,退一步海阔天空,留得青山在,不怕没柴烧嘛,我这是身在曹营心在汉哩。噢,姬掌柜,我这话也就是对你说一说,出了门,风一吹都散咧。"

父亲点着头说:"知道知道,都是中国人嘛。"

父亲也就是从那时起了这个念头,做一做杜子孝的工作,是否可以把他拉过来呢?

由于今野正雄大佐催逼得很急,父亲在赶回河东城的第二天,就打发姬立业和"棉丰堂"的几个伙计,拿着印有"姬玉堂"字号的名片,挨着上门去邀请河东城里工商业界的头面人物,说是到"棉丰堂"开个筹备会，共谋河东城经济恢复和发展的大计，同时也协商河东城"共荣商会"的成立事宜。

要说起父亲在河东城商业界的名声，虽不能说是如雷贯耳般，但凡是在河东城里做过生意的人，对父亲的大名还是知道的，最起码也是听到过。而提起我们家祖传的"棉丰堂"老商号，工商业界则不陌生了。如今看到是由"棉丰堂"的传人姬金荣，字号玉堂的出面召集筹委会，心里就在想着琢磨着，眼下河东城是日本人占领着，虽然成天喊叫着要建立"王道乐土"大东亚共荣甚的，看着市场也似乎挺繁荣，但每人心里都明白，这种平静只是表面上的。中国人不会容忍日本人一直这样占领着河东城，就如同中国人不会容忍日本人占领中国一样。就在河东城外活动着大大小小的中央军、八路军，还有各种各样的抗日队伍，说不准哪天就会杀进城里来的，战争的危机一直就潜伏在这看似平静的下面呢。但是，话又说回来了，看眼下日本人的势力，真想打赢日本人还不是那么容易。这"棉丰堂"的姬掌柜在商业界打拼多年，前些日子还被不知甚的队伍绑架了，听说还是被日本人搭救回来的，而且一回来就重整"棉丰堂"的门面，要重振姬家的门风了。这么说他肯定是听到了些什么可靠的消息，或者说他是同日本人有了某种交易了？要借日本人的势了？生意人讲究的就是信息灵通，善于借势，能赚一笔就是一笔，管他是谁的势呢？这样一想，几乎所有的人都释然了，姬掌柜姬金荣可以借日本人的势，我们何尝不可以呢？这成立甚的"共荣商会"，明摆着是日本人想利用我们的，可我们也可以利用日本人的呀。叫我们大张旗鼓地开门做生意，这正是我们巴不得的呀！生意人不做生意，还不得把嘴扎巴起来呀！

所以，在得到父亲的邀请后，河东城工商业界的头面人物几乎都来了，人还是比较齐全的，除了汾酒销售河东代理商行的老板张大旺因为到汾西的杏花村酒厂未回，让他的副手、也是他堂弟的张小飞来了外，其余都是亲自来开会，满当当地坐满了"棉丰堂"的正厢房，后到的就只好委屈地坐在厢房外面的圪台上了。姬立业按照父亲的吩咐，领着几个伙计就在圪台上摆了几张条凳，给坐在外面的人放茶水。

河东潞盐营销总公司的董事长王晓峰最早到，而且是坐着一辆黑色的乌龟壳子小汽车来的，一副志得意满的大老板的派头。他先是仰着头看了看挂在"棉丰堂"商号大门上的太阳旗，似自言自语般念叨了一句说："旭日旗头上挂，万无一失也。"然后就对着迎在商号门口的父亲拱了拱手说："姬掌柜，前几年耳闻你和那个德国佬一块走了，还以为你要移民国外，要到国外去发财哩。"

父亲出也打个哈哈说："让王董笑话啦，要是国外真能发财，我也就不回来啦。再说了，要是国外都能发财，那德国人也就不往咱们中国跑啦。"

王晓峰就点着头说："说得是哩。外国再好，也非久留之地，我也是这样想的，不管在哪儿，还是觉得咱们河东好。"

父亲说："王董，要说河东城里旱涝保收的生意，还得数你那儿哩。咋样，目前运转还正常吗？"

王晓峰就扬扬头，捋一捋梳得溜光的头发，说："这个嘛，咱这样说，不管是甚人，包括日本人，都得吃盐是不是？所以嘛，只要吃盐，咱潞盐就能卖出去哩。就是他日本人吃盐，也得花钱买咱的哩，那盐可是老祖宗留下的。"

父亲就赶紧附和说:"可不咋的,老祖宗留下的东西,那真的是一劳永逸的事。"

但后来父亲听说今野正雄早就往潞盐管理局派了个叫空山一郎的日本人当局长去了,然后就开始把大量的潞盐装车,开始往他的日本岛国运了。而王晓峰坐的那辆乌龟壳子车,就是那个空山一郎送给他的。这个王晓峰只知道潞盐销路大增,却不知道全被日本人拉走啦,而且到了最后一分钱也未付,全是抢走的,据说那几年被抢走的各种硝盐大概有几百万吨。

这会儿,河东最大的日杂店"昌盛庄"的大掌柜李成本来了,一见面,他就神秘兮兮地拉起父亲的手,走到一边低声说:"姬掌柜,日本人操持着要成立甚商会,他们到底想做甚?"

父亲说:"管他想做甚,你我都是生意人。生意人的目标是甚?就是赚钱哩。只要有钱赚,他日本人想做甚都行。"

李成本一听,便明白过来,连连说:"噢噢,是这个理。"

这会儿,今野正雄在河东城皇协军司令杜子孝、河东日本驻屯军参谋长坂本少佐、河东城日本宪兵队长泽田信少佐等人的陪同下,来到了"棉丰堂"商号里。这一天,他们都没有穿军装,都是西装革履,打扮得很是光鲜绅士,俨然也如同生意人了。只是杜子孝实在是穿不惯西装,感觉脖子上绑着个领带,就如同上了副枷锁,勒得难受。脚上穿了双皮鞋,弄得脚脖子又酸又胀,刚才上台阶台时一下子没踩稳,还扭了一下,十分疼,让他差点脱下来扔掉。但不行,今野正雄他们都这样穿着,说是这样才有身份。杜子孝现在端得是日本人的碗,所以他就得听他们日本人的,也得有身份,就得学着他们日本人的样子穿,去受这份罪。所以，他坐在那里，屁股底下像是长了刺，脖子不住地扭来扭去，一点也不安分。

既然筹备会在父亲的"棉丰堂"里召开，父亲又是召集人，自然会议就得由父亲来主持了。于是父亲看了看来的人，又招呼坐在台阶上的人往里靠靠，然后像模像样地咳了两声，先向大家介绍了日军驻屯军司令今野正雄，又介绍了其他人员。然后又把河东城里的工商界人士向今野司令官作了介绍。接下来，就听今野正雄给大家演讲，主要是讲目前的形势，讲成立"共荣商会"的重大意义。其实，讲上大半天，还就是建立所谓的"大东亚共荣圈"和"王道乐土"那一套。不过，今野正雄讲到了最近中国的精英人士汪精卫、王克敏、梁鸿志三人在青岛进行了会谈，成立了新的"中央国民政府"，并定都南京。日本派遣军总司令部参谋长坂垣征四郎亲自宴请了新"中央国民政府"的要员，赞扬汪精卫等人是"久唱和平救国的先觉之士"，并给他们题词："东亚建设之础"。今野正雄非常兴奋地说："我们在座的河东之精英也要做先觉之士，做建设河东城大东亚共荣之基础。"他扭头看了一眼父亲，又扫视一下在座的人，结束了发言。

下面是座谈。今野正雄让大家踊跃发言，对成立河东城"共荣商会"发表看法和意见。

冷场了好一会儿，大家面面相觑，都不想第一个发言。

看着大家都不说话，这筹备会就无法开下去了。父亲就有点急，看到了坐在前面的王晓峰，就用眼睛示意他先说话。

今野正雄看到了父亲的示意，也就把目光望向了王晓峰，然后就说："哦，是王董事长哟。"

王晓峰赶紧站起来欠了欠屁股，同时也觉着今野司令认识他，很有面子。于是就说："这个，成立'共荣商会'是大好事，我坚决支持皇军的决定。但就是这个会长的人选，这个嘛，我觉着一定要有能力，在河东城也有影响力，这才能为大家办事。我不知道皇军有没有合适的人选？"他又向今野正雄欠了一下屁股。

今野正雄就赶紧摇晃着手说："大日本皇军完全尊重各位精英的意见，大家各自可以提出合适的人选出来。"

王晓峰听今野这样一说，然后就拍拍手说："那我就提议了，由姬玉堂姬掌柜担任会长。咋着呢？我们大家都知道，'棉丰堂'是咱们河东城最早和德国人合作过的商号，最早涉外的。所以说姬玉堂姬掌柜见多识广，本身有与外国人打交道的经验。如今大伙看得出来，皇军也很信任他哩。就由他担任这个会长，带着大家一块共荣，发财。"

父亲赶紧站起来说："姬家何德何能，能让王董看中提名？'共荣商会'会长责任重大，不可小觑。还请大家再议议，再议议。"

有人带了头，后面就会有人跟着说话了。李成本就也站了起来说："噢，是这个理。生意人就是以生意为本哩。有皇军保护，再有商会帮着说话，我们就动起来吧。我说姬掌柜，您就当了吧。"

面粉公司老板安万有从后面探着身子说："姬掌柜，我们两家多年交往，我知道您的为人哩。你就当吧。我们信得过您哩。"

妓院老板万太礼也从圪台上探进头来说："成立就成立嘛，我也提姬掌柜的当会长。再说咧，有钱不赚，那才是王八蛋哩。"

"瑞丰"钱庄大老板李富仁说："有了商会给我们提供保护，哦，还有皇军的保护，我们钱庄明天就开业。这个，姬家见的世面多，您就给我们大家当这个会长吧。"

"银湖大饭店"总经理蔡存德说:"这今后有了商会保护,我们就可以高枕无忧咧。"

这时候,河东糖业有限公司经理任月芳款款地站了起来,把自己一头秀发往脑后撩了撩,先看了一眼今野正雄,然后看定父亲说:"我支持成立商会,也支持姬掌柜、姬大哥来当这个会长哩。"

父亲赶紧说:"任经理言重了,论岁数,是我该称您大姐才是。"

任月芳说:"姬掌柜,您先听我把话说完。自皇军进驻咱河东城以来,我的糖厂原料就没了来源,工人也就失业走散了,机器不但失修,许多都锈迹斑斑了。厂房也有两间因为长期失修塌了半边。我不知道商会成立后,能给我这个糖厂有甚帮助……"任月芳说到最后,声音都有点哽咽。

任月芳这样一提,顿时站起来许多商家,都纷纷诉说着自己眼下的困难和不利处境。

父亲就看着今野正雄,低声说:"司令官,这些都确实是非常现实的问题哩。"

今野正雄就站了起来,对大家说:"只要商会成立起来后,你们就各自统计一下,在恢复生产的时候马上需要解决的问题,还需要那些物资。把这些交给姬掌柜,然后由皇军一起进行补充。我们可以在河东城里协调,也可以从华北各地调运。"

父亲突然插话说:"皇军在安邑镇有个大仓库,里面有大家恢复生产所需要的各种物资哩。今野司令官早就给大家想到了,而且非常全面周到。大家就放心吧。"

今野正雄听到父亲这样说，又看到大家疑惑的目光，就面露微笑说："确实是这么回事。"

这下子就热闹了，来参加筹备会的工商界人士们七嘴八舌，议论纷纷，然后一致推举父亲为河东城"共荣商会"的会长。推举王晓峰、任月芳为副会长。李富仁为秘书长。还有委员若干名。

今野正雄觉着满意极了，真是有一种心花怒放的感觉。他充满热情地对大家说："成立'共荣商会'，就是为了能让诸位在建立大东亚共荣的过程中，真正感受到'王道乐土'的诚意，感受到皇军的诚意。今天，我也感受到了大家共建'王道乐土'的诚意。我将很快地呈报华北派遣军司令部，给大家提供所需之物资。在今后的共建中，还望大家多多关照，多多关照。"他非常客气加绅士地给大家鞠躬，坂本就和泽田信也跟着一起鞠躬。而大家则也乱糟糟地还礼，有学着他们鞠躬的，有拱手作揖的，有拍着巴掌喊"好"的……总之，场面既混乱又热闹，似乎很有情绪了。

趁这会儿，父亲又对今野正雄说："司令官，我非常感谢您对姬家的信任和器重，可我还是觉着这个会长职责太大咧，怕干不好，从而辜负了司令官……"

今野正雄就摆了一下手，说："姬掌柜，你就不要再推辞了。我知道你们中国人有个谦逊的习惯，这个很好。但是过分的谦逊就不好了。"他在众目睽睽之下，显得十分亲热地拍着父亲的肩膀，大声地说："你放心地去干，有大日本皇军的支持，什么都不用怕的。"

实际上今野正雄的这些举动，就是要做给在场的人看的，就是要让大家看见，姬掌柜和皇军的关系是非常密切的。现在，姬掌柜当了"共荣商会"的会长,要让大家放心的。

就在大家七嘴八舌的议论中,研究了一些商会的章程和事项,又确定了"共荣商会"成立仪式举行的日子和地点。

就在研究"共荣商会"章程和成立仪式等内容的同时,父亲很巧妙地嵌进去一个内容,就是争取在"共荣商会"成立的时候,各家商号店铺务必开业,让河东城里的市场立呈繁荣昌盛,百姓安居乐业的景象出来。李富仁还用这样的话说:"共荣共荣,就是要让老百姓眼见为实哩。光说说顶甚用?"

要让各家商号店铺开业,就得具备开业的各种条件,提供开业所需要的各种物资。今野正雄当场就吩咐坂本少佐,陪同姬金荣会长,到安邑仓库走一趟,看看里面具体储存了一些什么物资,让姬会长过一下目,也就是进行一次点验,能够给各个商号店铺提供开业用的,就尽可能地提供,当然,这不能白给,是要收取费用的。今野正雄特别提醒坂本,费用价格让姬会长去谈,费用的收取则由他亲自掌握保管。

坂本一听,会意地笑了笑,点了一下头说:"约西,约劳西。"

处于高度兴奋中的今野正雄,竟然忽视了一个最基本的细节,父亲咋会知道安邑仓库的事情呢?咋又会在成立"共荣商会"的这个时候提出来这个攸关的问题呢?当然,这些问题今野正雄司令官在后来还是想到了……

父亲虽然早已知道安邑军用仓库是国民党的一座大型仓库,但却没有想到仓库里的储存让他这个多年在生意场上打拼,见惯了如山般物资的掌柜还是吃了一惊。排列整齐的一溜仓库里面除了各种军火武器和小麦、玉米、大豆等粮食外,还有大量的布匹、药品以及各种从国外进口的食品水果罐头等,这样说吧,凡只要是生活和作战中所能用上的,真是应有尽有,无法形容。父亲曾给我这样比喻了一下,说如果安排五千到一万个人住在这座仓库大院里,根本不用出大门,可以吃住不愁地生活上两三年时间。

所以,安达在领着参谋长坂本和新成立的河东"共荣商会"会长姬金荣察看点验仓库时,得意地说:"仓库的守卫,安全大大的,一只支那的苍蝇也别想飞进来的。"

父亲听了就忍不住逗他说:"安达少尉,你看那边有只苍蝇,快去看一看,是不是从你们日本的小岛上飞过来的吧。"

安达就显得有点尴尬,说:"姬会长,你的玩笑大大的。"

父亲那天带来了"棉丰堂"的两个账房,还有几个伙计。而此时的账房随着父亲当上了"共荣商会"的会长,也就升级为商会里的账房,不,应该是秘书了。他们很认真把仓库里的储存进行了点验,并分类造册进行登记,做了厚厚的两大本账页,一本由"共荣商会"保管,一本自然是交给参谋长坂本带回去交给今野正雄了。但父亲心里明白,作为一个城市的驻屯军司令,自然是无暇顾及这些细节的,不可能认真地看这本账,不可能去了解一个仓库里都存储着什么物资。所以,这本账就做得很"中国",如果让日本人自己去看,一会儿就云里雾里的了。我们可以想一下么,那么大的一座仓库,各种物资堆放在里面,没有个十天半月的时间是无法清理清楚的。但父亲带的这两个账房居然就用了不到一天的时间就分类登记清楚,并进行了造册,分明就是糊弄人的嘛。说白了,就是来糊弄日本人哩。

父亲说，真正要进行点验，进行细致的分类造册，每一种物资都要有详细存量的数字的，这样将来用了多少，需要补充多少，就都有个说法。而他们的登记上大部分都用了这么两个字："若干"。小麦："若干斤"；布匹："若干匹"。如此类推。日本人看着这一页页的"若干"，不晕才怪哩。而且父亲他们还是完全有理由的，也解释得通，说这只是初步统计，下一步自然要进行详尽登记，逐个翻检的。比如看一些粮食有无发霉现象，一些枪械弹药是否受潮，一些布匹存放是否褪色变质等等，要做的工作很多很多哩。

安达少尉只知道兢兢业业地带着宪兵守卫仓库，不让除日本人之外的任何人靠近。对这些管理是一窍不通。参谋长坂本也许对作战打仗在行，对仓库的管理这一套自然也是不明白了。而且他基本上不懂的中文，也就只能是听父亲在那儿讲了。但我在前面讲过了，坂本属于不信任中国人的那一类，但他并不只是针对父亲，他是不信任所有的中国人，包括皇协军司令杜子孝。这也许就是今野正雄特别让他陪着父亲来仓库察验的一个原因吧。所以，每当父亲征求他的意见时，他总是冷漠地说："姬掌柜，你的大日本皇军的忠实朋友，今野司令信任大大的。你出的主意，今野司令那边大大的同意。都会同意你的主意的。"

父亲于是就自作主张，把仓库里面一些水果罐头和肉罐头抱了一些出来，用刺刀捅开，又找出几瓶酒，让坂本和安达他们一起"米西米西"，并告诉他们，这是真正的肉罐头，不像他们日本的罐头，说是牛肉马肉，其实全是替代品。比如说日本产的牛肉罐头，实际上是用杂粮和牛血搅拌在一起做的，所以吃上一股子怪味儿，连他们日本兵都不爱吃。

坂本还是面无表情，冷淡地说："姬会长，大日本皇军仓库的物资，你无权自己处理。"

父亲就怔了一下，在心里骂道："你妈的，明明是中国人的仓库，立马就成了大日本皇军的了，真是一帮子强盗，还挺有理的哩！"但脸上却笑着说："哦，自然。但这是我请坂本参谋长和安达少尉的客，我掏钱买这些东西。没问题，我已经让账房记上账了。"

坂本虽然还是面无表情，但面对一堆肉罐头和水果罐头，还有酒的诱惑，他最终还是没能控制住自己胃里直涌的馋虫，就坐了过去"米西"了。至于那个安达少尉，更是乐不可支了，挓挲着两手，舔着嘴唇，高兴得像个孩子般，坐在那一大堆各种罐头跟前，不知道先吃哪一种好。这些日子他一直领着他的宪兵小队守卫着仓库，却面对着仓库里大量的物资，尤其是各种食品，却不能品尝，每天就是喝面糊糊，他们能不馋吗？

这会儿，就见安达用刺刀挑起一大块猪肉，连同白乎乎的猪油一起塞进了嘴里。几乎没有咀嚼就咽了下去，满意地抹了一把嘴，说："约西，支那肉，大大的好吃。"

坂本就抬起头，冷冷地看了他一眼。却扭头招呼父亲说："姬会长，你的一起米西。"

父亲就坐过去，挑了一筒桃子罐头，接过安达递过来的刺刀挑开后，先喝里面的糖水，然后用刺刀挑着桃子吃。当他看到安达少尉眼睛馋涎地盯着他手上的桃子罐头时，就用刺刀挑起一块送到安达的嘴里，看着安达一边嚼一边用手接滴下来的桃汁，父亲就说："安达君，桃子甜吗？"

安达使劲地把刚塞进嘴里的那一大块桃子咽了下去，鼓了一下喉结，说："唔，甜，大大的甜。"

父亲又说："安达君，你杀过人吗？确切点说，你杀过中国人吗？或者说，杀过我们河东人吗？"

父亲的这一连串猝不及防地问，一下子让安达有点张口结舌，就连埋头吃着肉罐头的坂本也抬起头来，看了一眼父亲，又扭头看着安达少尉，再看他如何回答。

安达想了一会儿，小心地对父亲说："姬会长，我的是大大的朋友。我的是学生，大学生。"他做了个读书的动作："后来在昭和三年当了兵，先到满洲，后来就到了华北。"说到这儿，安达就瞪大了眼睛，脸上显露出了一副十分吃惊的神色说："姬会长，中国真的是太大了，大得没边儿，行军走了好几天，一停下来还是中国。搁日本早就出国好几趟了。我参加几次和中国军队的作战，但是，姬会长，你得知道，那是军队对军队的作战。后来我就当了宪兵，那是因为我读过书……"

父亲就说："但不管怎么说，这把刺刀上沾过人血了！"

安达就摇晃了好几下脑袋，指着父亲手里的刺刀说："这个的没有。我的没有参加过白刃战。"

父亲晃了晃手里的刺刀，用大拇指试了试刀刃。他感觉到那刀刃很锋利，钢口很好，刺破罐头盒的包装锡片时简直就如同在割一张厚一点的纸。父亲就笑了一下，对安达说："安达君，你的警惕性太差了，要是我刚才让你吃桃子时想杀你，一下子就直接从你嘴里捅进去咧！"

听父亲这样说，坂本猛地停止了嘴里的咀嚼，抬头看了一眼父亲，眼睛里就流露出一种疑惑来，他盯着父亲的脸看了好半天，似乎想从父亲的脸上找出点什么来。但父亲没看他，仍顾自和安达开着玩笑。

安达倒是被父亲的玩笑吓了一跳，先是怔了怔，脸上又骤然起了一种十分骇人的神情，随即他又咧开嘴"呵呵"地笑着说："意依耶（不），意依耶（不）。姬会长和皇军朋友大大的，我们的朋友大大的。"

一直沉默不语，只是在低着头吃东西的坂本突然开口了，对着安达用日语说："很有可能，别忘了他是个中国人。"

听到坂本带着警告意味的话，安达便一下子沉默了，用眼睛斜瞥了一下父亲，然后低着头用很快的速度吃完了自己面前的那个罐头，便抓过自己的三八式步枪，又从父亲手里接过刺刀插在屁股后面的刀鞘里，然后向他们鞠了一个躬，说："我得去巡逻了。"便转身"咔咔"地走出了仓库。

剩下坂本一个人，他也不好意思再吃下去，就拍拍手说："姬会长，今天的点验是不是就这样了？"

父亲说："你是参谋长，这又是皇军的仓库，你说停就停了。不过，仓库里的物资很多，由于存放时间过久，也没有很好地进行管理，没有通风透气，有许多已经出现霉烂了，这都要及时地清理的，否则……还有，房顶也似乎有漏雨的现象……"

坂本有点不耐烦地打断了父亲的话说："姬会长，就如你开始说的那样，我们今天就只是初步的点验，说明白一点，就只是看一看，看这次开业的商号需要什么物资，以便进行调配。至于以后的管理，那是你们商会的事情。我是军人，不懂得这些。"

父亲就点点头，说："明白了。"他让账房把仓库里的各种罐头挑了一些，用一个大包装了，提到了汽车的后面，对坂本说："坂本君，辛苦了一天，这些给你回去补一补。"

坂本这会儿的脸上挤出了一丝笑模样，对父亲说："姬会长，你确实很会做生意的。"

实际上，那天父亲还用几个小包装了一些子弹，约有一千多发，上次赵克义说稷王山独立大队的子弹已经不多了。但父亲不敢多装，子弹挺沉的，多了就会让日本人发觉，产生怀疑。父亲就让那几个伙计大模大样地但却小心地背着，大摇大摆地就出了仓库大门了。对坂本和安达说是装着发霉变质的物资，出去得找医院检验一下。

在出仓库大门的时候，父亲还装模作样地对那几个伙计说："快过来，让皇军检查一下。"竟然一下子把那几个伙计和账房脸都吓白了，步子都迈不动了。

而就在这时，就听安达摆摆手，十分大方地说："姬会长，我们大大的朋友，皇军大大的朋友的，检查的不要，统统开路的。"

那两个账房和几个伙计们就对父亲十分地佩服了，说父亲在日本人面前真的是脸不变色心不跳，真是虎胆哩！

父亲回到"棉丰堂"后，赶紧把子弹整理了一下，都是"中正"式的子弹，还有阎老西设在太原兵工厂里生产的子弹，倒是各种中国生产的枪械都能通用。父亲正打算让伙计连夜出城，把这些子弹送往稷王山的时候，姬立业进来说，杜司令来了。

父亲就一怔，他咋在这会儿来，是来干甚的？

杜子孝是一个人来的，他一见父亲就皮笑肉不笑地说："姬掌柜，这当上了商会会长,可不能忘了老朋友。有钱大家一齐赚,这可是你说的。"

父亲一时不明白他是说甚,就打着"哈哈"说:"那是自然的,有了好事咋着也不能忘了杜司令。你不但是姬家的救命恩人,也是河东城里各商号做生意的保护人哩。杜司令,咱们现在是关起门来说话哩,就直接讲,不用拐弯抹角的,费脑筋。"

杜子孝就说:"好,姬掌柜痛快。我听说今天姬掌柜带着人去点验皇军占领的二战区军用仓库时,带出来不少子弹,要知道,那可是值钱的货哩。"

父亲就明白杜子孝说得是这件事。他一定是认为父亲把子弹悄悄地弄出来,是为了卖钱的。但这消息是咋着这么快传到杜子孝的耳朵里去的呢?

父亲这样想着,就"哈哈"地笑了一声说:"噢,杜司令说得是这事呀,我还正想过两天找你商量这事哩。滩里的一个朋友想弄些子弹,开出的价钱也可以。我嘛,今天碰上咧,就顺手带了一些,先探探路子,如果能行,咱再弄多一些……有赚下的,自然就少不了你杜司令的那份。"

杜子孝就"哦"了一声,说:"我不管是滩里的朋友还是山上的朋友,只要给钱,枪我都敢卖的。"又看了一眼外边,低声说:"不过,姬掌柜,我还是得提醒你哩。别看今野司令表面上很信任你我,可我知道那些日本人的脾气,都是笑里藏刀的,他们不会真正相信咱们中国人的。"

父亲就点了点头说:"感谢杜司令提醒。"但父亲还在琢磨,是谁把消息透露给了杜子孝了呢?他肯定是"棉丰堂"内部的人,却又一时不敢肯定是谁。不过,今后要做的一些事情,就是在"棉丰堂"里,也得小心才是。

## 第八章

　　河东城"共荣商会"成立仪式是在原河东国立中学的操场上举行的。操场上用篷布搭起了台子，前面摆了一排学生上课用的课桌做主席台，上面铺着绿毯子。河东城里的各个街道上都派出了代表参加，而且街道上的店铺和商号门前都挂满了太阳小旗。凡参加了"共荣商会"的商号店铺则是全员参加，而且各个店铺和商号都统一制作了服装，这些布料都是父亲从仓库里点验出来后，分发给各个商号店铺的。于是，操场上就出现了各个商号店铺服装统一的队伍。在这些商号店铺的队伍里，数"棉丰堂"的伙计们最有精神，首先是因为在他们的队列里，出现了一支约有一百多人的扛着枪的队伍，那是父亲特地让姬明文从河湾镇把镇自卫队带了来，顺手就用仓库里的国民党军服装备了一下，只是没有领章和帽徽而已，看上去整齐划一的就像那么回事了。同时他们还负责着会场外围的警戒，这也是今野正雄的主意，让中国人来做这一切，就更是显得"共荣"了。其他店铺有做马褂的，有的虽然做了一身新衣裤，却是捩裆的，还用一条宽白带子缠起裤脚来。做长袍的较多，但在一般店铺里，只有掌柜才穿长袍，伙计是不能穿长袍，都是短褂子，因为伙计要做活的。而父亲则全让做了西装，一下子就在这一片长袍马褂中间鹤立鸡群,很露脸了。大家就都知道那是"棉丰堂"的掌柜,不住地指点着,议论着,说"棉丰堂"的姬掌柜这次又和日本人进行合作,还当上了日本人的"共荣商会"会长,成了地地道道的汉奸了,看他的那帮子伙计,马上也都穿上了汉奸服咧!

说西装是汉奸服,我在很小的时候就听老人们这样讲过,说外国人都穿得是汉奸服,中国人穿得是中山装。我不知道老人们的观念是如何根深蒂固下来的,也许他们在那个时候看到的那些在给日本人效力的人都穿着西装,就把穿这种衣服的人叫作汉奸,衣服也就自然成了汉奸服了。

那天父亲自然也是要打扮一下的,头天父亲就去洗了澡,还吹了头发,搞出很明显的分头来,就像是电影里的汉奸头那样。再穿上西装,还真是显得既年轻潇洒又风流倜傥的呢。

要说那天的会场上还出现了一个小插曲,就是禹西街上最大的妓院"怡红院"的老板万太礼,竟然带着一帮子打扮得花枝招展的妓女来参加成立大会了,所以一下子就把所有人的目光都吸引了过去。他们来的那帮子男伙计打扮得更是特别,每个人都穿着粉白色的对襟褂子,深蓝色的绸裤,头上都扣着一顶崭新的瓜皮小帽,和那些搔首弄姿的妓女们站在一起,相互映衬,还真是一道风景,挺有看头哩。而那些妓女们已经习惯了卖弄风骚,就是在会场上仍然左顾右盼地找熟人,不时地打着招呼:"哎呀,×掌柜,你可是好些日子没来了呀!""哟,死鬼,你是不是有了新相好的,把我给忘咧!"脂粉艳语的,把一个似乎挺热闹挺气派的成立大会搞得不类不伦。父亲就和几个副会长商量了一下,又给今野正雄报告了一下,然后就让万太礼把那些妓女都打发了回去,只留下那些戴着瓜皮小帽的男伙计们参加成立大会。可没想,一会儿河原代子来了,一眼就看见这些戴着瓜皮小帽的伙计们,顿时就火冒三丈,骂了声:"八格牙鲁!"就掏出了腰间的王八盒子。多亏站在他旁边的泽田信手疾眼快,一把夺过去他的王八盒子,才没有出事情。

要说河原代子为甚一看到戴瓜皮小帽的就发了火呢?这里是有必要再插进一小段故事了。

河原代子是情报官,所以他每天的工作就是搞情报了,这是没错的。但许多时候情报也不是好搞的,尤其是日本人想要了解到八路军和国民党抗日方面的情报就更是不容易了。于是,河原代子在做了认真的分析研究后,就想到了向八路军学习,也搞便衣侦察员,就是让日本人的情报员装扮成中国人,融入当地人中间去了解情报。在华北的八路军经常装扮成老百姓深入日军的占领区活动,获取情报,让日本人防不胜防,日本人对八路军这一特点印象特别深刻。河原代子在这一点上受到了启发,因为日本人和中国人的长相差别不是太大的,除了个别习惯外,比如中国人普遍瘦而高,日本人普遍矮而壮;中国的老百姓喜欢往地下蹲,日本人喜欢弯腰鞠躬等等,但这些都不是大问题,稍加注意就能克服的。日本人有个很大特点,就是办起事情来非常认真,但同时又很机械,常常犯一根筋的毛病。河原代子于是就开始组建情报便衣队。他对便衣队的人员要求非常严格,个子太矮的不行,肚子大的不要,罗圈腿严重的不行,嘴里镶金牙的不要,脑子反应慢的更不要了,简直就是在挑仪仗队员了。后来,河原大尉还是在同乡、宪兵队长泽田信的支持下,从宪兵队里挑选抽调了二十几名聪明机灵、又读过书的日本兵组成了情报便衣队,并进行了封闭训练,还从皇协军里请了两个排长来当教练，从举止神态，生活习惯，都要学中国人，尤其是在便衣队训练期间不允许说日本话。这两个皇协军一个叫李三皮，一个叫刘发才，平时就对日本人非常恭顺，哈巴狗一般。所以教起日本人来非常尽心尽力。就说那个李三皮，是河东夏县人，从小就不学好，是村里人见人烦的二流子，吃喝嫖赌，把家里的三间厦都卖掉了。在村子里实在站立不住了，就跑到外面参加了杜子孝的土匪队伍，后来又改成了皇协军，还当上了排长。有一次带着日本人去扫荡，日本人想找花姑娘，他竟然把日本人领到了他亲姨家里，说他姨家私通八路，结果日本兵把他亲姨和两个表妹都强奸了，就这么坏！

还是说河原代子组建的情报便衣队。这便衣队经过了一个月的封闭培训，又有两个铁杆汉奸的悉心指导。河原大尉就把这些人派到河东城里的街上去和中国人打交道，竟然没有人能看出来他们是日本人。河原代子大喊"约西"，觉着这一步棋是走对了。于是，就安排情报便衣队出动，开始收集中国抗日部队的情报，而且在遇到合适的时机，偷袭活动在附近的小股抗日武装。

要说呢，许多时候事情也真是巧哩，让河原代子没有想到的是，他的情报便衣队第一次出动就遭遇到了八路军的便衣队，而且八路军便衣队轻而易举地就识破了他的便衣队是伪装的日本人，于是就打了一个猝不及防的埋伏。河原代子精心训练出的便衣队一下子就连死带伤，损耗过半，士气大落。

河原代子立即彻查原因，于是就找了毛病出在哪儿了。

要说情报便衣队穿的服装，都是从附近村子里的老百姓那儿收购和抢来的，倒也是五花八门，穿上后也如同当地的农民一般。问题是出在头上戴的那顶崭新的瓜皮小帽上了。

原来,在日军条例里有这么一条规定:现役军人出军营时必须着装整齐,必须穿衣戴帽,不可光头赤足,违者送军事法庭处罚。这样一来,情报便衣队虽然化装成了中国的老百姓,但他们还是现役军人,必须遵守条例。所以说,日本人虽然善于学习,却也有着食古不化的一面。

怎么办?当然不能戴着日本军人护腔军帽出去了。这时候,那个皇协军李三皮出了个主意说,中国老百姓的头上喜欢戴瓜皮帽、礼帽,也有包白毛巾的。便衣队当然也可以这样子,就不是光头了。谁知管后勤的鬼子脑筋一短路,就一下子买了几十顶瓜皮帽回来,让第一次出动的情报便衣队每人头上都戴了一顶崭新的瓜皮帽。

想一想呀,一群衣衫褴褛的农民,却人人头顶戴一崭新的瓜皮小帽!

别说是八路军的侦察员了,就是连老百姓看见这样装束的一伙人,也会觉得是碰见鬼了。

和河原代子情报便衣队遭遇的八路军三八六旅二一二团的侦察员们,回去后向领导汇报这场无一伤亡的遭遇战时,一个个领导先是阵阵发愣,想不通一向骄横的日本人咋这么一根筋呢?后来就笑翻啦。据说,连陈赓旅长看到团里的敌情汇报都笑得捂住了肚子了,连连说:"这真是人妖呀!"

河原代子费尽心机组建起了情报便衣队,又精心训练了一个多月,却刚出动一次就被打残了!难怪他一看见戴着瓜皮帽的"怡红院"的伙计就气不打一处来呢。

要说起日本人认真却又机械，犯一根筋的事例，自然还有许多。这里插叙一段，权当开心了。

我还是继续讲河东城"共荣商会"成立大会的事情吧。

今野正雄带着河东城驻屯军的所有军官都出席了今天的"共荣商会"的成立大会，包括皇协军营以上的军官以及驻扎在城内的一个营。今野正雄今天特地穿上了军装，挎着那把银柄的战刀，在一帮人的前呼后拥下，神气活现地走上了主席台，坐在了最中间的位置上，然后把那把银柄战刀拄在手上，用手爱惜地抚摸着那银柄。

对于日本军官身上挎的东洋战刀，父亲还真的知道一些哩。因为今野正雄司令专门告诉过他这些，也可能是为了向父亲炫耀他挎的这把银柄战刀吧。

日本军官都佩挎东洋武士战刀，本身是为了提高他们的武士道精神。但那战刀的佩挎是有讲究的，尉官佩挎得是黑柄战刀，校官，也就是日军中的佐官则佩挎的是黄柄战刀，将官才能佩挎上银柄战刀。今野正雄是大佐，按规矩他只能佩挎黄柄战刀。但日军中还有个特殊规定，凡属日本皇家血统的军官，可以按军阶的上一级佩挎战刀。今野正雄有皇家血统这一层关系，又是大佐，就可以佩挎银柄战刀了。

而此刻今野正雄心里非常得意，他觉得只要把华北重镇河东城建成了一座大日本皇军管辖控制下的大东亚共荣模范城，保证了这次日军"晋南会战"的粮食和后勤问题，自己踏上将官的道路就会更加顺利的。这真是如同多田骏中将说的那样：多好呀，只是在筹集粮食，不用上前线去流血打仗了……

正想着不用去打仗了，今野正雄的美好遐想却被一阵震耳的"噼啪"声惊醒了过来，原来是成立大会正式开始了，第一项是鸣炮，也就是放鞭炮。从河湾镇来的锣鼓和唢呐队就热热闹闹地敲打吹奏了起来，还有筱月朋带来的河东剧院"爱乡剧团"的乐队，也在演奏着，化了妆的演员在操场上随着乐曲扭打着，场面真是热火朝天，四周就围满了看热闹的人们。

接下来，由华北派遣军司令部代表宣读华北派遣军司令官多田骏的祝贺信。河东日本驻屯军参谋长坂本代表今野讲了话，他叽里咕噜地讲了半天，却没一个人听得懂，然后又由翻译官照着他讲话的稿子念了一遍。随即就宣布河东城"共荣商会"正式成立，父亲就和副会长王晓峰、任月芳，秘书长李富仁等一干人走上主席台亮相，今野正雄特意请来的男女记者们在前面举着照相机不停地选角度拍照，有的记者手里举着镁光灯，不时地"砰"一声发出闪烁的光，还冒出一股浓烟来，就吓大家一跳。有胆小的就往桌子下面钻，以为是炸弹爆炸了哩。

亮相的同时，全体商会的同仁和日本军官们又合了影。

李富仁秘书长就代表商会会长姬金荣和"共荣商会"讲了话，他的讲话稿日本人还做了审查，所以，他除了代表"共荣商会"表示要全力建设大东亚共荣模范城，商会要做到支持河东繁荣，发展经济，共谋利益的话外。还讲出了"要大力参照日本的经验，在大日本皇军的指导下"等一些谄媚的话来，最后竟然说要聘请日本专家来河东管理经济，并进行长期全面合作。而现在成立的"共荣商会"就是一个最典型范例云云。太过分了的谄媚话，让许多听他讲话的人微微蹙起了眉头。

这些话，却让今野正雄听着很舒服了，他双手拄在东洋战刀的银柄上,一直面露微笑端坐着听李富仁讲话。一会儿,今野正雄就当众附在父亲的耳朵上说:"姬掌柜,哦,现在要称呼姬会长了。在今天这个场面上,你应该讲话的。"

父亲就故作谦让地说:"让我做点事情还行,去讲话,尤其是当着这么多的人,还要当着司令官的面,去讲话,出了丑咋弄,还不让人笑死啦!"

今野正雄就说:"你现在是大日本皇军的会长,就要经常讲话的才行。"

父亲就赶紧点头说:"以后要练、要练习的。"顿一顿,父亲又问:"今野司令,您觉着今天这个成立大会,咋样?"

今野正雄说:"约西。很好地体现了共荣。姬掌柜,这就是你的能力,我是看得出来的。在今后商会的发展里,你还是要尽力的。"

父亲就说:"承蒙司令官信任,我一定竭尽全力。"

这时候,阅兵就开始了。先是日本宪兵正步走过,除了今野正雄抬起戴着白手套的右手在行军礼外,其余军官都拔刀在手,竖在右臂前,随着日军的正步嘴里大声喊着:"天皇万岁!"接下来又有两个日军的驻屯军方队正步走过,一个个全是清一色的歪把子机关枪,小日本个子虽然矮,但却很壮实,一个人平端着一挺歪把子,竟然毫不费力地走得挺有劲,挺有精神。另一个全是上着刺刀的"三八"式长枪,长长的刺刀在阳光下反射着光,还真是有点武士道的意思哩。再后面就是皇协军的队伍了,也是两个方队。但和日本正规军比就差一大截子,像是在玩儿。最后面的是河湾镇的自卫队,但那就是象征性的了。尤其让日本人不知道的是,自卫队里来参加阅兵的一百个队员里,竟然有一半是来自稷王山抗日独立大队的战士。这是父亲特意安排的。这里要特别交代一下,就是为甚父亲要让独立大队的战士来参加日本人的阅兵式呢?而且这还是父亲再三向今野正雄请求和说道,要让河湾镇的自卫队前来参加阅兵式,亮一亮相,而且要把自卫队的杂牌枪支全部换成了三八式步枪。父亲说这一是为了体现皇军的威仪;二是为了统一好看,同时也让今野司令官检阅一下这一段自卫队的训练成果,他这个身兼河湾镇维持会长的人也有面子和身份。当然,检阅完毕后,这些三八式步枪就自然都归自卫队了。而那些参加了阅兵式的稷王山抗日独立大队的战士就堂而皇之扛着三八式步枪回到根据地了。

我在《山西抗战》上查到一张当时的"河东日报",上面登载了一则署名山田由美子写的文章,就是比较全面地报道了河东城率先在华北成立了体现大东亚共荣的"共荣商会"的消息,并说这是"为中国事变的解决"做出的"最大贡献",使日军的占领区安全平静,彻底成为圣战的大后方。旁边还配有一张照片,那会儿的铅印效果非常差,照片上人影模糊,只能看个大概。我努力地辨认了半天,还是没能找出父亲的影子来。因为父亲身材高大,如果他在照片上,即使模糊一些,我还是应该能认出来的,就是从轮廓上也应该辨识出来的。但最终我还是失望了。以至于到后来,我肯定地认为,父亲在合影的时候,趁着乱劲儿肯定是躲开了。或许是另有着其他原因。而写报道的这个人的名字,看上去像个日本人的名字。我后来经过认真地调研了解,查阅资料,确定了这个山田由美子不但是个日本记者,而且还是个女记者、女特工。她是特地从华北派遣军司令部赶来河东的,山田由美子来河东有个原因,就是刚开始得知河东城要成立大东亚共荣的"共荣商会",华北派遣军司令官多田骏还准备亲自出席成立大会的,但后来考虑到"晋南会战"开始在即,同时也考虑到此行的安全等诸多因素,多田骏就没有亲自来。所以就有了派出代表来宣读他的祝贺信这个仪式。但多田骏对今野正雄在如此短的时间里就把日军占领区河东城控制管辖成一个模范城还是很高兴很满意很感兴趣的,就把专程来华北进行采访的日本最著名的报纸《朝日新闻》社的记者派来河东城采访这一事件了,这也算是很给今野正雄的面子了。这件事情在《朝日新闻》上一登,全日本都知道了他今野正雄在中国所做出的成绩,今后的前程还用得着担心吗?

这样一想的时候,我的心里就又产生了疑问了。既然今野正雄这样信任父亲,可以说"共荣商会"的成立,基本上全是在父亲的努力操办下完成的,他心里是清楚的,单凭他们日本人的能耐,是不可能这么快就成立起一个非常能体现大东亚共荣特点的"共荣商会"来的,所以说,他不可能在合影的时候忽视了担任会长这个角色的父亲的。

这里面原因我分析有这么几点:一点就是父亲当时恐怕有甚紧急事情,临时走开了,而合影照相不能因为他一个人不在而让大家站在太阳下面等着,因为还有驻屯军司令官今野正雄也在那儿呢。毕竟他这个会长在日本人的眼里,并不是多么重要,说穿了,就是一个被利用的角色;再一点就是父亲心里可能深知这张合影照片出来的严重后果,虽然商会会长也难免被人们认为是汉奸角色,但中间仍然夹有一个"商"字,可以解脱许多。但如果有了这张与日本人的合影照片,可就是铁证如山,彻头彻尾的汉奸了。就在我进行调查考证这件有关当年河东城"共荣商会"事件的过程中,我特地对当时"共荣商会"的人员进行了了解和走访，结果，除担任副会长的任月芳属国民党军统的谍报人员外，其余如王晓峰、李富仁等，均在日本人投降后被国民党政府以汉奸罪判了有期徒刑，被当作汉奸处理的还有十几名委员。依据就是那张合影照片。

在这一点上，我是非常佩服父亲的机警和聪明的。

闹哄哄的成立仪式结束后，日本兵和皇协军以及老百姓代表，包括各商号店铺的伙计们就都各自回家了。父亲就也让自卫队回去了，但交代姬明文到"棉丰堂"里拉些货回去，然后从身上掏出请杜子孝开出的通行证交给他。姬明文他们赶了几辆大车来，就是准备来时拉人，回去时拉货的。这拉的货除了上次顺手牵羊带出来的那些子弹，还有一部分给各商号店铺没有分配完剩余的布匹，还有一部分罐头之类的食品……在让杜子孝开通行证的时候，父亲告诉他这是给河湾镇上拉的，顺便给了杜子孝二十块大洋，说这就是那点子弹的钱。等将来弄大了，钱也就慢慢地多了。

杜子孝一看到大洋，顿时眉开眼笑，二话没说，就把通行证开了出来。

打发走了姬明文和镇自卫队，还有那些来参加阅兵式，其实就是来领三八式步枪的稷王山抗日独立大队的战士们，父亲就赶紧来到学校的大餐厅里。那里已聚集了不少的人，有日军尉官以上的和皇协军营级以上的全体军官，"共荣商会"的全体委员。今野正雄还亲自和父亲以及那几个副会长们，又同大家一一见面，握手寒暄。见面完毕后，今野正雄又单独把父亲领到一边，叫着父亲的字号说："玉堂君哦。"这是许多日子来，今野正雄第一次没有称呼父亲为"姬掌柜"或"姬会长"，而这样改变了称呼，这就显得他和父亲之间的关系更进一步了，更加亲密了，更加信任了。

今野正雄说："玉堂君，商会已经成立了，就要很好地发挥作用，要为大日本的圣战做出贡献来。"

父亲听见今野正雄这样说，就略微怔了一下，说："今野司令官，商会只能考虑发展经济，让河东城里的市场繁荣起来。咋又与打仗挂上啦？要是这样子，我就怕我这个会长……"

今野正雄就微微笑了一下，说："玉堂君，现在正是圣战时期，我们所做的一切，又怎么能分离得开呢？说白了，发展经济也就是为了圣战服务的。眼下，商会的首要任务，就是要准备运送一大批粮食到圣战所需要的地方去。"

父亲说："今野司令官，咋给部队运送粮食的事情也要商会去做？"

今野正雄说："不是要商会去做，而是要商会去协调。"他看着父亲，眼睛里闪过一丝诡诈的笑，低声说："玉堂君，我这可是给你赚钱的机会呢，可不要错过了。"说着话，今野正雄看到父亲的目光一直在目不转睛地呆呆盯着一个方向，便扭转身，就看到了一个穿着日本军服的女人正从大门口轻盈地走了过来，他"哦"了一声，立刻热情地快步迎上前去，和那女人握手，嘴里用日语叽里咕噜了几句，却只见那女人撇了一下小巧的嘴,用一口流利的中文说："我说司令官阁下，你还是说中文吧，别忘了今天这儿中国人多。"

今野正雄就拊掌大笑说："哎呀，我倒是忘记了，山田美智子是个有名的中国通呢。我这个在华北派遣军里的四个中国通之一，在美智子面前也是要甘拜下风的了。"说着，他一转身，指着父亲说："我来给你介绍一下，这就是河东城里著名的、也是唯一一家与外资合作的商号'棉丰堂'传人，同时也是今天成立的'共荣商会'的会长姬金荣先生……"

也许是今野正雄的介绍啰里啰唆，绕口令般的太长了，没等他介绍完，山田美智子就扭一下腰肢，摇步向前，主动地向父亲伸出手去，樱桃般的小嘴微启，那句让人着迷的"您好"就如风一般飘了出来："姬会长，您好呀。"

说实话，父亲当时确实被这个日本女人的美丽惊住了。

山田美智子虽然穿得是一身军装，脚蹬日本马靴，却没佩戴军衔，也没戴军帽，留着一头齐耳的短发。于是这身军装就非常恰到好处地装扮了她妩媚下的威武。她扭动细腰，一步一摇，"橐橐"地走了过来，就仿佛是飘过来般。其实，不光是我父亲，当时大餐厅里几乎所有的人，都被这个日本女人的美丽惊住了。

山田美智子在那一刻，可以说是扫荡了所有男人的目光。

记得我在听父亲讲这一段的时候，我也正在和一名同在一个部队文工团的女兵谈恋爱，于是就勾起父亲的这段话题。但我在写作此文的时候，认真思考，觉得山田美智子也许并没有父亲描述的那般让人丧魂失魄。我总觉着是那一身军装帮了她的忙。那会儿中国的女人们都缠着小脚，穿衣服也大多是粗布做的宽大臃肿。自然山田美智子这种打扮，就是鹤立鸡群了。再说，女人给男人的印象就是温柔，这是大家公认的。但如果让一个女人的温柔中掺进了一股杀气，这个女人是不是就另类，就更加吸引人了呢？至少我是这么个印象。记得我刚入伍的20世纪70

年代全国人民的服装仍然很单调，颜色也很单一。于是我就觉着女兵就是天下最美的，主要是那一身军装，女人穿上了军装，都会一下子变得美丽起来了。

不过，我还是对山田美智子恰巧就在那一刻出现，而今野正雄也就随即显得非常热情地把她介绍给我的父亲了，事情显得太巧合了一些。而且今野正雄和父亲的年龄差不多，都是二十多岁的样子。他又是日本皇室的人员，年轻轻地就挂上了大佐军衔，也可谓春风轻云，前程无量的人，咋会把山田美智子这样一个美人儿拱手相送呢？

在父亲后来的讲述中和后来发生的一系列事件里，我就明白了今野正雄确实不是无意间把美智子介绍给父亲的，而是为了让美智子接近父亲，控制住父亲，让父亲一心一意地为日本人的大东亚共荣和"王道乐土"做事，为大圣战服务，也许父亲真的会爱上美智子，那就真正的日本化了呢。然而，最后的结果却完全出乎了今野正雄的预料。

就是今野正雄在看到从华北派遣军司令部匆匆赶来河东城采访"共荣商会"成立的《朝日新闻》著名记者山田美智子的时候，也对她的美貌吃惊，产生的第一个想法就是想将她拥入怀中。但今野正雄毕竟是个大佐司令官，虽然年轻，头脑却非常清醒，非常有自制力，明白男女之事是最能毁灭一个人和他的事业的。这也正是他带着联队进驻河东城后就严格军纪，尤其特别强调"对性交之事，则应建立在双方自觉自愿之基础。否则，军法严惩"的军纪。随即，今野正雄就考虑山田美智子是否会有皇室血统？因为他觉着这么美貌有气质的女人，只能是从皇室中出来的。而瞬间他就产生了如果能让美智子这个大日本的美人儿控制住姬金荣这个在河东城里有祖传资产、有身份、有名望的年轻掌柜，充分地利用起姬家的这些影响和作用这些优点,为大日本的圣战服务,同时也是在为自己服务,为自己的前程铺路。尤其现在姬金荣已经在踏上日本人控制的这条船了,不管自己一开始软硬兼施,利用起各种手段,最后总算成立并让他担任了河东城"共荣商会"的会长了。这接下来的"晋南会战"的后勤物资保障和即将开始的夏粮收购等等一系列的大事情,单单靠河东城驻屯军这不足两千人的日军和杜子孝的皇协军,是根本无法完成的。还是那句话那个宗旨,在中国人土地上,一切事情还得利用他们,靠他们去办。

但是,还没有等今野正雄把山田美智子是否有皇室血统的事情了解清楚,就发生了那天在餐厅里突遇,今野正雄就干脆先介绍了父亲和美智子认识。至于美智子有否皇室血统,与这件事情似乎关系不是多么大,毕竟都是为了大东亚圣战嘛。

所以说,天上不会掉馅饼,更不会平白无故地会突然掉下个林妹妹来呢!

要说呢,父亲那天一身黑西装,玫瑰红领带,还戴了一副金丝边的眼镜,头发梳得溜光,倒也显得风流飘逸,大方沉稳,尤其是父亲的个头高大,身材笔挺,这和个子矮小的日本人比起来,明显就有了优势了。我想,单凭这一点,山田美智子喜欢上父亲应该是理所当然。尽管一开始她是受人安排的,带着某种目的和任务,有点勉为其难的意思。但是在见到父亲后,她应该是从心里真心实意地开始接受了这个安排,让她的芳心大动了。

那天会餐完毕后,自然就是看戏了。戏是在"河东大剧院"演的,先由河湾镇的"家戏"班子演了《吹牛》和《卖布》两出小戏,接下来就由萧月朋的河东"爱乡"剧团演出著名的蒲剧大戏《两狼山》,这是一出反映山西杨家将在两狼山与入侵中原的辽兵作战,英勇不屈,奋勇抗敌的戏剧。由萧月朋亲自扮演扬老令公、大刀扬继业。尤其是演到扬老令公兵困两狼山,奸臣潘仁美公报私仇,不发救兵,扬老令公战至最后誓死不降,悲愤撞死在李陵碑前时,萧月朋也许情有所感,演唱得格外动情,唱腔激昂,高亢悲愤,真是把一个抗外敌受迫害的扬老令公演绎得格外感人:

拼性命和番奴对阵交锋,
一个个为国家不避吉凶。
血成河尸成山忠心耿耿,
是忠臣丧疆场死亦有荣。
扬继业虽年老为国效命,
好男儿保定江山,何畏死生……

唱到这儿,全场不断响起掌声,同时也让在场的那些当了皇协军的和参加了日本人"共荣商会"的中国人陷入沉思之中。就连许多日军官们虽然听不懂唱词,却知道这是演绎的一个英雄人物,日本人是崇尚武士道,也就是崇尚英雄的,所以也在拼命地鼓掌叫好。

坐在前排的驻屯军司令官今野正雄是听得懂唱词的,脸色略有不悦,回头想看一下父亲姬金荣的反应,没想他旁边特意留给父亲的位置不知道什么时间没人了。于是他就问隔了一个位置的任月芳,说:"这出戏是谁点的?"

任月芳也是位非常聪明和反应快的女人。试想一下,一个女人能进入军统,并且能深入到敌人占领下的营垒里活动,本身除了过人的胆量外,还得有快捷的应变能力。她一听今野正雄这样问,就知道这出戏让今野司令官有反应了。她脑子一转,脸上挂着一个女人特有的那种笑,往今野正雄这边略移动了一下身子,柔声说:"大司令官,这可是萧月朋最拿手的一出戏啦,唱红了黄河两岸哩。今天商会成立,大司令官又亲自来观看,自然要唱最拿手的戏哩。大司令官,你看得懂吗?要不,我给您说一说?"任月芳说又往今野正雄的身边移了移,顿时就有一股淡淡的香水味钻进了今野正雄的鼻孔里。

今野正雄就赶紧坐直了身子,双手挂着东洋战刀,也笑了一下说:"哦,任经理,我能听得懂。"他在心里又琢磨,也许这些蠢猪般的支那人是不会想那么多的,更不会想到用这出反抗外侵的戏来影射和唤起什么,就只是纯粹演一出戏,来庆祝商会的成立,就只是来给他这个河东城里最大的司令官看的。再认真想一想,那入侵的辽兵就是现在的"满洲国",他们本来就都是支那人,纯粹就是内部争斗。这样一想,今野正雄就也心安了。不过,他还是问了一句任月芳,说:"这个的,姬会长怎么没有来看戏?"

任月芳就表情很暧昧地一笑说:"这个嘛,大司令官,您给他介绍了那么一位如花似玉的美人,他哪里还会有心思看戏呀!"她向外面略翘一翘下巴,说:"给美人儿拉走咧。"

今野正雄顿时就明白了,他要的就是这个效果呢。于是,他也向任月芳点了点头,笑呵呵地说:"姬会长,年轻有为,美智子漂亮大方,他们两个是郎才女貌了。"

任月芳自然不会放过这个和今野正雄套近乎的机会了,她又向今野身边不易觉察地移了移身子,声音略低了一些说:"大司令官什么时候到我的糖业有限公司去视察一下,看一看我们的生产。"

今野正雄就装作刚刚想起来的样子,说:"您的就是河东糖业公司的任总经理,真是久仰了。最近生产可好?"

任月芳就说:"全靠大司令官和皇军的支持,这才重新生产了。不过,这一次进的原料只能维持一来月的生产。往后……"

今野正雄就大度地说:"没有问题的。我将从华北,从北平、从石家庄、从保定调原料过来。既然开业了,就不能停止。用你们中国人来说,就不能、这个……"他显然是记不起这个成语了。

任月芳就笑着赶紧接过来说:"大司令说得对,既然开始了生产,就不能半途而废,或者说虎头蛇尾。"

今野正雄就点着头说:"对,对,是这样。"


父亲也曾告诉过我,任月芳是在和他通过这次筹备成立"共荣商会"的时候,才渐渐知道了对方的身份的。父亲也曾在心里感叹,说任月芳就那样一个弱女子,在河东城经营了那么些年的糖业公司,竟然是一个军统上尉特工,真是一个奇女子哩。任月芳的糖业公司也仅仅是个幌子,是他们军统河东站的一个掩护点。这一切也是父亲后来才知道的,他刚开始也有些怀疑,觉着凭任月芳的生产规模和产量,根本无法支撑那么大的一个糖业公司的。放在一个一般商号和厂商,早就倒闭了,经营不下去了。但任月芳却好像从来不着急,根本不去考虑公司的生产和经营。后来父亲就明白，她后面是有军统庞大的财力在支持着哩。后来，任月芳让父亲和她联手，把日本人大量推售给"棉丰堂"的肥田粉也给他们一些，她则把一些生产糖的原料给了父亲。在那些生产糖的原料中，有许多也是和生产炸药有关的，所以任月芳进了大批的原糖生产原料，而生产出的糖却不是很多，许多时候甚至都满足不了河东城里居民的需求，真正的原因是大批原料都进了兵工厂了。

但任月芳他们是军统特工。国民党有大后方的兵工厂，原料并不是很缺，实力远非八路军根据地兵工厂所能比的。他们军统主要的任务是除奸和搜集情报。当父亲后来得知他们的底细后，就利用"共荣商会"的这层关系，用一些双方都需要的情报换取了不少他们的原料，通过地下运输渠道秘密安全地运送到了位于上党地区的八路军兵工厂。


山田美智子是个日本人。都说日本女人的温柔听话是世界第一，至少在我们中国，诗人徐志摩的那一首脍炙人口的"沙扬娜拉"，将东瀛女子的温柔妩媚，真是刻画得栩栩如生，编织成了一道美轮美奂的风景，令人心动意摇，不知迷惑了多少人的呢。岂不知日本女子发起情发起飙，也就是说爱起来，也可以说是全世界第一哩。不管别人领没有领教，我的父亲在40年代的时候可是亲身领教了，领教了日本女人热情起来那如火的疯狂。

当然，写下这段文字，我并不是在替父亲经受不住山田美智子的诱惑做辩护。我只是想说，即使是你死我活的种族对抗，也阻挡不住美的这种魅力。

很明显，山田美智子对我们河东蒲川梆子这种能震裂耳膜般的大嘶大吼的戏剧不感兴趣,也许她一开始就只是接受了个任务,负责把河东城的"共荣商会"的会长,也就是我的父亲真正纳入大日本皇军的阵营中来,让他心中有个日本女人,然后死心塌地般为大日本皇军的圣战服务。但是在与我父亲相见之后,她却真正由被动变为主动了。她是真的爱上了这个仪表堂堂,并且处处显得风流倜傥的年轻人了。试想一下,连河东城的驻屯军司令都想尽办法要把他纳入自己的势力之下,可见他并不是个凡夫俗子了。要不,满河东城大街上的中国人、日本人怎么就偏偏看上他了呢?

山田美智子强忍着坐在父亲的旁边看了一会儿戏,如果说刚开始的那段《吹牛》还能让她暂且坐了下来,那两个演员的滑稽表演还让她咧开樱桃小嘴笑了一笑的话,那么,等到后面的大本戏《两狼山》一开场,鼓锣敲打得震天响,灌在山田美智子的耳朵里纯粹就是一场巨大的噪声污染了,加上她也坐在前排的主宾位置上,那些锣鼓家什简直就是在她的耳边猛打猛敲哩。同时,她的心根本就不在看戏上,而是身边的父亲。终于,她捂了一阵耳朵,然后将嘴附在了父亲的耳边,悄悄地说:"玉堂君,这里太吵了,我们出去走一走吧。"她把对父亲的称呼改了,由"姬会长"变成"玉堂君"了。天知道她什么时候连父亲的字号都知道了。

山田美智子说话时哈出的气流,吹得父亲耳朵痒痒的,像是无数个小虫子在轻轻地飞挠。他什么话也没有说,一点反对的表示都没有,非常听话地站了起来,略微弯下腰,悄悄地跟在美智子的后面,溜了出去。

也许父亲就真是被山田美智子的美貌所吸引了,在她的面前思维就容易短路。这也正常，无论多么优秀的男人，在面对一位既美丽又在各方面都很出色的，能够把自己深深吸引了的女性时，很难做到从容不迫。

父亲跟在山田美智子的后面，像个跟班似的出了"河东大戏院"，来到了一辆黑色的轿子车前。在车跟前站岗的日本兵看到山田美智子过来，"咔"地双脚一并，给她还来了个持枪礼，然后看到她身后的父亲，又是"咔"的一个立正。父亲一没想到她自己竟然有专车，二没想到日本兵会给她一个并没军衔的女人敬礼！父亲就在坐到了她的这辆丰田AA型轿车后问道："我说，你到底是什么人？他们咋都很那个、那个的……似乎怕你？"

山田美智子就有点顽皮地冲父亲歪一下脑袋，说："大概因为、因为我是记者，还是著名记者吧。"

父亲肯定不会这么轻易就相信了她的话，因为在那个时候一个记者再著名，也不可能又有专车又享受警卫的。父亲就也淡淡地笑了一下说："不会这么简单吧。"

山田美智子看出了父亲的疑惑，没有说话，发动了车，然后沿着河东城那条盐化大道开了出去，她不说去哪儿，父亲也没有问，就那么一直由着她随意开着车跑，看到有巷子就拐，山田美智子的开车技术不错，沿着狭窄的巷子拐来拐去。直到都看到河东城的东大门了，山田美智子这才停了车，扭过头看着父亲，神色略微凝重了一些，但说出的话仍然带有一股玩笑的味儿。她说："玉堂君，你真是个中国人里面的精英。是的，事情确实不会这么简单的。我现在就实话告诉你，我本来只是来采访报道河东城建立大东亚共荣模范城，或者说就是你们成立的那个什么'共荣商会'的事情的。但我后来接受了一个本不想接受的任务，就是奉命接近你，必要的时候，可以和你这样的中国精英人物结婚。"

山田美智子的如此坦诚，竟然一下子让父亲手足无措，陷入慌乱之中，不知道说什么好。他结结巴巴地说："噢，噢，这怎么说、说呢？我在老家是有、有……"

山田美智子看着父亲紧张的那个样子，抿着嘴笑了，说："当然，这也得看你愿不愿意了。即使玉堂君老家有妻子，可中国人不是时兴三房四妾吗？我也可以做个妾的呀。"她说着就"咯咯"地笑了。

父亲却没有笑，仍然如坠五里雾中，不知道日本人为什么要这样对待他这样一个生意人。他说："为甚，要这样呢？"

山田美智子想了想说："我觉着，他们一定是看中了玉堂君特殊的经济头脑了。"

父亲仍然没有弄明白，说："可这与、与结婚……"

山田美智子说："玉堂君，我问你，这战争一旦结束了，每个国家首先要做的事情应该是什么？"

父亲怔怔地看着她。

山田美智子自问自答道："这首先要做的事情当然是建设，恢复经济了。要做这些事情，第一需要的是什么？"

父亲总算能接上美智子的话了，赶紧说："搞建设嘛，当然首先需要钱。"

山田美智子摇晃了一下脑袋，扭头看着父亲说："不对，搞建设第一需要的是人才，各个领域里的人才。像玉堂君这样对经济特别精通的人才,把你带到我们国家,无疑是大有好处的。"

父亲不语了,他不知道,自己仅仅是个生意人,咋就让日本人当成了经济领域的精英了呢?

山田美智子看到父亲不吭声了,知道父亲的思想在斗争着呢。她仍旧用她那特有的笑脸看着父亲,认真地说:"玉堂君,请你相信我,不管怎么样,我都不会加害你的。相反,我只会保护你,因为,我愿意接受这个任务,我、爱上玉堂君了。"说完最后这句话,山田美智子将脸伏在了方向盘上。

父亲看到,山田美智子的脸竟然红得如一朵怒放的玫瑰了。

## 第九章

  关于父亲和山田美智子这个日本女人之间的一段情感纠葛，父亲总是不愿意谈起这个话题，也许是忌讳什么吧。不过，我能从父亲嘴里的片言只语里听得出来，他还是很怀念这个山田美智子的，毕竟那是一位漂亮又充满异国风情的美丽女人啊。但那会儿我对日本人的所有印象就是那有限的几部黑白电影，当然对日本人是充满了仇恨的，日本人就是大坏蛋的代名词。所以，当我带着愤怒的情绪责问起他为甚要和一个日本女人和一个坏蛋交往，还差点儿结婚的事情时，父亲就含着那杆旱烟袋，长久不语，似乎又陷入那过去的回忆之中去了。父亲告诉我，山田美智子竟然是非常反战的。也就是在那天的接触中，她告诉父亲，她其实是奉命来河东采访即将进行的"肃正作战"的，也正是她透露出了日本人在那个时期频繁活动，准备围攻中条山地区的国民党守军，进行"晋南会战"的确切情报的。

  那天，在河东城的东大门下，山田美智子停下了车，她先让父亲下了车，在车外等着。过了一会儿，她从车里下来，却换了一身装束，脱下了那身黄屎颜色的军装，下身换上了一身天蓝色的裤子，上身是件花衬衫，这一打扮，竟让她像个学生了。她拉着父亲的手在街头慢悠悠地闲逛，看见店铺就要进去观察半天，然后又拉着父亲的手出来，再到另一家商店里。她的中文很流利，没有人能发现她是个日本女人。最后，她在一个卖凉粉的小摊前站住不走了，扭回头看着父亲，那神态真像是一个处于懵懂中的少女，透露着天真、纯净。

父亲就问她："咋啦，想吃？"

她点了点头。

父亲就有点吃惊，又追问了一句："你，想吃凉粉？"

她又点了点头，还"嗯"了一声。

父亲看她的样子，不像是开玩笑，就扭头看着四周，似乎是在寻找什么。

美智子就问："你看什么？"

父亲说："你真的想吃，我看那儿有在店子里卖的，里面的干净一些。"这一看，还真让父亲找到了一家，在店门上面挂着"河东凉粉第一家"的牌子，口气确实挺大。

这个摆小摊卖凉粉的看着美智子，却对着父亲说："尿，那家是吹牛哩，甚第一家嘛，价钱是第一家哩，贵得太太哩。"

父亲主要是想找个屋子，他不想让美智子这个日本大美人就这么像我们河东老百姓那样蹲在街头小摊油腻腻的小凳子上吃凉粉。

于是，山田美智子就像是听话的小白兔般乖乖地跟上父亲来到那个"河东凉粉第一家"的小店里，屋子里很安静，并没有多少客人，大概确实是价格贵了些。父亲和美智子选了靠窗户的一张桌子坐了，然后父亲点了一碗凉粉和一个火烧饼子。在等待的时候，父亲就告诉山田美智子，这凉粉就火烧是河东很有名的一道小吃，凉粉是用绿豆或者红薯、也叫地瓜的淀粉做成的,吃到嘴里滑溜、凉爽,调料是一定要拌有芥末和蒜的。再就着用温火烤出的发面饼子、河东人叫"火烧"的饼子来吃,味道真是美得太太哩。

正说着,一个打扮得挺俊俏的女孩子端着拌好的凉粉过来了,看着他们说:"谁吃嘛?"

父亲就指一下美智子说:"哦,她吃哩,放她跟前。"

那女孩子一看美智子,就不由自主地"噢哟"了一声,脸儿就红了,仿佛受了惊吓一般,放下凉粉就逃似的离开了。一会儿,那女孩子就和几个饭店里的人又出现在店里,远远地指着美智子,低声议论着什么,一会儿,又有几个人怯怯地走过来,打量着美智子。那个似乎是老板娘的中年女人走上前来,手里拿块抹布似要擦桌子,看着美智子,却问父亲说:"掌柜的,她不是咱河东人吧。"

父亲就知道他们是被美智子的美丽惊住了,就故意说:"是哩。咋不是吗?"

老板娘就说:"哦哟,听口音嘛,你是咱河东人,她不是哩。咱河东咋长出这么稀样的女子来嘛!你看她脸上那颜色,喝黄河水的人咋长得出来那白嘛?哄甚人哩嘛。"

父亲就在心里承认老板娘分析得很有道理了。山田美智子的美丽,有一个最显著的方面就是她的皮肤特别白,我们中国人历来就有"一白遮百丑"的说法。记得我曾看过郁达夫描写东瀛女子的一篇文章,在郁达夫的笔下,日本女子的眼睛,总是又黑又大又亮又活,有一种勾魂的力量;她们的身体,总是白且丰满而性感,叫人不能自抑。

但父亲还是感觉到了某种危险,如果让周围的老百姓知道了她是位日本女人，接下来的情形父亲就不好预测了。不管今野正雄和日本人如何吹嘘他们的"王道乐土"，但民族矛盾就是民族矛盾，这是用什么也掩盖不了的。他就一边催促美智子快点吃，一边抬起头四处张望着，看着窗户外面。

美智子快活地吸溜着凉粉，看着父亲说："你怎么紧张了？你总是看外面，外面有什么？"

父亲从窗户外面收回目光，说："我觉着好像有人在跟着我们哩。"说完后觉着不应该这样紧张，又笑了一下，用一种开玩笑的口吻说："哦，我是看有没有护花使者在跟着我们。"

美智子吃完最后一口凉粉，咽下最后一口火烧，十分满意地舒了一口气，对父亲说："你说什么护花使者？"

父亲就起身拉着她往外走，一边说："你看在今天的成立大会上，你一出现，几乎所有人都把目光盯着你，我还注意到不少日本军官对你垂涎三尺的样子。你却和我这个中国人在一起，所以，我担心会给我引来杀身之祸哩。"

山田美智子小手一挥说："这个嘛，你不用担心，他们不会，也不敢。"

父亲说："你就这么肯定？"

山田美智子就灿烂地笑了，伸出手在父亲的脸颊上抚摸了一下，说："是的，我肯定，没有人敢对你怎么样。"她和父亲来到车跟前，看到父亲殷勤地替她拉开了车门，山田美智子就很快活，非常感慨地说："玉堂君不但十分的儒雅，还真的是个谦谦君子呢。要知道，在我们日本国，大男子主义世界皆知，从来都是我们弯下腰替男人开车门的，哪有男人替女人开车门的,就是皇妃也享受不到这种待遇的。"

父亲就说:"你开车我坐车哩,替你开一下车门也是应当的。"

美智子就说:"那我也替你开一下车门吧。"说着探身伸出右手,把副驾上的门推开了。

在坐到车里后,山田美智子神色突然变得有些庄重,她目光看着前面,却分明是在对父亲说话:"其实,我这次来河东,说明白一点,就是来华北的中条山地区采访,还有一个特殊使命,这个使命眼下除了今野司令外,别的我都不知道。就是专程采访即将开始的解决华北事变的'肃正作战',也叫'晋南会战'的。"

父亲的心里就一跳,"肃正作战"和"晋南会战"这两个词他不止一次地在今野正雄和坂本的嘴里听到过,而且他们每次说到这两个词的时候情绪都显得非常激烈,也非常神秘。父亲不动声色,装作似乎听不明白美智子说的话。

美智子继续说:"日本发动支那战争的初衷,是想速战速决的,陆军部就曾经扬言,三个月解决支那事变。却没想,根本不是陆军部那些战争狂人想象的那个样,三个月,三年都过去了,整个日本都陷入这战争的泥坑里了。眼下,虽然占领了山西,却无法控制山西。就在中条山地区,国民党军就有十数万之众,他们分散于晋南地区,开展游击战。所以,日军本部为了巩固华北,进攻西安,自1938年起,曾经十三次重兵围攻中条山,但均未得逞,战略目的均未达到。所以,这次日本东条陆相和杉山总长下决心,不惜调用在华全部兵力,消灭活动于山西南部的中国军队。他们觉着此战必胜,所以就提前派了我到河东来。"

在山田美智子说这些的时候,父亲一声不吭,只是静静地听着。等到美智子不说了，发动了车，父亲才"吭哧"了一声说："这个，恕我直言，我不懂战争。我只是希望能平平安安地做生意，过日子。战争确实让人太讨厌啦。"

美智子又说："不止讨厌，而且是在毁灭人类的文明，是在犯罪。玉堂君，相信我的话，只要战争一结束，就会有人上绞刑架的。"不愧是记者，说出话来就是有分量。父亲从她的话里能听出来，她也是反对这场战争的。而且还真给山田美智子说准了，在日本投降后，东条英机、土肥原贤二等十多名甲级战犯就是被执行了绞刑的。

父亲有点试探地说："这么说，你是并不看好这场战争的。"

美智子说："岂止不看好，压根就没指望能赢得这场战争。"

父亲说："不是说你们日本军队长驱直入，一直节节胜利吗？先是占领了东北，打了上海，现在又占领了华北，还要占领……说不定很快就要占领全中国啦。"

山田美智子就长长地叹息了一声，显得忧心忡忡地说："这正是危机所在呀。远的不讲，单就中国的领土来说，有多大？恐怕玉堂君你这个中国人也未必清楚。"

这话父亲觉着美智子说得对，那会儿交通不便，中国到底有多么大，父亲确实弄不清楚，但是父亲却深有体会的。同时，他就想起了安达少尉说起中国有多么大的时候那副夸张和震惊的神情来："哇呀，走了好几天了，要在日本早就出国了。可一问，还是在中国，真不知道中国到底有多大！"

美智子继续着她的理论，说："就说现在，日本军队才占领了多少中国的地方呀？大后方西南地区毫发无损，顶多派飞机去扔上几颗炸弹。还有大西北。对了,最重要的一点就是由于日本对中国发动的这场战争,促使中国人将国内矛盾转化为民族矛盾,所有的军队团结起来一致对付日本军队,这样下来,别的杂牌军队不算,光是国军和八路军,还有在江南的新四军部队,这加起来有多少人呢?怕是比日本整个国家的人数还要多呢。"

父亲就在心里暗暗佩服,真不愧是记者,知道的就是多,而且还是知己知彼。比起日本国内的那些狂妄分子来说,山田美智子至少是清醒的。

听了山田美智子这样一番理论,父亲也确实受益匪浅。他小心地问道:"照你这么说,你们日本肯定是打不过中国了。"

美智子说:"玉堂君,回答你这个问题对我来说是非常残酷的,可我还是肯定地告诉你,这场战争,日本注定是要失败的。实际上,日本是在帮了你们中国人一个大忙,正是由于这场战争,让大多数的中国人从愚昧之中惊醒过来了。在救国的这面旗帜下,中国人团结起来了,振奋起来了,把民族意识收拢起来了。而这样一来,我们的失败也就只是时间的问题了。"她扭过头看了一眼父亲,说:"玉堂君,听到这样的话,你肯定是发自内心地高兴吧。"

父亲脱口而出说:"那自然啦。谁也不希望看到别的国家的军队在自己的土地上耀武扬威横行霸道,想咋就咋的。"

山田美智子就撇了一下嘴说:"这么说,玉堂君担任河东城'共荣商会'的会长,和皇军进行合作也是口是心非,权宜之计了。"

父亲心里就一惊,觉着这个日本女人是不是今野司令官故意安排来试探自己的,刚才自己的话是不是太多了呢?但又一想,自己并没有说什么出格的话和有损日本人的话，所有的对日本不利的话都是美智子自己讲的。于是，父亲就"呵呵"了一声，说："这倒不是。我只是想利用日本军队在河东城的优势，一来把祖传的家业商号继续发展下去，不至于在我的手上垮掉；二来借此振兴一下河东城的经济，对老百姓来说，也算是一件好事。我说过了，我只是个彻头彻尾的生意人，也就是知道咋着来用最小的利益赚取最大收获，却被你们日本人戴上了经济人士的高帽来，自己都觉着压得慌哩。其实，我觉着，不管哪个国家，都应该是广大的老百姓的。不管是王朝更替，军阀争霸，党派纷争，无论谁来做这个国家的主，都应该让老百姓安居乐业。"

父亲的这一番话让美智子"哟"了一声，说："真想不到玉堂君的这一番理论比我刚才讲的那么多要实际得多，也深刻的多，难怪今野司令是那么器重你的呢。"她猛地一打方向盘，躲过了一个斜刺里急急闯过的一个男人，继续说："其实，今野司令早年来过中国的，在中国生活了许多年，他对中国是有感情的。"

父亲这才明白，难怪今野正雄的中国话说得那么流利。他说："你的中国话也说得很好，你也在中国生活过？"

美智子说："我没有。但我会说许多国家的话，除了中国话，我还会说英语、德语和法语。因为我是记者，我得到世界各地去采访呀。"

父亲就在心里非常佩服她的聪明了。

美智子又说："玉堂君，其实也不要一味地诅咒战争。许多时候通过一场战争过程，可以最大限度地认识形形色色的人。比如你和我，就是通过这场战争坐到一起来的嘛。"

父亲没有想到她又会这样来评价一场战争，觉着这个日本女人的思维真是活跃呢,不愧是个走南闯北的记者。但父亲觉着她是属于站着说话不腰疼的人,因为战争带给她的只是走南闯北的世界旅行,而带给大部分人的却是灾难,是死亡,是伤痛,是丧失家园。父亲就在心里苦笑了一声说:"噢,你的意思是通过死了这么多的人的战争,你和我才结识?"

山田美智子听出了父亲话里的不满,赶紧又道歉说:"哦哦,我是不是把话说错了?我的本意是说、说咱们俩是通过这场战争认识的,并不是说战争就是、是……当然,既然是战争,客观上就存在不平等,不美满的现状。所以,不管战争的最后胜败,我只是期待着战争的赶快结束。"

父亲说:"为甚?"

美智子说:"因为只要战争一结束,许多人就可以按照自己的方式去生活,可以去爱,去结婚组建家庭,然后生一大堆的孩子,再去做自己喜欢做的事情。"如果光是听美智子这番话,父亲觉着这个日本女人其实还是挺现实的。

父亲于是就赶紧附和着说:"是哩。你就可以不用这样东跑西颠的,回日本找一个好丈夫,生上一大堆的孩子……"

山田美智子扭头看了父亲一眼,说:"听这话的意思,玉堂君还是没有拿定主意,我说得对吗?"

父亲略微沉思了一下说:"可我总觉着,我只是一个生意人,在文化和其他方面都与山田不般配的,你是著名的记者,还、还……总之,我们两个人之间且不说是两个国家的人,身份也悬殊太大啦。你应该有更美满的、这个,爱情的,我也这样祝愿你。"这大概是从父亲的嘴里第一次说出"爱情"这个词来。

没想山田美智子听到父亲这样说,神色一下子变得挺忧郁,半天没有吭声,直到汽车驶到了"棉丰堂"门前,稳稳地停住了,美智子才缓缓地说:"到时候一个战败国的女人,还有什么资格去奢谈爱情呢?一旦日本战败了,光是医治战争带来的创伤就得恢复十年八年的。至于我个人,别看现在神气得很,光彩夺目,可到了那一天,我甚至不如富士山上的一棵小草的。"

看着充满忧郁的美智子,父亲不知道说什么好,不知道能用什么语言来安慰她。他心里充满矛盾。他当然希望日本战败,可一旦日本战败,她的结局正如她自己预测的那样子,不如一棵小草了。

父亲选择了沉默。

父亲也不知道,山田美智子是什么时候知道"棉丰堂"的地址的,竟然熟门熟路地就直接把车开到了商号的大门口了。

就在父亲准备下车的时候,美智子突然说:"玉堂君,你……能抱我一下吗?"

父亲真没有想到她竟然提出了这个要求,一时间有点发愣,犯傻,拿不定主意。不抱,美智子会伤心,会难过;可要是一抱,就等于承认两人的情感关系达到了某种程度了。尤其是在中国这个男女授受不亲的国度里,如若是一个中国女人,若让人抱了,还不如同失身了吗?正当父亲在犹豫不定时,美智子却丢开方向盘,转身扑过来,一下子就抱住了父亲,不由分说就在父亲的脸上、脖子上、耳朵上疯狂地留下了亲吻……

回忆起这一段未果的感情,父亲总是叹息一声,说:"外国女子,那会儿是比咱们国家的女子开放哩。那会儿，我想着就是人家伤心了，想到了战败后自己的命运，想让自己安慰安慰哩……可人家一抱住就不放开啦，抱得那个紧……"

父亲感到了美智子脸上湿漉漉的泪水，她是真的动了感情了，还是勾起了什么往事，伤心了？

父亲下了车，并没有急着回店铺里。而是等美智子开着车离开后，他又慌忙叫了一辆黄包车，急急地赶到了河东糖业公司，找到了任月芳，告诉了他刚刚从山田美智子嘴里听到的日军将要发动"晋南会战"的"肃正战役"的情况。那会儿父亲已经知道任月芳的真实身份了，也知道这会儿是国共合作共同打日本的。父亲也知道在中条山一带驻有大量的国民党中央军，而八路军只是有少部分的独立团和游击队，其中包括父亲所在的稷王山抗日独立大队。所以，父亲要和任月芳交换一下情报和看法。这实际上也是他们之间的一个不成文的规矩，在国共合作期间，他们之间也进行各种情报合作，叫作情报资源互享。

任月芳把父亲带到西偏院她的后厢房，也就是她这个总经理的办公室，同时里面就是她的卧室，办公室里有一个男人正在来回踱着步，正是军统河东站的行动副组长方跃进，对外的身份则是河东糖业公司的副总经理。他刚刚从重庆返回河东，带来了重庆关于"加强中条山及潼洛驻军工事，积极训练"的战略原则。他淡淡地告诉父亲，对于日军几个师团从4月初就开始的频繁调动，重庆国民政府军事委员会也注意到了，但他们断定日军不敢贸然对中条山的数十万国军发动进攻。因为从日军征调的所有兵力上判断，也就是十万兵力。而国民党中央军部署在中条山地区的是第五集团军、第十四集团军和由十七路军改编的第四集团军，约有九个正规军，总兵力超过十八万。日军明显在兵力上不占优势的。

父亲对这样的分析并不以为然，他虽然不懂打仗，但对抗战初期日本军队的作战实力还是了解一些的。他说："日本人很骄横，他们经常吹嘘说一个日本兵可以打十个中国兵的。你们忘了么？当初进攻河东城的就只是一个联队的日本兵，却把近万人的守军追得望风而逃，听说光是鞋子就捡了几大车哩。"

方跃进撇一下嘴唇说："那是晋绥军。现在驻在中条山的是中央军。"

父亲不想去和他们进行无谓的争执了，仍是急切地告诉任月芳和方跃进，日本人并不是不敢贸然发动进攻，而是一切都已经部署完毕，在"小满"的麦收前后肯定会发动进攻的。这些也包括今野正雄在河东城里所搞的"共荣商会"这一切，都是为了保证这次"晋南会战"的。

方跃进还是不以为然地和父亲打着哈哈，拍了拍父亲的肩头说："姬掌柜，你年轻，没有经历过这些，不必草木皆兵，你咋就这么肯定日本人会进攻中条山？我告诉你，自1938年开始，他们进攻了多少次中条山？哪一次打赢了？日军的每一次进攻都被我军打败了。再说，我们军统的情报实力还不如你们八路军？就你们那几个人，不要说没有受过专业训练，就连个像样的电台都没有，也不知你们的情报是咋着来传递哩。就靠你们的甚'鸡毛信'和甚'飞毛腿'吗？"

父亲没有计较方跃进的揶揄，父亲说："电台再好，情报不准会更误事哩。还真的不如我们的'鸡毛信'和'飞毛腿'哩。"

说起八路军的"鸡毛信"和"飞毛腿",就是在非常紧急的情报上沾有三根鸡毛,然后靠根据地的群众进行接力传递情报,每个人都是靠两条腿拼命奔跑,由于是接力奔跑,能在开始的一段时间里速度都很快,就形成了"飞毛腿"。

任月芳听了父亲的话,倒是很认真地思考了一会儿,觉着还是应该再向重庆报告一次,引起他们的重视。任月芳是知道父亲和山田美智子的交往的,而且她一开始就猜测山田美智子绝对不是个一般的日本女人,这会儿也相信父亲肯定是从山田美智子那儿得到的消息。她于是又启动秘密电台,用一种特殊的平时并不启用的"倒流水"密码向重庆又拍发了日本军队将在"小满"前后发动"晋南会战"的"肃正战役",向中条山国军大举进攻的加急情报。她把这一情报同时也发向第一战区司令部。却没想,时任第一战区司令官的卫立煌因拒绝和同在山西境内的八路军制造摩擦,在重庆向蒋介石述职时发生争执,一气之下,借口身体有恙,请假到峨眉山上休养去了。所以,这封十万加急的情报,卫立煌竟然没有看到,第一战区司令部的一位参谋看后,有着和方跃进的同样想法,觉着日军绝对没有胆量贸然进攻的,就随手把电报丢到了抽屉里,然后上洛阳的舞厅跳舞去了。

这里要说明的是,中条山位于山西境内南部,包括河东的大部分地区,紧邻河南和陕西,在黄河大拐弯处的北岸,东西约一百七十公里,南北约五十公里。东至太行山、太岳山,西接吕梁山,并且屏障潼关、西安,向南则护洛阳,向北接同蒲路,是华北、中原和西北的战略枢纽地带,也是华北沦陷后中国正面战场在黄河以北唯一较大而突出的由中国守军占据的阵地。但在抗战开始时却不是晋绥军的防区,亦不属阎锡山的第二战区管辖。驻守在中条山的基本上全是国民党中央军，在战区的划分上则归之于卫立煌为司令的第一战区。

父亲传递的这条消息后来还是引起了重庆国民政府军事委员会的重视，据说是戴笠亲自把这份情报送到蒋介石的官邸的。这就有了参谋总长何应钦四月末的一战区之行。何应钦一到洛阳，就连续两次主持召开了由第一、第二、第五战区军以上长官参加的军事会议。根据各方面的情报，何应钦做出判断："晋南之敌，似将逐次夺取我中条山各据点，企图彻底肃清黄河之北岸之我军。然后与豫东之敌相呼应，进取洛阳、潼关，以威胁我五战区之侧背，或西进窥西安。"并据此做出了相应的军事部署，"先制出击打破敌之攻势"。

然而，还是晚了一步，就在驻守中条山的国民党军队进行调动，重新部署之际，自感稳操胜券的日军于5月7日的傍晚，突然一齐出动，由东、西、北三面"以钳形并配以中央突破之方式"，向中条山守军发动了全面猛烈之进攻。

我曾听村子里老人们讲过，说就是在麦子泛黄的那些日子里，成天能听到隆隆的炮声，今天是东边响个不停，明天又是南边响个不停。我们就晓得，那是日本人和咱中国的队伍在打哩。老百姓就在心里恨恨地骂一句："这些遭天杀的小矮子，张狂得要让老天爷惩罚哩！"

就在写作此文的时候，我在我们县一位领导的介绍陪同下，采访了一位当年参加过中条山作战的老兵，名叫李振喜，解放后曾任过副县长，县政协副主席。当时任第三十一军第十七师教导团副团长。他向我讲述了他率团保卫风陵渡渡口的惨烈战斗，最后他们教导团一千三百人，只活下来不到二百多人。"不过，我们整整守了七天六夜，掩护大部队后撤过河,前后消灭了几百日本鬼子哩,还打死了他们一个大队长和两个中队长。"当我试探地向他打听可否还能记起有个叫姬金荣的人曾向保卫风陵渡的部队送过粮食和弹药,并救护走一百多伤员的事情时,他的眼睛一亮,连声询问我是姬金荣的甚人?并说他也是被姬金荣带的人救下战场的。

当老人得知我就是姬金荣唯一的儿子时,老人伸出颤巍巍的胳膊热烈地拥抱了我。

接下来,他向我比较详细地讲述了他带着教导团赶赴河东至风陵渡的哑巴沟伏击日军运送粮食车队,自己负伤后获救的经过。老人在最后,十分感慨地对我说:"要说,日本人对中条山我军的突袭作战,事前也是早有征兆的,我们的情报人员早就探知啦。但那会儿上面是大意啦,也是求胜心切哩,不但不予足够重视,反而在一战区司令部的洛阳拖泥带水地开了几天会,一群官僚想当然地竟然拿出了一个分散出击的作战命令。而总司令卫立煌还不知道,人还在四川哩。结果,日本人以重兵先于我挺进分割包围,切断了各个部队之间的联系协同,实行各个击破,最后酿成大溃败……"说到这儿,也许是回忆起了战友们的惨死,老人泪水长流不止,多次哽咽着说不下去。

老人又告诉我,多亏了父亲的情报,他们截获了日军的那部分粮食和物资,才保证了风陵渡渡口保卫战的有效进行。"要不是那批粮食,恐怕两天都守不下去的。为甚?部队没有后勤保障么,就说粮食,战士们要到设在白浪渡的粮食供应站去背,那儿离风陵渡二百多里路,又都是悬崖边上的崎岖小路,就是好天气披星戴月往返一趟也要两天多,遇着刮风下雨天,四五天才背回一趟粮食。几千人守在那里,要吃要喝,没有燃料,还要自己去打柴,也没有副食,没有油和盐,士兵们营养不够,一个个疲惫不堪。逃走的士兵很多哩,光是我们团就乘夜间站哨之际,放下武器,连着跑掉了十几个哩。唉,那日子……"

一位军事专家在谈起当年的中条山之战时是这样分析的,他说日本人已经感觉将被拖入中国战场的泥淖中了,他们急于同我方决战,以便早日从中国战场上脱身,把日本有限的战争资源用于南进对付英美。在这种状态下,他们才决定发动中条山战役,解决"华北事变"。而中方制定的主动分头出击之作战方案,恰好正中日本人的下怀,在战略应对上犯了兵家大忌,不是按自己的钟点打,而是按日本人设计的钟点打,这样打下来焉能不败!

就连蒋介石也气愤之极,连说中条山战役乃是"抗战史最大之耻辱!"


就在那天的晚上,已经快十点钟了,父亲好不容易刚回到"棉丰堂",让后院的伙房给他下了一碗汤水面,姬立业给他端到房间里还未吃上一口,杜子孝就派人来接父亲的车子又停在了门口,说是司令官请姬会长马上去一趟。

父亲就说:"总得让我吃碗饭吧。"

来接父亲的是个年轻的皇协军,父亲也是见过的,好像就是杜子孝的勤务兵这类型的,父亲也到过几次杜子孝的司令部,每次都能看到他在忙乎着倒水拿烟听令什么的,倒也挺利索,一脸的机灵气。个子不太高,屁股上吊支盒子枪,走起路来甩过来甩过去敲打着屁股。父亲好像听他们喊他水娃甚的。他也知道父亲在日本人跟前很吃香,也和他们杜司令关系不一般，见父亲不高兴，也不好催促，就抱着盒子枪听话地站在旁边看着父亲在一筷子一筷子地捞面条吃，这样就看得父亲不能从容地吃饭了。试想一下，你在吃饭，旁边站着一个人看着你一口一口地吃，那还能吃好了吗？又不是小孩子。父亲就胡乱在扒拉了两口面条，连他平日里最爱喝的汤也不喝了，就跟着这个实在的勤务兵来到了杜子孝的司令部里，一到那儿，父亲就感觉到不同往常的一种紧张气氛，他看到门前站了双岗，屋子里灯火通明，杜子孝和皇协军的几名军官都在屋子里，围着桌子上一张摊开的地图似乎在研究着什么。看到父亲来了，杜子孝就赶紧迎过来，拉着父亲的手说："哎呀，姬掌柜，可把你盼来啦。我们几个都快愁死啦。"

父亲就说："出甚大事啦？把你杜司令都愁成个这样，找我来能有甚法。"

杜子孝就对屋子里的那几个皇协军使了个眼色，然后把父亲拉到了里面一间屋子里，拍了拍手里的一张纸，上面写着几个地名。他对父亲说："姬掌柜，要说嘛，这都是河原那个该死的小日本出的馊主意，他说他的情报人员侦察到并有详细情报传回来，就在你的那个稷王山抗日根据地储存有大量的粮食，分散保存在好几个村子里，建有地下粮库哩。而守卫则是区小队县大队的一些游击队员，根本没有什么战斗力。出动皇协军就能轻而易举地打败消灭了。而今野正雄司令官你是知道的，他首先是一听有粮食，眼睛都快变绿啦，他在河东城的首要任务就是搞粮食哩。所以，今野正雄司令官马上就要让皇协军明天立即出发，到稷王山那几个村子里把粮食搞出来，说皇军眼下就是缺粮食，并说这样做是一举两得，既可以得到粮食，又给抗日分子制造了饥荒，真的是两全其美之计。呸,他两全其美咧,我们可就和八路结下仇啦!"

父亲看着急得一头汗水的杜子孝,心里不觉暗暗好笑,他也知道他们这些个皇协军,在河东城里欺负一下老百姓还可以,要真的拉出去作战,那真的成了老百姓的口头禅:一百个老鼠咬猫哩——没有一个顶将的。或者就是:出门拾粪——寻屎(死)去啦。同时父亲又在琢磨,赵克义上次就暗示过他,说那个代号"火狐"的间谍他们已经查获啦,正控制着他发一些有利于我们的消息给华北派遣军哩,咋又把这几个储藏粮食的村子暴露了呢?父亲用眼睛的余光扫了一下那张纸上的村子名,有两个村子里确实藏有不少粮食的,而且还是父亲亲自带人去安排的。这又是咋回事呢?

父亲一边这样琢磨着一边问:"那杜司令找我是、是甚意思呢?"

杜子孝就苦笑了一下,压低了声音说:"我们商量了一下,有这么两个想法,一个是想让姬掌柜去向今野司令官陈述一下皇协军的困难,比如作战能力,比如武器装备,比如……"

父亲没等杜子孝说完,就打断他的话说:"杜司令,有关皇协军的这些情况,应该是你去向今野司令官汇报陈述嘛。我这么个在皇协军里甚都挂不上的人,尤其对打仗更是外行的人,却去向今野司令官说这些,啧啧,这不是给自己惹麻烦吗,弄不好还会让别人猜疑我们之间……呵呵,再说啦,凭今野司令官对你杜司令的器重和信任,你该说甚就去说吗。要我说,今野司令还是挺通情达理的哩。"

杜子孝一听,也觉着让父亲去找今野司令确实有点不妥。就点了点头说:"听姬掌柜这么一说,倒也是这个理。不过,我还有第二个想法哩,我们觉着,姬掌柜毕竟是在那边待过的,知道那边的行情,我们是否可以先和那边打个招呼，我们就在山脚跟前找一个村子，让他们提前把粮食转移掉，当然，不要全转移光，给我们留上两麻袋三麻袋的。我们嘛，就做个样子，回来也好交代。"

父亲听杜子孝这样讲，心里便清楚他们确实不愿意和八路军发生大冲突，心里就又在琢磨如何做杜子孝的工作，让河东城里的这帮子皇协军反正了。于是，就做出一副思考状来，过了一会儿说："杜司令，你说的这件事情，我觉着还是一点忙帮不上哩。为甚？你想想啊，我是从稷王山逃走的，是逃兵。人家会相信一个逃兵的话吗？"

杜子孝说："话是这么说哩。可眼下就没有一个熟悉的人吗？也就只是让他传个话，把我们的意思说清就行咧。我们吃这碗饭也是没办法，和你姬掌柜一样，也是为了一家子人能过下去。其实，大多数人还是身在曹营心在汉哩。姬掌柜你是明白人，你看我甚时带队伍欺负过咱河东老百姓？也没有和八路发生过冲突呀。"

父亲就点头，说："杜司令说的倒也是实情哩，我想八路军他们能够知道的，在河东城里肯定有他们的眼线的。"这后面一句话实际上是侧面提醒和警告杜子孝，就是说你们皇协军若是做了坏事情，八路军可是都能知道的。

杜子孝赶紧说："我想也是的，不然他们的情报咋那么灵通嘛。姬掌柜你忘了，上次那些弹药，我可是没露一点口风的，说到底，都是中国人嘛。"

父亲就思忖，看样子这杜子孝也不笨，明白上次自己弄出的那些弹药是送到哪儿了。看这家伙也还是有些手段的，不然咋能当上皇协军的司令呢？皇协军里可是甚人都有哩，原来跟着杜子孝的那帮子土匪就不说啦,还有那些散兵游勇的,要能让那么一帮子人听话,服从自己,也不是件容易事哩。既然杜子孝又提到了上次弹药的事情,看样子这家伙猜测出来自己还是和稷王山上有联系的。这样想着,父亲就换了一种口气说:"当然,中国人还是要帮中国人的,不然,这汉奸的名一旦落到了头上,子子孙孙可都是挨骂的哩。"顿一顿:"要说,在稷王山上还是有个别熟人的哩,我的为人你杜司令还看不出来吗。"

杜子孝一听父亲的话里有转机,赶紧说:"就是,就是哩。姬掌柜的为人,河东城里有名哩。"

父亲继续说:"一般我是不愿意和人家多联系的,怕给人家找下麻烦。但有时候生意来啦,钱就在眼前,那就不得不联系了。这次,你杜司令既然开了这个口,我就费点劲,赶紧联系,让他传个话,把杜司令的意思带过去。"

杜子孝顿时如释重负般地呼出一口气来,说:"好好,就全拜托姬掌柜咧。你还可以让他们带话告诉山上,我们在离开时给他们留下十来支枪,这也算是支持抗日哩。"

父亲心中暗喜,但脸上仍然不动声色,点着头说:"这样就更好啦。"

当天晚上,父亲就坐着杜子孝的车赶回了河湾镇,让姬明文连夜赶到稷王山,把自己的想法转达给了大队长赵克义。等天快亮的时候,文娃一身泥水地回来了,告诉了父亲说赵克义完全同意他的意见,安排了皇协军进山抢粮食的路线和让皇协军去抢的那个叫下峪口的村子,并且连要烧的房子窑洞和麦秸堆都做了安排,往村口放了两麻袋粮食,一麻袋陈年玉米，一麻袋陈年麦子。姬明文临走时赵克义又交代，让父亲转告皇协军杜子孝，十支枪可都要拣好的留哩，最好都是三八式。

父亲就在心里笑骂道："这个赵克义，越来越贪得无厌咧。"

现在的稷王山抗日独立大队可真是今非昔比咧，有一半队员扛上了三八式步枪不说，光歪把子机枪就有四五挺，还有了四门迫击炮。这四门迫击炮是父亲利用商会从外地调运生产所需物资时，用手里的黄金买回来的。现在，在河湾镇到稷王山之间，已经建立起了一条秘密通道，尽管沿途有两座碉堡，但由于守卫都是松尾巴少尉的这个小队的日本兵，而这些日本兵都在河湾镇里住过，只要一提松尾巴少尉，只要一提河湾镇的人，一律畅通无阻，甚至还可以进炮楼子喝口水，喘口气，歇歇脚哩。

父亲又急匆匆地赶回河东城里，直接来到了皇协军司令部，把安排告诉了杜子孝，说到时候在那个村口有一个放羊的老汉，会带他们按路线进村子的。父亲特别叮嘱杜子孝，让他们一定要按照这个路线走，进山后坚决不能随便窜到别的村子里去抢，否则，踩上了地雷或者和别的八路军遭遇了可就不能怪别人咧。

杜子孝就连连答应。说着话，就马上集合起两个中队，准备亲自带着往稷王山执行抢粮食的任务去。

谁知就在这时，河东城驻屯军宪兵队长泽田信少佐带着十个日军宪兵来了，其中有一个伍长，泽田信说是奉今野司令的命令，让这十个宪兵配合他们的行动。说白了，日本人还是不放心他们，这些宪兵实际上是来监督他们的行动的。

这一下，又让杜子孝有点措手不及。

但队伍已经集合起来了,只有硬着头皮出发了。

但杜子孝还是心眼儿挺多的,悄悄地让他的勤务兵,也就是晚上去接父亲的那个叫水娃的,赶紧到"棉丰堂"去告诉父亲一声,问一问这下该咋办?明着他是让勤务兵去买两瓶酒,说是让皇军喝哩。

水娃买好酒,就一路小跑拐到"棉丰堂",见到父亲上气不接下气告诉父亲,说今野派宪兵跟着皇协军配合行动啦。

父亲听到这个消息也一愣,就问有多少个日本兵?

水娃说是十个,一个伍长带着队。

一听是个伍长带队,父亲就略一沉思,让水娃告诉杜子孝,别让日本人跟着进村子就行。这理由就好找得多啦,让皇军休息,皇协军打头阵嘛。要不,就让他们喝醉算啦!父亲说着就指了指水娃手里的酒,说:"看来,你们杜司令早就想到这一招啦。不过,一瓶少了些,我这里还有两瓶,你也带上吧。"

水娃说:"我身上没那么多钱。"

父亲就笑了,说:"看你这个勤务兵当成个甚咧,连个买酒的钱都没有。给你们杜司令说,先欠着,回来给双倍的钱。"

水娃就欢天喜地抱着父亲又给的两瓶"竹叶青"酒追赶队伍去啦。

在追上队伍后,杜子孝一看水娃怀里竟然抱着三瓶酒,就说:"你个熊娃,我只让你买一瓶,咋一下子买来三瓶。"

水娃就凑到杜子孝耳边说了父亲给他说的话,还说父亲一看到他买的这瓶酒,就连连夸杜司令有心机,早就想到这一招啦,把个杜子孝说得又神气忘形起来,一边上马一边说:"就是嘛,我是谁?河东城的杜司令嘛,在河东城里,除了日本人,就数我最有实权哩。"

水娃就跟着话音说:"是哩,就数司令您哩。"

于是,杜子孝就骑着一匹褐红色的马,头上却没有戴那顶皇协军的硬壳子帽,而是戴了一顶日本兵的钢盔。这就是杜子孝比别人多的心眼。他在心里琢磨哩,虽然说是和八路协商啦,可万一开起枪来,子弹不长眼睛,那硬壳子帽没有钢盔保险哩。他察看了一下集合起来行进的皇协军队伍,虽然只有两个中队,拉长了却也很壮观,加上后面跟着的五辆准备拉粮食的马车,也挺浩浩荡荡的。杜子孝就从肚子里涌出一股英雄气来,让水娃喊过来带队的中队长吴良机,大声说:"我说吴队长,让弟兄们精神点,拿出点皇协军的气势出来,让后面那帮小日本看看。你看现在这稀拉拉的郎当样子,不但日本人小看咱们不放心咱们,一会儿让八路游击队看到,也会笑话咱们哩。"

吴良机就会意地点着头,站到队列前大声喊道:"都听好啦,立正。我们出城扫荡,要拿出皇协军的气势来。好,枪上肩,开步走。一二一,一二一……"

经过这么一整顿,皇协军的队伍果然比刚才整齐了许多,每个中队的前面是两挺歪把子机枪,后面则是清一色的三八式步枪。杜子孝骑着马走在前面,身后跟着水娃和一个班的护兵,除水娃挎得是盒子枪外,其余全部是汤姆式冲锋枪。他心里着实挺得意,觉着当皇协军确实比起他当土匪时强多啦。这样想着,心里就突然冒出了一个念头来,他在琢磨着,凭着皇协军的武器装备,凭着皇协军人数众多,我有甚尿理由怕稷王山上的那帮子土八路呢?要真的打起来,谁输谁赢还真的说不定哩!他们也未必有什么了不起的哩。如果这次真的和稷王山上的那帮子土八路干一场,能抢回一部分粮食,还有可能打死几个土八路,自己在今野正雄和日本人面前不是更有面子更神气更有地位了呀！那可要比那个只会做生意赚钱的姬金荣功劳大多咧！他就想起了今野正雄派皇协军去稷王山劫土八路的粮食时对他说的话，今野正雄说："我们不光是劫粮食，还要狠狠地打击他们的气焰。我们越硬，他们就越软，就越害怕我们。你们不要怕，就凭几支破枪，还有几把破刀的那些土八路根本不敢和你们作战的，只要听说你们前来，他们就像吓破了胆的兔子，会望风而逃的。"

杜子孝就在心里拿定了主意，如果这次土八路人不多，就公开劫粮食，能劫多少劫多少，不按事先照协商好的去办了。如果他们敢阻止，就开枪就打他们。还是今野司令说得对哩，我硬起来了，土八路就会害怕的，他们就那么几支破枪破刀，说不定还不如自己当初哩，能成了什么气候？说不定真如今野司令说的，看到阵容强大装备优异的皇协军就成了吓破胆的兔子啦。

杜子孝在心里说："对不住啦姬掌柜，不管你是明的还是暗的稷王山上的人，这次老杜可是要把你卖了哩！"

## 第十章

就在杜子孝带着他的皇协军去扫荡稷王山这些日子里，父亲也是坐卧不安的，因为虽然稷王山抗日独立大队和杜子孝的皇协军双方协商好了行动方案，但具体实施起来就还有许多意想不到的问题哩，父亲怕在行动中万一有一方出错，就会导致一连串的连锁反应出来。也就是在第五天或者第六天的早晨，父亲刚起床，按照惯例，他是先到"棉丰堂"商铺门口站一站，来回走两步。这个习惯是从他父亲姬鑫成，也就是我爷爷那儿传下来的，这就是告诉人们，这家商铺一切如旧，今天仍然会正常开门营业的。商家讲究开门大吉，他们有个说法，就是每天开门第一个站在门前的人关乎着这家商铺的兴隆和衰落，所以爷爷姬鑫成就多年养成了自己成为第一个站在"棉丰堂"大门口的人，这样下来也就传给了父亲，而且这条街上的商号店铺也都知道了"棉丰堂"的这个习惯和规矩，只要伙计打开商铺大门，第一个站出来的必定是姬家掌柜。也正是因为人们都知道了父亲的这个传下来的规矩和习惯，所以，父亲那天一站到大门口，就感觉有个东西砸了过来，恰好就滚落在了他的脚下，是个小纸团。父亲向四周一望，发现除了不远处在打扫门前的几户商铺的伙计，并无一个人影儿。父亲就舒展了两下胳膊，装作漫不经心地又开始前后弯腰，等腰往前面弯下时，他胳膊甩着，趁机捡起了那个纸团，然后转了回去，赶紧回到厢房关起门来打开纸条一看，上面写着这么一条消息，就是河东日军、也就是今野正雄接到了华北派遣军的命令，火速要往已经占领并进驻了闻喜和新绛一带的日军第三十六师团运送粮食，这也是中条山战役的一个组成部分，日军第三十六师团是负责从西线闻喜一带进攻的。现在日本人已经组织人员开始装火车了，今天晚上七点半钟火车从河东站开出，明天早晨六点钟左右到达闻喜车站。父亲就猜测这个消息肯定是隐蔽在敌人内部的一个地下情报人员送来的，因为连父亲也不知道他是谁，甚至不知道还有这么一个同志战斗在敌人心脏里，他们之间平时也没有联系的。估计也是情况紧急，这位同志才冒险来和父亲联系的。而当时父亲产生的第一个念头就是不能让日本人得到这一批粮食，他想，这也是这位和他联系的这位同志的想法。可是，如果要采取行动，必须得经过上级同意才行的，不然就成了无组织无纪律咧，这在当时是有着严格规定的。我记得父亲还给我念过当时流行在各县区的顺口溜，就是描述这种现象的："区无决定权，县无行动权，要找特委定，特委在天边。"充分说明了基层同志和在地下工作的同志的无奈。但父亲眼下所遇到的情况，是绝对来不及向上级汇报了，因为乡吉特委根本就联系不上，也不知道转移到甚地方了。稷王山抗日独立大队赵克义他们要对付前来扫荡的皇协军哩。父亲顿时就觉着头大了，心说这咋着把事情总是往一块凑呢？就不能一件件地来吗？

父亲急是急，但并没有完全慌乱得不知如何去办了。他先让自己静下来，认真琢磨了好一会儿，觉着只有自己单独采取行动，不管行动成功与否，将来都不向上级作汇报，也就等于没有发生这件事。而这样，也只有让河湾镇的自卫队出动协助自己了。俗话说，养兵千日，用兵一时，现在应该到了"用兵"的时候啦。

父亲吃过早饭，就把自己精心收拾打扮了一下，头发还抹了发蜡，穿了一身黑西装，就去了日本在河东城的驻屯军司令部，去约山田美智子。

山田美智子可是没有想到父亲会主动来约她，兴奋得像一只鸟儿直飞了过来，当着哨兵的面就把我父亲抱住了，双手撒娇地吊在父亲的脖子上，脸儿红红地说："哎哟，玉堂君，我可真没有想到你会来约我。"

父亲就赔着笑脸说："这个嘛，今天有个空闲，我想陪着你到我们老家河湾镇走一走，去品尝一下黄河大鲤鱼。"

山田美智子一听，高兴得连声说："太好了，太好了。我这就去开车。"

父亲试探着问她，要不要给今野司令官讲一下？她摇晃了一下脑袋说："不用，不用。他要是知道了，我们就出不了城了。你到前边路口等着我，我还得回去换一下衣服呢。"说着就跑回去了。

父亲就按她说的，踱到路口处。不一会儿，就见一辆德国奔驰开了过来，停在了父亲的身边，车窗打开，露出了美智子花儿一般的笑脸，她招呼父亲上来。

父亲坐到副驾位置上，看到美智子今天穿得很朴素，一件月白色上衣，上面开满了淡淡的碎白花，淡咖啡色裤子，头发用一块米黄色绸巾挽在了脑后，全身显得很素雅。尽管父亲早已经领略过了美智子的美丽了，但这会儿还是有点发怔。

美智子感觉到了父亲如痴的目光，就笑了一下说："玉堂君，听你说是要到你们老家的黄河边上去,我这样子穿戴行不行?不会让你们老家人笑话吧。"

父亲赶紧回过神来,急忙说:"行哩,咋不行?没有人敢笑话你哩。"父亲在心里说,我的天爷爷哩,你到了我们河湾镇,就是天上的仙女下凡咧,敬都来不及哩,谁还敢笑话你呀!

汽车在出城的时候,父亲看到日军和皇协军的岗哨在严格盘查着行人,而且在搜身,就连城里开着车的官员之类人物,也得停车下来接受检查,似乎这些日子对进出城的行人盘查严格了些。父亲就在心里猜测,是不是因为即将开始的这场会战呢?但是,当他们这辆车开过来时,日军哨兵不但立正敬礼,还赶紧给他们让开了一条通道。

等出了城,父亲就问:"这是甚车?他们咋连问都不问,还敬礼?"

美智子就得意地说:"这是宪兵司令部的车。哨兵都是宪兵,看到他们司令部的车子过来,自然要敬礼了。"

父亲就用一种钦佩的口气说:"好家伙,你连宪兵司令部的车都能开出来,你权力这么大呀!"

美智子听出了父亲话里的疑惑成分,就也用一种闪烁其词的口气说:"我是记者,又挺有名,所以他们都买我的账,给我方便。"

父亲就感慨一声说:"还是权力好嘛。以后有甚事就找你开这车去办,省不少事哩。"

山田美智子扭头看父亲一眼,说:"只要你想用车了,随时打电话,我就当你的车夫。"

父亲说:"可不敢,哪能让你当车夫呀。我也就是那么一说。"说着话,父亲打开车窗,望着路两旁随风起伏的金黄色,闻见了阵阵飘来的即将成熟的麦子馨香,父亲掐着手指头算了一下,就觉着心里沉甸甸的,这"小满"一过,麦子很快就成熟了。这保卫麦收,要和日本人开始抢收麦子,这又是一场战斗哩。

山田美智子一边开着车一边探头看着外面,她也被我们河东大平原的景色感染了。阳光浮动游移,天空蓝得如同清洗过一样。在起伏如波浪般的麦田里,望见远处的村庄就如同飘在金黄色湖水中的小岛一般。山田美智子就叫了一声说:"玉堂君,你的家乡好美哟,我真的喜欢上了。"

父亲就说:"过些日子我带你去看黄河的壶口瀑布,那才叫美才叫壮观哩。如果没有战争,没有你们日本兵的烧杀抢掠,老百姓家家户户平平安安地过自己日子,那是一幅多么祥和的局面呀,可惜……你既然是记者,咋不采访一下这些呢?"

听父亲这样一说,山田美智子一下子沉默了,好半天没有吭声,眼睛盯着前面,专心致志地开着车。

气氛顿时有些尴尬起来。

父亲就有点后悔,干甚要跟人家说那些?显得自己多爱国多爱家乡,又是多么痛恨战争似的。可既然这样,为甚又要担任河湾镇的维持会长,担任河东城"共荣商会"的会长呢?这不是自相矛盾吗?

不说话了,车子就开得很快,一会儿,河湾镇就到了。镇子边的公路口上的那座炮楼已经修好了,在炮楼下面站着两个皇协军和一个日本兵,三个人头凑在一起在点烟。听见汽车声,就赶紧端着枪站了过来。那个日本兵一看车牌子,慌忙放下枪敬礼,而两个皇协军一看日本兵敬礼,就也赶紧跟着敬礼。

山田美智子扭头看父亲，那意思是询问停不停车，父亲指着前面叫她一直往镇子里开。

山田美智子脚步下稍一用力，奔驰车就呼地一下开了过去，屁股后面扬起一阵黄色的尘土来。父亲从后视镜里看过去，那个日本兵和两个皇协军被飞扬起的尘土罩住了身影。父亲就在心里念叨一句说："这就是黄土高原。"

父亲让美智子直接把车开到了河湾镇的稷王庙。那些炮楼修好后，原来驻扎在镇子里的松尾巴三郎小队的日本兵那两个中队的皇协军，都分散住到几个炮楼上去了，只有松尾巴三郎大多数的时间还住在他"干娘"凤花家里，和凤花做邻居的几户人家，经常看到松尾巴一大早，披着件褂子，趿着双鞋，睡眼惺忪地端着尿盆到门口的茅坑里去倒，倒挺像这户人家的男人，日子过得还真有点乐不思蜀哩。

稷王庙现在作为维持会的办公场所，自然也是自卫队的办公场所了。正在领着自卫队员进行操练的姬明文看到父亲从汽车上下来，脸上就露出了惊喜的神色，先利索地喊了声："立——正！"然后双手抱拳在腰间，挺像正规军人一般地跑步过来，谁知到了父亲身边一个立正后，却开口叫道："少爷，您回来咧？我们正在操练哩。说是……"他看到父亲冲他一使眼色，就看到那边开车的竟是个女人，顿时把话噎在了嗓子眼上，半天没缓过气来。

父亲就交代姬明文，让他赶紧安排两个水性好的到黄河里摸几条鱼回来。又对一个队员说："民娃，去凤花家把她喊到庙里来，说有急事哩。"那队员"哎"一声，就飞跑着去了。

姬明文看看旁边的美智子，低声问道："捞黄河鲤鱼，专门招待她的？"

父亲就说："她是大记者哩，来河东城采访，我让她来咱们镇看看，就是采采访，一会儿先让凤花陪着她看看稷王庙。"

姬明文就挽了挽袖子对父亲说："不然就还是我去吧，我知道那儿鱼多。"

父亲拦住了他，说："你一会儿还有重要事情哩，我来给你交代。你先让庙里的闲人都散了，派两个队员在门口看着，不管甚人都暂且别让进来。"

姬明文答应一声，就过去布置了。

这时，在庙里大殿参拜稷王的善男信女们就陆续地出来了，看见父亲就都恭敬地打着招呼，年纪大的就叫"姬家，回来咧？"一般年纪的就都喊父亲"少爷"咧。那情景看上去就像是一家人在打招呼哩。

父亲自然也热情地回应着，看见我们巷子的老八爷也颤颤地从大殿里出来，父亲就急忙迎上去搀扶了一把，说："八爷，您咋自个儿来咧？也不让个人搀扶着点。"

老八爷就翘翘下巴，一缕稀疏的白胡子随风飘。他说："都在家收拾家什准备收麦哩，我是来给稷王农师敬根香，稷播百谷，始作耕田，黎民得利。吃饱穿暖之时，不能忘了稷王农师哩。噢，你也是来给稷王敬香吗？他可是你们姬家先祖哩。要说嘛……"

父亲就赶紧点头打断了老八爷的话，连连说："是，是哩。"不这样，真不知他要说到甚时候咧。父亲心里有事，不能一味地听老八爷说古了。父亲也曾告诉过我，老八爷读过私塾，是个识文断字的人。

也就在这时，就见凤花一溜小跑地扭着小脚来了，大概走得太急，又是小脚，就气喘吁吁地了。她来到父亲跟前，一脸笑容地说："噢，姬少爷，您回来咧，有甚事要让我做吗？"

父亲问凤花说："松尾巴少尉不在家？"

凤花说："噢，他上炮楼子啦，说是今天晚上咋、咋哩，有非常重要的甚、甚火车通过哩……反正他说他们要一晚上巡查哩，不回来咧。"

父亲就"哦"了一声，然后指着美智子对凤花说："她是大记者，要看看咱镇子上的庙，你懂这些哩，就陪着她看一看，转一转。一会儿他们抓鱼回来了，你给做一下。咱们镇上还就数你的黄河鲤鱼做得好吃哩。我去检查一下自卫队，看一下他们的训练。"

凤花就喜滋滋地说："看你姬少爷说的，我脸都挂不住咧。"说着话，就过去看美智子，又是一连声地说："哎哟，可真是个稀样人儿哩，咋长得这么好看，像是画儿上的哩。"

山田美智子没有理会凤花的奉承，她是有点不高兴咧，嫌父亲不陪着她，不陪着她看河湾镇，不陪着她去稷王庙，一张美丽的脸蛋上就挂了霜，嘴嘟得都能挂个油瓶子咧。

父亲能看不出美智子的不高兴来，但他只能好言安慰她，说："我还兼职着镇子上的维持会长，既然回来咧，就得把一些麻搭事情处理解决一下。让她先陪陪你，我马上就来。她可是我们镇子上最能干的女人咧，还是你们一个大日本皇军的干妈哩。"

父亲这样一说，倒是让美智子来了兴趣，就看着凤花说："你是谁的干妈？是日本兵认你做干妈？是这样吗？"

一向伶牙俐齿的凤花被美智子一连串的逼问，竟然弄得口吃起来，结结巴巴地说:"甚、甚呀的,你别、别听姬少爷说、说哩,是这么回事⋯⋯"

趁这时机,父亲就急忙把姬明文叫进设在大殿旁边偏房里的镇公所办公地点,关上门,详细地向他交代了今天晚上的行动计划。父亲让他带上四五个既机灵又口实的自卫队员,赶上牛车,给稷王山口炮楼子里送上一点东西,送甚东西一会儿再想。主要就是返回来的时候,在路过水头村的时候,把那儿铁路拆掉一截下来。时间一定要掌握好,不能过早了,因为过早了会让巡道的铁路工人和乘着小轨道车巡逻的日本兵发现的。但也不能太晚了,让火车开过去就一切都白费力了。父亲估算了一下,火车七点半钟从河东站开出,经过水头村的时间应该在九点钟左右。所以,姬明文他们应该从炮楼里返回到这里的时间正好。

可是,往炮楼子里送些甚东西才不至于引起怀疑呢?

姬明文就挠着头想了一会儿,告诉父亲说,前些日子炮楼里托人给松尾巴捎话来说,炮楼里没有柴火烧啦,让送些柴火过去。这都过去了一些日子了,也不知道送过去了没有?父亲就说,不管送没送过去,再送一车去。父亲又交代,一定要用牛车送,套两头牛去,挑两头有劲的腱子牛。

我想,我的读者朋友一定会奇怪了,父亲为甚特别这样交代呢?这里,就要交代一下山西境内的铁路咧。山西的铁路线原来就是一条,叫南同蒲铁路,也就是大同到蒲州,也就是河东,是控制山西多年的土皇帝阎老西修的,为了不让别的省火车直接进入山西境内,他把铁路修成了窄轨,也叫轻轨。跑的也是小火车。这种火车前些年我还乘坐过,是在修筑南昆铁路时,我去工地上采访,有一次和朋友去蒙自,乘坐的就是这种窄轨轻便火车。这种铁轨由于轻便，用牛一拉，就可以移动和翻转过来。日本人占领山西后，就把南同蒲铁路控制了起来。

我这样一讲，我想读者朋友就明白父亲为甚还一再交代，让文娃他们挑两头有劲的腱子牛，就是为了去拉铁轨时利索些快些。父亲是让姬明文带着几名自卫队员，晚上在火车通过前把铁轨拉开截断，造成火车出轨或者不能行驶。

父亲对姬明文交代完后，就让姬明文赶紧去落实这些事情。然后赶紧过去到大殿里陪美智子了。有了父亲陪美智子，凤花就很知趣地离开了，她说她要赶紧做黄河鲤鱼去。

美智子就看着父亲，脸上充满了崇拜，说："玉堂君，我感觉你回到这个镇子上，就如同君临一般。几乎我见到的所有人对你都很尊重，你说的话，对于他们来说，就如同圣旨。"

父亲说："你理解错咧。我的父亲曾经营着河东城里最大的粮棉商号'棉丰堂'，可以说是日进斗金的。但我父亲不吝啬财富，他不但经常接济镇子里的有难人家，甚至负担着全镇上的各种杂税。所以，我父亲是名扬方圆几百里的大善人，现在人虽谢世，却功德依然流芳。镇子上的人看似尊重我，实际上是对父亲的一种肯定，以及对他老人家尊重的延续。"

山田美智子听着，点了点头说："我明白了。这就是中国老百姓之间提倡的那种传统美德了。我理解得对吗？"

父亲就指着大殿里的那尊年久未修，已经显得破败彩塑脱落的稷王塑像说："他不是传说中的神仙，他是确有其人的。你刚才听懂了那位老先生嘴里念的几句诗了吗？"

美智子摇了摇头，说："噢，那太深奥了，我一句也听不懂。"

父亲就也随口念了两句："'思文后稷，厥初生民。其游戏之，好种麻菽。及为成人，遂好耕农'。这是中国最早的一部叫'诗经'的诗歌集上面的诗。刚才那位老人念的也是这首诗里的几句。而这几句诗就是说这位稷王爷一生下来最喜欢玩的游戏就是种麻菽，这是一种植物。后来，他长大后，特别喜欢耕作。当时的皇帝尧知道后，就封他为农师，专门教老百姓种庄稼。他是中国农业文明的始祖。"

美智子很专心地听着父亲讲述，脸上始终充满无限崇拜神情。这样听着，她突然问："听那老人说，是你们家的先祖？和你们家有关吗？"

父亲就淡淡地笑了一下说："这个诗里也有，是这样讲的，'帝尧闻之，封弃于台，号曰后稷，别姓姬氏。'倒确实和我们家族是一个姓氏哩。"

美智子就"哎哟"一声，转身就要向父亲身上扑，嘴里说："哎呀，玉堂君，我这回可真没有爱错人，真没想到你的家族和身世还这么传奇呀！就像我们日本，一旦谁沾上皇家血统，那就身份显赫，就不是一般的人，都成了神了。"

父亲慌忙躲开了她的拥抱，对美智子指了一下稷王的塑像，又指了一下大殿外面，低声说："我们中国老百姓素有'男女授受不亲'的传统哩。现在是在我们先祖跟前，门外又有镇子上的百姓，我们还是收敛点。"

山田美智子也瞄了一眼大殿外面，嘟起好看的小嘴说："老封建，净骗人，连个人影子都没有。"

也许就是稷王爷的关照，也似在故意回应美智子的抱怨，她的话音刚落,踩着尾音就闯进来那个叫民娃的自卫队员,说:"姬少爷,鱼做好咧,叫您哩。"

父亲说:"这样吧,你让凤花把鱼送到村公所来,我们就不在镇子里跑来跑去的咧。"

谁知也是父亲的话刚落音,凤花就踩着尾音在大殿外面细声细气地说:"我刚让民娃去叫少爷和……和……心里就后悔咧,我那个破屋烂厦的,咋着能让城里的稀人贵人坐着吃饭嘛。我就赶紧盛了一大盆端来咧。"

随着凤花的声音,父亲也闻到了鲤鱼的香味儿,就赶紧转移话题对美智子说:"走,赶紧吃鱼去。今天就是陪你来吃黄河鲤鱼的。"

这一下山田美智子就不好再给父亲闹情绪了,其实她也闻到了鲤鱼的香味儿了,就赶紧顺坡下驴,跟着父亲出了大殿,来到了偏房里。民娃已经腾开了桌子,凤花就把一大盆热腾腾香喷喷的水煮鱼放在桌子中间。她以一个女人家的周密心思,还不忘带了醋、盐巴、辣子等调料,说是不知道贵人的口味,咸了淡了的可以自己加调料。

父亲看到旁边还有一个小盘子,里面放着几块肉,就忽然记了起来,问凤花说:"你把豆瓣肉还专门挑出来了?你可真是心细哩,我就说嘛,这黄河鲤鱼让你来做,没错哩。"

凤花得到了父亲的夸赞,心里很得意,赶紧表白说:"他们几个捞的鱼不多,就挑出来这些。我知道稀人儿是贵客,得让她尝一下豆瓣肉哩。"

父亲就把那盘子并不多的豆瓣肉端到美智子跟着,对她说:"黄河鲤鱼的精华就是腮下面的两块豆瓣肉,不特意做,一般人根本吃不上哩。就是想吃，那也是花大价钱的。据说呀，当年我们清朝的慈禧太后想吃黄河鲤鱼的豆瓣肉，一次就要杀四五十条鲤鱼哩。"

美智子就叫了一声说："你说的这个太后，我也知道，她就像个'女皇帝'。"

父亲就说："对着哩，所以这黄河鲤鱼的豆瓣肉就给你们女人吃哩。我说你别老看着我，快尝尝呀。"

山田美智子说："我在听你讲呀。不听你讲这些，我一口就吃下去了，说不定连什么味道都还没尝出来呢。现在听你一讲，我就要慢慢地，一点一点地品尝了。"说着，她就夹起一小瓣，轻轻地塞进她那红润的小嘴里，慢慢地用嘴抿着，再夹起一瓣塞进嘴里，抿着，然后就十分夸张地"哇"了一声说："这肉又嫩又滑又有嚼劲儿，又……总之，真是太好吃了，我在日本从来没有吃过这么好吃的鱼肉。"

她的动作很夸张，也挺迷人。

山田美智子这句话一出口，着实把父亲吓了一跳，他本来是一直隐着美智子的日本人身份的，不想让镇子里的老百姓知道自己曾带着一个漂亮的日本女人专门到自己的镇子上来吃黄河鲤鱼。一旦这事情传开了，镇子里的老百姓更加认为自己家不光是表面上挂起了日本旗，更是铁了心要当汉奸咧！

父亲惊慌地看了一下四周，不知什么时候，凤花和民娃都自觉地出去了，屋子里只剩下了他和美智子两个人。他这才舒了一口气，低声说："这是黄河鲤鱼，是河鱼，河鱼本来就要比海鱼好吃，还有，黄河泥沙大，黄河里的鱼鳃就特别发达，要过滤泥沙嘛，鱼鳃下的两瓣肉是助鱼鳃活动的，就长得很有嚼劲儿咧，懂吗？"

美智子这会儿的嘴里已塞满了鱼肉了,只有点头的份儿。

父亲又说:"而我听说你们日本四周都是大海,根本没有河,是不是这样子?"

美智子这回不点头了,却不说话,用手比画了一下,等着咽下了嘴里的鱼肉,这才说:"也不是说完全没有河流的,也有,但很短,最长的一条河在长野,也叫长河,可也就是三百米吧。当然不能和中国的河来比了。"

父亲就用一种揶揄的口气说:"就一条不到三百米的河,还叫长河。这也就是你们日本人的毛病咧,甚事都爱充大,明明那么一个小岛,非要说甚大日本,军队也叫大日本皇军,让我们老百姓叫你们大太君,而且一个大还不知足,许多的时候还要加上个大字来,大大的,大大的……真是哩,自己说自己大大的,就真的大大的咧?我们中国有句成语,叫'蚂蚁缘槐夸大国',说得是几只小蚂蚁在一棵槐树下筑了个窝,就自夸是大槐安国,真是不自量力。"

也许是父亲回到了河湾镇的老家,口才也一下子变得出奇的利索和刻薄起来,不像在河东城里时总是那么唯唯诺诺小心翼翼地了。可是,他这会儿发挥了口才,过了一下嘴瘾,却忘记了对象是谁了。等父亲近乎旁若无人地说了一大通后,却发现山田美智子不知什么时间已停止了吃鱼,而是把一双原来温柔无比的大眼睛大睁着,变得咄咄逼人般盯着父亲,小嘴也闭得紧紧的。

父亲就问:"咋了?咋不吃咧?都是你的,就是给你一个人做的哩。"

父亲这样一说,却又让美智子的情绪一下子变温柔了。她有点无可奈何地嘟囔着说:"玉堂君,我知道日本发动战争是不对的,我也很讨厌战争。可它毕竟是我自己的国家,你不要总是在我面前诋毁它讥讽它了,因为现实中确实存在着不美满的现状的,可是,单凭我们两个人是无法改变的。玉堂君,我提个建议好不好?以后我们两个人在一起的时候,不要再涉及这方面的话题了,你同意吗?"

看着美智子那带着央求般的,却分明无法拒绝的眼神,父亲又一次彻底缴械投降。父亲就点了点头,却又说:"那我们只能说些甚话题呢?"

山田美智子顿时就活跃了起来,吧唧了一下嘴巴说:"能说的话题多了,比如爱情呀,比如爱好呀,比如生活……就是将来的生活呀……能说的话题太多太多了,就看你说不说了。"美智子很快地就又恢复了她天真单纯的样子了。

父亲就又听话般地点点头,说:"行,以后说甚,听你的。你赶紧吃鱼吧,凉了就不好吃了。"

就在这会儿,姬明文又跑着来到了庙里,隔着窗户向我父亲打了个手势。父亲就从偏房里出来,看到姬明文右手里拿了个长鞭杆,左手里拿着个玉米面饼子,夹着一根大葱,边吃边低声说:"少爷,我这就去咧。除了一大车柴火,我还把刚才捞上来的黄河鲤鱼装了两条,也是个说法嘛。"

父亲就叮嘱说:"时辰一定要把握好,干完就赶紧走人,不要久待。还有,不要在现场留下东西了,记住咧!"

姬明文就又点头,因为嘴里有东西,便"嗯"了两声。

父亲知道自己和山田美智子也是不能在镇子里久待的,时间一长,势必有人知道,传出去了确实对自己不利的,就如同我们经常说的那样,夜长梦多。于是,父亲就等美智子吃完了鱼,便和她又开车回河东城去。父亲对来取盆和盘子的凤花表示了感谢,掏出两块大洋给了她,说是她的辛苦钱。把凤花感动得直叨叨着说:"姬少爷,镇子里的人都说你一家子都是善人哩,这话可是一点点都不假的哩。你看看这,鱼又不是我去捞的,就是做了一下,费点柴火,你就一下子……"

父亲摆摆手,不让她说那么多话。但又看似随意却很认真地交代她说,他带这个大记者回镇子的事情,不要和任何人讲,包括松尾巴少尉。父亲说:"你看得出来,她可是个有身份的人,不能随意走动的。主要是她不愿意让人知道的。"

凤花就一个劲地点头,说:"不说,甚也不说。姬少爷放心,我这张嘴你还信不过吗?"

父亲就在心里说:"在整个镇子里,最信不过的就是你这张嘴啦。不过么,有松尾巴认她做了干妈这档子事,谅她也不敢多说甚闲话了。"

在路上,美智子撒娇说黄河鲤鱼太好吃,她吃得太撑了,都无法开车了。

父亲就说,那你就干脆住到我们镇子上,隔三岔五地就可以吃到黄河鲤鱼了。

美智子就很有意味地看了父亲一眼,意味深长地说:"呵,玉堂君,你终于认可了?认可了我是你的女人了……"

父亲就知道美智子就又想到那儿了,赶紧说:"噢,就是作为朋友,你也是可以住到我们河湾镇的哩。你没有听过我们中国有这么一句话么,'有朋自远方来,不亦乐乎。'你是远道而来的朋友嘛。"

听父亲又这样笨拙地解释,美智子就笑了,说:"哦,作为朋友?"随即,她又轻轻地叹了一声,从嘴里冒出一串日语来,"真可惜,我不是你们邀请来的朋友。"

父亲自然没有听懂她讲的是什么了,就问:"你说什么?咋又说开你们日本话咧?"

美智子说:"要是有一天日本战败了,我却住在你们镇子上,那里的老百姓知道我是个日本人,还不像我刚才吃鱼一样,吃掉我!"

父亲勉强地说:"那倒不至于。"可父亲也在心里承认,美智子其实对什么都是非常明白的。一切都是这场可诅咒的战争!

父亲返回到河东城时天刚过午,美智子照例把父亲送到"棉丰堂"门口,照例在车里要求父亲拥抱一下她再下车,父亲想着,这也许是外国人的一种礼节呢,就轻轻地伸出胳膊来,没想美智子和上次一样,不顾一切地抱住父亲,劈头盖脸地就是一阵亲吻,然后附在父亲的耳边说:"玉堂君,不管你愿意不愿意,我已把自己当成你的女人了。"让父亲半天回不过神来,觉着这东瀛女子还真是痴情哩。

父亲经过一个上午的忙碌,主要是精神上的过度紧张,让他感到非常累,就想躺一会儿,却又睡不着,总是在惦记着姬明文他们的行动如何?他看了看墙上的大钟,才是下午两点过十分,离天黑还早着呢。却也就在这时,日军河东驻屯军司令部的车又停在"棉丰堂"的大门口了,说是今野司令官请姬会长赶紧过去一趟,有要事相商。

父亲正想着要是有个场合表明自己一直都在河东城里就万无一失

了,这下机会就送上门来了。父亲二话没说,赶紧坐上车就赶往驻屯军司令部去了。

来到日军河东驻屯军司令部大门口,父亲就感觉到了一种不同往常的紧张气氛,他看到不时地有日军进进出出,里面不时地传出电台的"滴滴答答"声来,而且大门口也增加了岗哨,成了四个人,胳膊上戴着宪兵的黄臂章。

今野正雄财和参谋长坂本少佐、情报官河原代子大尉围在一张桌子上摊开的地图,用日语说着什么。看到父亲进来,今野正雄就抬起头来,显得亲热地叫了声:"玉堂君,真是不好意思,又得请您来……"父亲听到今野正雄特意用了"您"字。而坂本和河原只是抬头看了一眼父亲,点了点头,算是打过了招呼,就又埋头看地图了。

父亲就对今野正雄说:"司令官,有甚大事情?"

今野正雄环顾了一下四周,就把父亲领到司令部的里间,并且关上门,然后面色郑重地说:"我要告诉玉堂君一个消息,就是为了真正建立起大东亚新秩序,让大家过上王道乐土的好日子,大日本皇军正在准备开展一场大规模的'肃正作战',华北派遣军司令多田骏中将亲自指挥六个师团约十万人的优势兵力,要把中条山的中国守军全部彻底进行聚歼,以强化华北治安。这场圣战进行后,将确保大东亚共荣和王道乐土的实行,让我们一起共同迎接大东亚新时代的到来。"他伸出短粗的手指,在父亲的胸前捣了两下,说:"玉堂君,今后,你就完全可以一心一意地做生意,让我们一起赚大钱吧。"

父亲的心里就一阵急跳,美智子提供的消息是真实可靠的。日本人真的要对中条山守军动手了。但让父亲心里感到欣慰的是,他及时地提供了情报，并及时地秘密传到了重庆中央政府军事委员会了。据任月芳讲，军政部长何应钦已赴一战区进行视察，部署作战了。

父亲静下心来，耐心地听今野正雄这么急急地唤他来，是有甚大事要事呢？是不是和中条山作战有关呢？要真是那样，你可就找错人咧。

父亲就装着对作战这类事情很不懂地说："今野司令官，我不懂打仗的事情。你找我来肯定是有甚急事需要我的，你说我能帮皇军做些什么？"

今野正雄告诉父亲，日军为了扫清中条山外围的中国守军，要对守卫风陵渡渡口的中国守军发动进攻，接下来就要渡过黄河，夺取潼关，进攻西安。现在大日本皇军川岸师团第二步兵联队已经向风陵渡渡口运动，所以后勤保障也必须跟上。而日军在河东城的汽车都已经全部派出去给各个进攻部队送给养了，除了司令部里的几台小汽车和电台车，宪兵队的巡逻车外，已经再无车辆可用了。所以，今野要父亲以河东"共荣商会"的名义，租用几台骡马大车，给川岸师团把粮食送到风陵渡渡口去。今野正雄说："好在河东城离风陵渡渡口不是多远的路程，两天多的时间就可以到达。如果需要，玉堂君可以让你的自卫队也参加运送粮食，顺便进行保护。"

父亲一听是去送粮食给养，就非常痛快地答应了，说："没问题的，这是我的老本行，我平时做的就是棉花粮油生意，经常给商户们送粮油棉花哩。至于保护吗，就这么一段路程，又在皇军管辖着的河东境内，我看就没必要了。这样今野君，你就让军需把数目告诉我就是了。我马上到河东车行租车去。"

今野正雄就非常高兴，连连说："玉堂君就是大日本皇军的真正朋友,王道乐土的真正执行者。"然后就让传令兵叫来了军需长,让他把要送往风陵渡渡口方向的粮食和其他物资交代给父亲。

知道了要运送的粮食数量和其他物资,包括一些副食、蔬菜、油盐等,父亲估算了一下,得七八辆大车哩,不是个小数,这事得他亲自去说。于是,他就坐着黄包车匆匆来到了南门外河东城里最大的车行——河东车行。

要说这"河东车行"也应该算是当年最大的一个股份制企业哩,创始人不详。据说和我爷爷姬鑫成创办"棉丰堂"的时间前后相差不了多少,也许还要早一些。但车行不同于商号店铺生意类,就如同现在的交通局和商业局,也就不属同行了。不过,毕竟都在河东城里做生意,彼此之间也还是熟悉的,或者知道一二。但当时的"河东车行"听说入股的人挺多,而且大都是些有背景的人,财主富商可不少,就连县长和警察局长都在里面有干股哩。在那个机动车还非常不发达的年代里,"河东车行"当然是一块肥得流油的企业了,每天都是财源滚滚来,自然也就在河东城里做派神气了。

因为不时地要运送粮棉,父亲自然也就和车行打交道多一些,他就径直来到车行老板的办公场所。这车行老板叫吴生月,据说是河东警察局长的小舅子,所以人也就非常牛气哄哄的,一双眼睛总是看着天,似乎谁也没放在他的眼里。不过,父亲也毕竟是河东城里的老字号"棉丰堂"的掌柜,如今又是河东城里由日本人操控着的"共荣商会"的会长,和日本人成天来往打交道,吴生月多少也是知道的。而且商会成立那天,吴生月也被请去赴宴吃饭和看戏了,这酒一喝饭一吃,生意场上就可以算是朋友了。所以,吴生月一看到父亲来找他,也就表现出不同一般的热情来,先是放下正在看的账册就从办公桌后面出来和父亲相互拱手作揖问候,然后就喊伙计娃快去泡茶,指责伙计娃一点眼色也没有。

父亲摆着手说:"不用,不用麻烦,说完话就得走哩。"

吴生月就故弄玄虚地感慨一声说:"噢,看来姬掌柜,不,姬会长还真是忙哩,喝口茶的工夫都没啦。"

父亲也就跟着说:"可不说得是嘛,日本人的事,有时候……咱就直入正题吧,这次来就是要麻烦你吴老板哩。我要雇用十辆大车。"

吴生月一听,脸上就绽开了笑,嘴半天都合不拢了,说:"看您姬会长说得是甚,这是照顾老哥哥的生意嘛,咋说麻烦的话,太见外了嘛。"他把伙计端上来的茶水往父亲跟前推了推,随口问道:"几时要用嘛?我得让他们把牲口喂上哩。"

父亲说:"就这一半天。我会让伙计来告知你的。我可是要一色的骡子和马的,车把式也得好哩。至于车价钱,你放心好啦,我不计较的。另外,我再告知你一声,这次是日本人用的车,属于军事秘密,我想吴老板应该知道里面的利害关系,就不要对外面说甚咧。"

吴生月就把胸脯拍得啪啪响,对父亲说:"姬、姬会长这样说话就见外啦,咱们在河东城里也算是朋友嘛,以前也是常打交道哩嘛。你放心,我不管用车的是甚人,只是冲着你姬会长哩,车和牲口肯定是最好的,车把式也给你派最好的,让他们一路上听您招呼,你说甚就是甚。至于车价,回来再说。"

父亲就从口袋里掏出十几块现大洋,码放在桌子上,说:"规矩不要破了,这是定金。"

离开"河东车行",父亲又以最快的速度赶回到"棉丰堂"里,悄悄地打发一个叫木蛋的小伙计,让他去一趟糖业公司,告诉总经理任月芳,让她到盐化路上的"鸿运"茶楼等着他,有要事相商。这些日子里,父亲对他的侄子姬立业产生了一些怀疑,因为凡让他去办的一些大事要事,很快地杜子孝他们就知道了,包括商号里来过一些陌生人什么的。父亲疑心侄子被杜子孝他们收买了,是在监视着"棉丰堂"的。所以近来父亲有一些大事要事需办的时候,就尽量不让姬立业知道了,而是让另一个比较信得过的小伙计木蛋去办了。父亲看这个娃平时不多言语,只是低着头干活,感觉挺实诚的,就让他慢慢地办一些跑腿的活了。

等父亲一个人坐着黄包车赶到"鸿运"茶楼的时候,任月芳已经等在二楼的一个包间里了。她今天上身穿着一件月白色镶白花的短袖褂子,裤子是藕褐色的,打扮得像是一个普普通通的市民,一点也不像她在"共荣商会"成立时穿着旗袍,满头的黑发烫着卷儿,显得是那样丰腴张扬了。

父亲进了茶楼,看到一楼的散座都基本上满了,便叫住了一个伙计,问还有没有雅座?这时就见经理过来,对父亲拱了一下手说:"噢,姬掌柜,今天楼下客满了。我看您还是到二楼雅间去坐一会儿吧。"说着话,他向父亲递了个眼色。

父亲就点着头答应了。

经理就支走了伙计,说:"我来安排吧。"便领着父亲来到了二楼任月芳订下的包间里,掀开门帘让父亲进去,然后低声说:"你们二位先聊,楼上我就暂不安排客人了。"

任月芳看着父亲,语气里带着一股醋味儿,半是戏谑半是认真地说:"我说亲弟弟呀,你这么急匆匆地约大姐来,是你那位日本相好的又在床上把什么重要情报透露给你了?"

父亲没理会她的玩笑,压低声音说:"不是情报,是今野让我往风陵渡渡口送一批粮食和给养去给正在进攻风陵渡渡口的日军的。我想让那边的国军打我们一个埋伏,把这批粮食劫走。"

任月芳一听,脸上戏谑的表情消失了,一下子变得非常认真凝重起来。她思考了一下说:"那你为什么不让稷王山独立大队行动?他们就在跟前呀,调动起来也快一些。"

父亲摇了一下头说:"我估计,日本人可能要派宪兵护送,恐怕还有皇协军哩。稷王山独立大队实力不够,装备上也不行,打不过的。"

任月芳就站了起来,在屋子里踱着步,沉思了一会儿,对父亲说:"我们只是对重庆负责,和周围的守军没有直接的联系,更没有他们的电台呼号和密码。再说,这样的行动,一般我们是要上报重庆的,由重庆来决定行动与否。如果行动重大,需要调动部队什么的,还得上报戴局长,得由他来协调。"

父亲听着,眉头就皱了起来,说:"真麻烦,我估计后天就可能出发哩。可你们协调来协调去,黄花菜都凉啦!算了,就当我没有跟你说这件事,我走啦。"说完,父亲抬起屁股就要走,却又被任月芳拦住了,说:"好我的亲弟弟,你怎么现在也变得这么性急起来了?你听我把话讲完呀。我们虽然是直接对重庆,但也可以通过重庆和这边的部队联系,甚至可以得到重庆授权,来指挥调动他们的。当然,重庆那边会全盘考虑的,就是值不值得花如此代价,或者是不是得不偿失呀,总之,他们考虑得比较全面一些。你刚才提供的这个情报,我马上回去直接和重庆政府,就是和军事委员会联系,看守卫风陵渡的中央军是哪部分的,我们晚上还在这个地方见面,好不好?"

父亲就点了一下头,说:"好吧。不过,如果你们国军看不上这批粮食和物资给养,一定要干脆告诉我,我会想其他办法的。总之,不能让日本人得到这批粮食的。"

任月芳又想到了另一个问题,就问:"亲弟弟,这样一来,你的身份不就在今野的面前暴露了吗?你考虑过这个问题没有?"

父亲说:"肯定考虑过了。因为我只是提供大车骡马运送粮食和物资的,护送的是日军宪兵。所以,一旦遭遇伏击,我是无能为力的,能自己保住自己的命已经是烧高香啦,还能指望我去保护粮食和那些物资吗?"

任月芳一听父亲这样讲,脸上就绽开了笑容来,说:"我的亲弟弟,你的脑筋就是灵活得很呢,难怪日本人就是看中了你,非要你来当这个商会会长不可呢。但日本人最终还是没有看透你的心呀!好了,亲弟弟,即使重庆不同意这次行动,我也会想办法配合你,不让日本人得到这批粮食和其他物资!就这样定了。"

# 第十一章

　　就在父亲心急火燎地两头奔忙，为了劫粮食绞尽脑汁的时候，杜子孝带着他的两个中队的皇协军在第二天上午也进入了稷王山，正小心翼翼地按照当初商定的路线，向着指定的那个叫下峪口的村子摸去。山里种麦子比较少，大部分都是耐旱的玉米高粱，正在生长的时期，已有一人多高咧，如同青绿色的纱帐，被风一吹，发出"哗啦""哗啦"的响声，让杜子孝和皇协军们心惊肉跳，总觉着玉米高粱地里隐藏着许多双眼睛，而眼睛后面是一支支枪口，正对准他们的脑袋呢！所以，队伍行进的速度很慢很小心，皇协军横端着枪，如同蚂蚁般缓慢地移动着。杜子孝刚出河东城时的那股子豪气，一下子被这沟壑纵横、塬峁起伏的黄土山岭吞没了，心里产生的与土八路真枪实弹打一仗的勇气瞬间丧失殆尽了。他在心里说，这还不和自己当初一个样吗？就在这深山沟壑里隐藏着千把人，还不是如同大海里捞针一般吗？可要是他们冷不防地就在那一处沟壑处或者高粱地玉米地里冒出来，瞅个机会打自己一下就跑了，那还不是白白地挨打吗？又上哪里去寻找他们去？这样想着，他就命令两个中队之间拉开约两丈开外的距离，四列纵队变成两列队形，再加上后边的日本人，还有马车，整个队伍拖了两里路还多，在高处看着，就像是一条慢慢蠕动的蛇。

正是农忙的时候，庄稼地里却看不到一个人影，一路上倒也平静。在拐过一个山岔后，在前面的中队长吴良机让一个尖兵班长回来报告，说前面出现了一个村子。杜子孝就问有没有发现放羊老汉？那班长说没有。杜子孝就命令队伍先停止前进，叫水娃拿过和父亲一块标过的那张地图，又让那个班长喊吴良机回来，和另一个中队长三个人对着比着看了半天，谁也不能确定前面这个村子是不是下峪口？拿不定主意是继续前进还是等着放羊老汉出现后带着他们进村子。这些皇协军没有几个人经过正规的军事训练，根本不会看地图的。

这时候，那十个日本兵就在那个宪兵伍长的带领下赶上来了，看到他们停滞不前，就大声喝问说："杜司令，你的为什么停止前进？"日本兵根本不把皇协军放在眼里的，所以一个宪兵伍长就敢对杜子孝这个皇协军司令大声喝问。

杜子孝对这个宪兵伍长的傲慢无礼也十分讨厌，便扭过头去，不想理他。

昨天晚上宿营时这个宪兵伍长就闹了一场，差点发生一次火拼。原因是杜子孝和吴良机他们两个中队长商量了一下，让皇协军就在村外宿营，对付一晚上得了，免得进了村子暴露行动不说，还怕遭到游击队夜袭，谁敢保证这一带村子里的老百姓都那么听话？就没有抗日分子？他觉着在村子外面宿营还是保险。

谁料那个宪兵伍长不干了，他要带着那十个日本兵进村子里去宿营，还嚷嚷着要去找花姑娘。

正在进行安排宿营的吴良机说:"这次行动我们大哥杜司令是指挥官,一切都要听他的安排,包括在那儿宿营休息。"

那宪兵伍长说:"皇协军听你们杜司令的指挥,大日本皇军不听他的指挥。"

吴良机就有点火了,脱口而出说:"你们不听杜司令指挥,就他妈的都滚回河东城里去!"

那宪兵伍长听懂了吴良机的话,就"唰"地一下拔出战刀说:"你的让皇军滚,你的良心大大的坏啦,死啦死啦的有!"他这样一喊,那十个日本兵就都端起步枪,拉开架势,枪口全都对准了吴良机。

这吴良机本是土匪出身,杀人不眨眼的,哪里把这个宪兵伍长放在眼里,就也一挥手,喊了声:"弟兄们,小鬼子要动手咧,给我操家伙!"话音刚落,周围正在搭帐篷的皇协军纷纷扑向架在那儿的枪,端起来,从外面把那个宪兵伍长和十个日本兵紧紧地包围起来。只要吴良机一声令下,顷刻间,这十个日本兵就会被刀刺成肉酱的。

听到消息的杜子孝赶了过来,先喝住了吴良机,说:"老弟呀,在这节骨眼上你闹腾甚呀?和日本人能说理吗?"又让外围端着枪的皇协军放下枪来。然后过来劝那宪兵伍长说:"太君,你不要生气,行军一天,大家都累啦。那边已经给皇军准备好了酒和肉啦,先去吃饭吧。"

那宪兵伍长刚才对那阵势也有点发怵,有点骑虎难下了,这会儿就顺坡下道地说:"杜司令是皇军的朋友,他的良心大大的坏了的。"

后来,那宪兵伍长和那十个日本兵,多喝了几杯酒,就在野地里呼呼地睡去了,也不提到村子里找花姑娘了。

吴良机仍然气呼呼地说:"大哥,要不是您出面拦着,我今天非宰了这几个小鬼子不可哩。不然，咽不下这口气！"

杜子孝就对吴良机说："咱们哪，现在是在日本人的手底下熬活哩，端的是日本人的饭碗，干的是日本人交派下来的差事。你说你和这帮子不讲理的东洋矮熊货置甚气哩？是哩，你咽不下这口气，不怕死，可你得为弟兄们想想呀，刚才真枪对枪刀对刀干起来，咋收场？俗话说得好，忍一下心平气和，退一步海阔天空嘛。"

那宪兵伍长看到杜子孝似乎不想和他说话，就又走上前一步，拍拍杜子孝的肩膀，大声说："我的再问你，为什么停止前进？"

杜子孝说："正在派人进村子去侦察哩，看有没有八路的埋伏。"

那宪兵伍长就说："土八路埋伏的没有，就是有，大日本皇军的不怕，统统的消灭。赶快命令部队前进的有，怕死的不行。"

杜子孝在心里厌恶的同时，不知咋的，心里突然就有了一种恶作剧的感觉，一个大胆的想法倏地产生了。他就转身赔着笑脸说："我也知道大日本皇军不怕八路，那就让皇军在前面开路，我们在后面跟进。"

那宪兵伍长就抽出战刀朝着一挥，叽里咕噜地喊道："让我们手中的军刀饱饮支那人的血吧！"就带头向前走去，那十个日本兵就成一列战斗队形，向前扑去，皮鞋在黄土地上踏出尘土来。

杜子孝在后面看着，冷笑一声，对吴良机交代说："让队伍和日本人拉开点距离，让这帮狂妄的日本兵给咱们打头阵吧。我看那放羊老汉一直没有出现，恐怕出了甚问题咧。"

另一个中队长也说："司令，我看这个村子这么半天了一直死气沉沉的，没有一点动静，看不见一个人影，肯定有问题哩。"

杜子孝"哼"了一声，朝正在往村子里毫无顾忌地径直大踏步走去的那十个日本兵一努嘴唇，用一副嘲弄的口气说："有没有问题，不是很快就清楚咧。"

吴良机说："大哥，咱们不是出发前和那个姬掌柜协商好了吗，咋着现在又成了这种局面了？我们下一步该咋办？"

杜子孝说："估计是八路军也发现我们队伍里出现了日本兵咧，而这一点在和姬掌柜商量时没有想到这个问题的。"

另一个中队长问："司令，那个姬掌柜不是和日本人打得火热嘛，还担任了日本人的商会会长，当了汉奸啦。咋着又和我们协商……"

杜子孝说："要说嘛，在河东城里，姬掌柜这个人才是真正的捉摸不透的哩。明着是他给日本人办事，成了人人知道的大汉奸哩。可暗地里不知道他又给谁办事哩，不知道他是重庆的还是延安的，也包括这稷王山上的八路。上次我就得到报告，他从日本人占领的安邑仓库里偷偷带出来大量的弹药，都不知道他弄到哪儿去啦。这个人，胆子大，点子多，路子也广，我们和他打交道，就是为了有一天，日本人败了，我们有条出路哩。"

那中队长就说："司令，您也想得远，走一步看好几步哩。"

说着话，就远远地看到那宪兵伍长带着十个日本兵已经扑进村子了，却仍然是十分的安静，听不到一点动静。没有枪声，没有喊声，就连平时日本兵进了村子惯有的鸡飞狗叫的声音也没有出现，这就更是让杜子孝他们心神不定，疑虑重生了。

也就在杜子孝带着他的皇协军在离村子几十米的地方犹犹豫豫地，慢慢向村子靠近的时候，就听见村子里传出一声并不是太响的爆炸声，随即又是一声，接着，就又断续地响起了几声枪响。杜子孝和两个中队长都听得出来，那是三八式步枪的声音。

吴良机一边竖起耳朵听着，一边说："大哥，好像是八路军在村子里有埋伏。可听枪声全是三八式，八路军他们有三八式吗？"

另一个中队长说："八路军跟皇军干上了，咱们快跟进去，支援一下皇军……"

杜子孝低声骂了一句说："放屁！你想让弟兄们去往八路的枪口上送吗？这阵势还看不出来吗，这是八路故意放这帮小鬼子进村子，然后收拾他们的。告诉弟兄们，都乖乖地待着，没有我的命令，谁也不许进村子，更不许开枪。"他在心里念叨了一句，真是苍天有眼哪！如果按照他出城时的想法，和这帮子土八路试探性地打上一仗，看一下自己队伍的真正实力，让自己的队伍刚才冒冒失失地冲进村子里，那这会儿八路收拾的就是自己手下的这帮子弟兄了。连日本人都经不起土八路的游击战，自己的队伍就更不要提啦。

杜子孝这样想着，就有一股凉气从脚心直升到了头顶。他又觉着真该感谢姬金荣姬掌柜了，要不是他反复交代，让自己的队伍不要贸然进村子，一定要等那个放羊老汉出村带他们进去，他这会儿还不知道是死是活哩。

这当儿，就听见了那个宪兵伍长声嘶力竭般地狂吼："八嘎！胆小的支那人，无耻的支那人，为什么不敢光明正大地和大日本皇军决战，为什么……"接着又是一声枪响，那宪兵伍长的吼声中断了。

然后，一切又静寂了，只有周围传来的阵阵风声，像是甚事情都没有发生过似的。

趴在村子外面的皇协军，不约而同地都把目光望向他们的司令杜子孝，在等着他的决定。杜子孝则眼睛一动不动地盯着村口，在等待着那个应该出现的人，就是放羊老汉。

他觉着，那个放羊老汉应该出现了。

杜子孝没有估计错，就在这会儿，在村口先是出现几只咩咩叫的羊，随即，出现了一个放羊的人，却不是个老汉，而是个年轻娃，悠闲地甩着鞭子，把那几只羊赶到一个绿草旺盛的土坡上，然后照直朝着他们这帮皇协军走了过来，在离他们还有二百来米的时候，放羊娃甩了一个响鞭，对他们喊道："谁是杜司令？"

杜子孝看到对方是个放羊娃娃，又观察了一下四周，再没有别的八路军了，胆气就壮了许多，站了起来，整了整军装，说："我就是。请问贵部是……"

放羊娃毫不客气地打断了他的话，说："我们是八路军稷王山独立大队。现在我们赵大队长请杜司令过去共同商量下一步的行动计划哩。请进村子吧。"

杜子孝犹豫起来，他不知道这是不是八路军的一种计策，引诱自己上钩，先擒住自己这个司令，俗话说得好，擒贼先擒王哩，然后再把他们皇协军一网打尽。这样想着，杜子孝就又骂了自己一句，咋着就把自己比喻成了贼了呢？不管咋说，自己也是堂堂的皇协军司令，手下也是上千条枪的呢。他这样想着，就对放羊娃说："你们只是让我一个人进村子么？还有我的部队哩。"

放羊娃说："赵大队说咧，请杜司令进村只是商量下一步的行动，因为今天情况有变。如果杜司令不放心，可以带上几个人。其他人可别乱走动，这周围都有瞄着这儿的枪口哩。还有我，我会一直留在这儿的，直到杜司令安全地离开村子。"

就在放羊娃说话的当儿，村口又出现了几个身穿八路军灰军装的人，用独轮车把两麻袋东西放在了村口一堵矮墙下，似乎是说好他们要拉走的粮食。

杜子孝似乎有点儿放心了，他对吴良机和另一名中队长低声说："你在这里掌握部队，如果我一袋烟的工夫还没有出村子，就向村子里发起进攻。八路军不敢露面的原因，我想是怕我们发现他们人数少，装备不如我们，他们也是怕我们哩。让文娃和我的卫队跟着我就行啦。"说完话，他就又拍了拍衣服上的尘土，正了正头上的钢盔，大步向着村子走去，此刻他觉着自己皇协军司令的威风又恢复了，身后跟着全副武装的一个排的护兵，汤姆式冲锋枪全部打开了保险，文娃则亦步亦趋地紧跟着杜子孝，手上的盒子枪机头大张，一边走一边紧张地巡睨着四周的动静。

很快地，杜子孝就来到了村口，他略停顿了一下，刚要进村，却见在村口的当街，站着一个人，这个人也是一身的八路军灰布军装，右胳膊肘那儿还补了个大补丁。只见那人对着杜子孝朗声一笑，伸出右手说："杜司令来咧，欢迎啊。"

杜子孝被这突然的会面弄得一愣，反应不过来，"哦"了一声说："你、你是……"他身后的卫兵们则一个紧握着手中的枪。

那人笑着说："噢，忘了应该先自我介绍一下，我是八路军稷王山抗日独立大队大队长赵克义。"

杜子孝一听对方的名号，赶紧来了一个立正，敬了一个礼，说：

"哎呀，是赵大队长，兄弟我就是河东城皇协军司令杜子孝。"

赵克认就也回了个礼，说："久仰杜司令的大名咧，原来只是约杜司令来这里见个面的，却没想您和小鬼子一块来了，只好先接待他们啦，远客嘛。这样子接待杜司令不介意吧。"赵克义话似随口说的，还意味深长地笑了笑。

赵克义这一番话，让杜子孝心里一沉，之前还在嗓子眼的心此刻就下子掉到大腿根了。听赵克义说话时的神色，那个宪兵伍长和那十个日本兵肯定都被他们干掉啦。都说日本兵战斗力极强，一个兵可以打中国的十几个兵。可这才短短的不到一袋烟的工夫，他们就将这个些鬼子全报销啦，可见他们的战斗力也不容小觑啊。杜子孝极力让自己镇定下来，神情有点儿夸张地说："赵大队长，您是不知道，兄弟现在虽然被逼无奈走到这一步，其实一直是身在曹营心在汉，勉从虎穴暂栖身哩。眼下之所以忍辱负重地听日本人差遣，为的是有朝一日反戈一击，把日本人斩尽杀绝的呀，这一点赵大队长，你们在河东城里的姬……"

赵克义赶紧打断了杜子孝的话，转换话头说："这样吧，情形紧急。我们是发现跟在你们后边的小鬼子后，决定暂不和你们联系，根据情况的变化，相机消灭敌人，在这一点上，杜司令也是配合得挺默契，看来我们真的都是中国人，能想到一块的。"

杜子孝赶紧说："那是，那是。"

赵克义继续说："我们还是按照咱们商定的，你们可以在村子里烧几间房子，我们都安排好咧。还有拉走的粮食，都已放在村口上咧。至于这几个小鬼子嘛，咱们需要统一一下口径，我会让我们的敌工部给他们发出情报的（其实是被他们控制的那个日军间谍），就说是这几个皇军根本不听从杜司令的指挥，擅自行动，暴露目标，从而遭到八路军大部队的围攻，致使本来成功的抢粮行动功亏一篑，粮食虽然没有抢走，但你们放了一把火，把粮食全部烧毁了。而这几个小鬼子还陷入八路军一个独立营的重兵包围中，多亏了杜司令您亲自带着部队拼死营救，才救出来三个重伤员，还有几具尸体。这几个重伤员我们让卫生员已经救治过啦，伤很重，他们恐怕很难醒过来啦。其余的就都为天皇尽了忠啦。你看这样可好？还有哪些方面没有想到？"

杜子孝觉着这八路军里面可真的是藏龙卧虎，甚能人都有啊！不光是游击战打得神出鬼没，完了还弄出了这么一套来，不但让自己脱开了干系，还功劳大大的呢。他连连点着头说："赵大队长想得真是周到，一切安排得天衣合缝的，应该是无懈可击的哩。"说着话，他向身后的文娃一摆脑袋说："给赵大队长带的十支枪呢？让他们赶快送上来。"

没想赵克义却慢慢走到杜子孝的卫队跟前，端详着他们胸前挂着的那汤姆式冲锋枪，眼睛里露出贪婪的光来，对杜子孝说："噢呀呀，光看杜司令的卫队的装备，就知道杜司令这支队伍的战斗力是绝对不能小看的哩。不过，正如杜司令自己说的，眼下身居虎穴，装备虽好，也是英雄无用武之地呀。我们独立大队要是能有几支这样的枪，让小鬼子也尝一尝咱们中国人的厉害。你说呢？"

杜子孝知道赵克义看上他卫队的汤姆式冲锋枪咧，心里说这八路军为了弄到一些好枪好装备，脸皮真是厚到家了，一个大队长就这样涎着脸给他讲这些话，能让他咋办？不给，这脸皮就撕破咧，毕竟人家刚才帮了他的大忙了。于是，杜子孝就对卫队长说："哎，把你们的冲锋枪挑五支，送给赵大队长。"

赵克义一听，刚才还紧锁着的眉头一下子就舒展了开来，顿时乐得眉开眼笑，连连说："杜司令真的是够朋友，这就是中国人帮中国人哩。噢，对了，还有子弹，子弹袋哩。"

杜子孝真是哭笑不得，觉着堂堂一个八路军独立大队的大队长，咋在这些问题上简直就变成了一个近似无赖般的人了。

杜子孝让那几辆大车拉上那两麻袋粮食和那三个重伤的日本兵，以及那个宪兵伍长和那几具日本兵的尸体，然后在村子里按着赵克义他们的安排，烧了几座已经许久没人居住的破房子和两个麦秸垛。又在那孔安排好的窑洞里堆了不少柴草，让吴良机带着几个心腹皇协军点着了火，然后对其他皇协军说那是八路的一个大型粮库，因为村子周围还有八路不断地进行袭击，粮食无法运走，却也不能留给八路军，干脆烧掉了。

其实，只有杜子孝、吴良机和那两个点火的皇协军心腹知道窑洞里面烧得是什么东西了，别的皇协军只是远远地看到了那冲天的大火，听到了零星的枪声。杜子孝没想到吴良机的心比他黑得多，等大火烧起来后，吴良机竟然在背后开了枪，把那两个点火的心腹打死在窑洞口了，说是中了八路军伏兵的枪弹咧。

杜子孝埋怨吴良机咋对自己的心腹下手，吴良机冷笑一声说："大哥，心腹也有说漏嘴的一天哩，到那会儿，死的就该是咱们啦！"

杜子孝就觉着吴良机确实是心黑手辣，杀人不眨眼，自己今后也得提防着点哩。

随着两个中队的皇协军在丝毫没有遇到抵抗的情形下涌进了村子

后,就开始暴露了他们的本性,满村子里胡乱拾翻开了,但并没有多少人翻到东西。但许多皇协军觉着这一次进入稷王山抢粮食这一仗打得确实很玄,他们中间传得沸沸扬扬的,说在村子里看守粮食的有八路军一个营,而且武器装备不比皇协军差哩。首先他们看到日本人少,就和日本人打开啦,很快地就把几个不听指挥擅自冒进的日本人打死啦,等皇协军大部队包抄过来时,他们才仓皇撤出了村子,但却不跑远,在周围对皇协军进行袭击,大概他们的长官也给他们下的死命令,要死守粮库呢。于是,皇协军就冒着八路军的枪林弹雨点着了粮库,那火烧得真大啊,皇协定军只能远远地看着,而那些八路军也只能远远地看着,他们中的许多人都哭了,说不干八路了,为甚?没有吃的了!

这次皇协军进入稷王山扫荡,成功击退八路军一个营兵力,并且烧毁了八路军粮库的情节在河东城里越传越神,越传越广。后来,那两个中队的皇协军士兵都纷纷吹嘘着说自己亲眼看到那么一窑洞的粮食,有小麦、有玉米,还有绿豆哩,而一把火就将那些粮食烧成一堆焦炭啦,真是可惜哩。可不烧又能咋?八路军还在拼命地进攻,要抢回粮食,所以就只能烧掉啦,火一点,噼里啪啦地乱响,就像是过年放鞭炮哩,那粮食烧熟了十几里都闻得见香味哩。还有那火,烧得那个大哟,火苗子蹿得那个高哟,眼看着都快要飞上天啦,恐怕河东城里也看得见哩。有些皇协军就问没有去稷王山的那些士兵,你们在河东城里看见火光了吗?你们就没有看见吗?

那些没有去稷王山的皇协军士兵就一边听着去了的士兵吹嘘一边傻愣愣地摇头,但也有点头的,说反正看到东半边天挺亮堂的,不知是咋啦。

那些去了的士兵就一拍大腿,说:"嗨呀,真是憨哩,那就是大火啊,把东半边天都照亮啦!"

杜子孝赶到河东城日本驻屯军司令部向今野正雄司令官报告此次行动的成果,虽然战斗过程中死了十名日本兵,而且都还是宪兵,也死伤了几名皇协军。但在同时,今野司令官同时也接到了从华北派遣军司令部传过来的情报:"据华北河东谍字××号:在此次由河东城驻屯军今野联队之以皇协军为主发动的对稷王山反日根据地袭击中,参与行动之宪兵伍长及其士兵,不听从统一指挥,擅自盲目行动,终于陷入八路重兵埋伏,致使一次完美的劫粮任务陷入僵局。后在皇协军之拼命搏杀中,才将八路之粮库烧毁……"后面还附上了多田骏中将的训话,让他一定要严厉管辖部下,在和皇协军的协同作战中要听从指挥,不可擅自盲目行动,逞武士道之勇。

对于日本兵和皇协军之间经常产生摩擦的事情,今野正雄也是有耳闻的。所以,他相信了杜子孝的汇报,相信就是那个宪兵伍长是不听杜子孝的指挥,不重视战术运用,擅自冲入有八路重兵埋伏守卫粮库的村子而为天皇尽忠的。今野正雄让人打开了杜子孝拉回来的那两麻袋粮食,的确是籽粒饱满的陈年小麦和黄澄澄的玉米。今野正雄过去抓起一把,放到鼻子下边闻了闻,有一股馨香,也夹杂着一霉味儿,是长时间储存的。这些都是一直潜伏在稷王山抗日独立大队的"火狐"的功劳,是他发现了八路军这个十分隐蔽的粮库,而这次杜子孝和皇协军也是立了大功的,一下子就烧毁了八路军这么大的一个粮库,足以让这些土八路心疼得流血,让他们食不饱腹,又如何来同大日本皇军来作战呢。今野正雄嘴里轻声嘀咕了一句日语说可惜了那些粮食。然后就又在心里笑了,多好呀,看来就是要让中国人来对付中国人,这才有好戏看呢。

这真是成功的一步棋呵!

中国有句俗语,甘蔗没有两头甜。这就是说人不可都把好事占完了。

也就在今野正雄为自己设计的由中国人来对付中国人计划实现而得意时,当天中午时分,却得到了昨天晚上七点半钟由河东站开出的运送粮食和物资至占领并驻防闻喜的日军第三十六师团的小火车,在晚上九点半钟左右行至水头村一带时,铁路遭到破坏,钢轨被错移开半米左右,所以火车司机在夜色中是发现不了的,致使小火车出轨并倾翻,除粮食和物资被燃起的大火烧毁大部分外,担负护送任务的宪兵一个小队和皇协军一个中队,先后有二十七人死亡,十一人受伤。日军经过反复对出事现场进行搜索、侦察,只是发现了一些凌乱的车轮印和各种乱七八糟的脚印,再就是有几泡牛粪便,其他痕迹都被火车燃起的大火烧没了。但去侦察现场的河原代子非常肯定地说,这是活动在河东一带的抗日地下分子所为,不是八路军或者国民党正规军队行为。

这显然是一个非常重大的事件,对今野正雄无疑是一个非常沉重的打击!

得知运送粮食的火车倾翻的报告后,今野正雄把松尾巴召至司令部里,二话没说,一顿耳光打得松尾巴晕头转向,连东南西北好半天都分不清了。今野正雄让松尾巴在一个星期内抓到颠覆小火车的河东地下抗日分子,并维护好南同蒲线的治安,否则,军法从事。

日军在占领河东城后,就一直大力开展和推行的轰轰烈烈的大东亚共荣活动，随着河东城"共荣商会"的成立，河东城一度市场繁荣，买卖公平，治安稳定，各种行业异彩绽放。在华北派遣军司令部举行的华北各日军占领区"模范治安城市"的评选中名列前茅，着实让今野正雄露了一手，觉得真是事业有成了。就连多田骏中将也夸赞他具有统帅风范，说从他管辖一个城市就可看出来他的儒家领导风格来，所以，他是个做"怀柔亲善"和"王道乐土"工作的最佳人选。

然而，好景不长。在近一个时期里，今野正雄的大东亚共荣事业似乎在走下坡路，在陷入一种莫名的低谷。河东城里开始出现了反抗日军的宣传品，公开号召河东城里二百多万百姓群起抗战，反对倭兵。而且分布在城外的一些碉堡和哨所开始受到武装袭击；就是在被华北派遣军评为"治安模范城"的河东城里，近来也有日本兵莫明其妙地失踪，一些忠于皇军的职员也受到袭击甚至丧命。就是刚成立不久的"共荣商会"人员也受到攻击，商会的办公地点大门前被人泼上了大粪。据这次进入稷王山劫粮的杜子孝报告，稷王山抗日武装的人数比以前多了几倍，仅在那个叫下峪口的村子里守卫粮库并和他们顽强作战的八路军就有一个营的兵力，武器装备里有捷克式机关枪、冲锋枪，眼看着他们的训练装备节节提高，蓄势待发，准备和日军对抗。而且据河原代子得到的消息，在河东一带活动的晋绥军、国民党中央军和延安的八路军，原来之间是相互摩擦不断，睚眦必报。最近却似乎是进入了蜜月期啦，团结协作，共同联手对付皇军，彼此之间的协调越来越默契。

今野正雄感觉得出来，似乎在冥冥之中有一只能量巨大的手在进行煽风点火，在操纵着这一切。

就在今天晚上，华北派遣军司令部又来电催促，让今野联队迅速往驻扎在闻喜新绛的第三十六师团运送粮食和物资，部队已经断粮三天了，部分部队已经开始就地筹措粮草物资，但这样做势必影响士气，引起部队混乱，将对后面的大规模会战不利。

所以，当父亲一大早又被急召到日本河东城驻屯军司令部时，就看到今野正雄一脸悲戚的神色，反剪着手在屋子里踱着步，嘴里念念有词，却听不清说的什么，看上去真是一副心急如焚的样子。所以，父亲看到今野正雄的这副模样，心里都愣了一下，两天没见，他竟然变得很憔悴的样子呢！在父亲的印象里，今野正雄司令官总是一副踌躇满志，胸有成竹的占领者模样呀，这才两天的时间呀，竟然愁成了这副尊容来。

父亲站在司令部的门口，喘息着，轻声叫了一声："今野君，我过来啦。"

今野正雄似乎没有听见，仍然低着头在屋子里踱着步，嘴里念念有词。

站在门口的卫兵示意父亲大声点。于是，父亲就略微加大了一点声，又叫了一句。

今野正雄似乎这才回过神来，"哦"了一声，瞬间又恢复成了那个不可一世的司令官了。他显得有点过分热情地走到门口，把父亲拉到他的办公桌前坐下，又让卫兵泡茶。然后就略显急切地问："玉堂君，往风陵渡那边运送粮食的车队都准备好了吗？"

父亲就站起来说："今野司令官，我正要向您报告哩。粮食已全部装好了车，骡马也已准备妥帖，人员都就位啦，就等着您下命令后出发哩。"

今野正雄就点了几下头,连连说了几个"约西。"然后说:"既然都已准备好了,那就现在出发吧。"

父亲怔了一下,赶紧说:"好的,我马上就赶到仓库那边,通知他们做好出发的准备。"

今野正雄又对父亲说:"皇军这些日子虽然取得了一些战绩,却也受到了一些挫折,玉堂君,你大概也已经知道了,运送粮食的小火车出轨倾翻,粮食被毁,皇军也伤亡很大。不瞒你说,我也受到华北派遣军的斥责,压力很大。所以,你这次往风陵渡给皇军川岸师团送的粮食可不能再出什么岔子,一定要按时送到。我派一个小队的皇军,还有一个中队的皇协军护送你们,保证万无一失。而且,我已经交代过了,你,玉堂君,也是重点的保护对象,我们不能让河东城的商会失去了会长。"说着,他向门口的卫兵招了一下手,那卫兵又对外面喊了一声,就见一个日军少尉迈着正步走了进来,对着今野正雄敬了一个礼。

今野正雄指一下那个少尉,对父亲介绍说:"这是浜滕少尉。由他负责保护这次运送粮食的行动。"然后他转向浜滕说:"你要带领大日本皇军保护好粮食,也要保护好姬会长。"

浜滕又是一个立正,喊道:"哈依。"然后又向父亲一鞠躬,喊了声:"姬会长。"

父亲却根本没料到今野正雄会这样安排,顿时怔住了,脑子轰的一下子又乱了起来。

原来,父亲想方设法推迟了两天行动,就是让任月芳想办法通过重庆那边,弄到了守卫风陵渡渡口的第十七师所属第三十一军的军部电台呼号,又把情况告知第三十一军军部,再让他们想法通知第十七师,让他们即刻就安排部队赶到河东城到风陵渡渡口的必经之路的一条叫哑巴沟的地方设下埋伏，耐心地等运送粮食和物资的大车队经过时，把这十辆大车的粮食和物资劫走。第三十一军后来回电，说第十七师接到这个消息后连连叫好，说他们已经断粮一个多月了。又问让第十七师派多少兵力设伏合适？任月芳便大咧咧地回复说一个营的兵力足够，因为日本人太放心运送粮食的这个人啦，加上河东城兵力根本就不足，这边根本就没有多少护送的兵力呢。若光是打伏击，一个连都可以的。之所以让他们派一个营的兵力主要是考虑要搬运粮食哩。

但任月芳再大意，还是特别发电给三十一军军部交代说，在运送粮食的队伍中，带队的是自己人，到时要让第十七师注意保护云云。

行文到这里的时候，我不禁很感慨，那时候堂堂国军的一个师，竟然没有电台，真不知道是怎样进行联络的，难道就是我在前面讲过的，像土八路那样，靠"飞毛腿"吗？而且从这一方面，我也理解了中条山会战中，国民党中央军以优势兵力却为何会惨败啦，正是各部队之间联络不畅，各自仓促应变，分别与各路日军交战，让日军集中优势兵力进行穿插，分割包围，各个击破聚歼的。

父亲没想到今野正雄竟然派出这么多的兵力进行护送粮食，而且今野正雄就让马上出发，也许是害怕夜长梦多吧。总之是这样一来，父亲根本无法再去见任月芳，再想让任月芳通知风陵渡渡口守军多派设伏部队也已经来不及了。父亲就在心里狠狠地骂自己，真的是不懂作战，没有一点这方面的意识。想一想，今野正雄让他运送的粮食是给进攻风陵渡的日军的，也就是军用物资了，咋能不派重兵护送呢？也就是自己觉着今野正雄很信任自己，太大意啦！

是呵，如果真是一个小队的日本兵，再加上一个中队的皇协军，接近三百人的兵力了。而第十七师仅仅出动一个营，兵力相差不多，这样一旦交起手来，凭日本兵的装备和战斗力，恐怕第十七师派出的那个营真不是对手呢！

可如今已成骑虎之势了，箭在弦上，不得不发了！

父亲心事重重地和那个浜滕带着的小队日本兵离开今野正雄的司令部，就匆忙赶到安邑的军用仓库，准备安排早已经装好粮食和物资的大车队出发。这会儿，担负护送任务的皇协军的那个中队士兵都已赶到了，皇协军带队的竟然又是那个吴良机中队长，他一见到父亲，就皮笑肉不笑地凑过来，低声对着父亲说："上次姬掌柜安排的那出戏挺精彩的，真是让杜大哥和兄弟我佩服之至。不知道这次姬掌柜又安排了一出什么戏，又咋着唱？"

父亲就冷冷地说："不看你们都来了嘛，又是刀又是枪，肯定是武戏，至于咋唱，那只能是走一步看一步，走到哪唱到哪！"

吴良机没想到父亲这样回答，愣怔了一下，就也哼了一声说："噢，好嘛，走到哪唱到哪！好，好！"

然而，让父亲没有想到的是，山田美智子也出现在这里了。她又穿了一身军装，只是没戴帽子，乌黑的头发用一根粉红色的绸带系在脑后，整个人显得既充满活力，又俏媚威武。她一出现，几乎所有人的目光就都聚过来了。但她却谁也不理，径直走到父亲的身边，笑吟吟地看着父亲，说："怎么了？玉堂君，你不欢迎我来？"

父亲这才回过神来，忙说："噢，这么说你知道我们现在出发，是来送我的吗？"

美智子摇了一下头，说："不，我是和你一起出发，去送粮食的。"

这回轮到父亲大吃一惊了。他几乎不相信自己的耳朵了，觉着刚才是听错了。所以，他看着美智子，说："你刚才说的甚？我没有听清楚。"

也许是美智子早就猜测出父亲听到她也一同去送粮食时，肯定会是这种表现的。于是她就用一种夸张的，还带着点调皮的语气，把嘴凑在父亲的耳边大声说："我和你一起去、送、粮、食。"

父亲这回是肯定听清楚了。其实他头一回就听得很清楚，只是出于一种不愿意相信这是事实，或者是美智子是来开个玩笑的。但这一回父亲看得明明白白的，美智子不是和他开玩笑，而是真的要和他一起去黄河风陵渡渡口送粮食了。她那一身打扮也就很说明问题了。

这是咋回事？让一个日本女人去给日军的作战部队送粮食？

父亲一时反应不过来，有点发愣。

美智子却对父亲说："我是记者，要去采访这次运送粮食的全过程，我还要去看黄河。本来上次你就说要带我去看黄河，结果没有看，所以这次我一定要去。再说，"她又把嘴唇凑到父亲的耳边，这回压低了声音，说："我是你的女人，我要和你在一起，随时要保护你！"

父亲这回真急了，两只脚差点跳起来，要不是周围有那么多的人在悄悄地看着他们，他可是真能跳起来的。因为父亲心里清楚途中会遭遇到什么的。而且今野正雄又给运送粮食的大车队调来了日本兵和皇协军参加护送，而国民党第十七师已在途中设伏，到时候双方一交火，那子弹可是不长眼睛的哩。但这一切父亲又无法向美智子说明，她还以为是去旅游去呀！

这时候，今野正雄竟然亲自来了，他是来送他们出发的。很显然，今野正雄是把这次向川岸师团运送粮食的任务看得非常重要了，由于前几次运送粮食和物资的失利，让华北派遣军多田骏中将对他非常恼火，竟然在明码电报里严厉斥责了他，说如果因为他的渎职行为而导致这次"晋南会战"中日军遭受到损失，就要送他上军事法庭，才不管他的家庭和皇室有着什么背景关系呢。

所以说，这次往进攻风陵渡渡口的川岸师团运送粮食，只能成功，不能失败。这也是后来今野正雄突然加派了日本兵和皇协军来护送的原因，因为日本兵驻河东的部队不足一个联队，要维护河东城的治安，要维护南同蒲公路和铁路的安全，要对一些渡口要道站岗布哨，进行警戒，要……一个联队的日军再加上皇协军，兵力根本不足，撒开在河东一带，兵力一分散开，有的炮楼里仅有一个日本兵，其余的都是皇协军了，真的是捉襟见肘呢。这种兵力分散的情形，乃是兵家大忌哩，也多亏了这两年在河东城周围除了稷王山上的抗日分子偶尔捣乱一下外，并没有其他中国军队寻衅，不然，早被各个击破，蚕食啦。而且就是在这种情况下，今野正雄竟然派了日本兵一个小队，皇协军一个中队，用三百多人来护送这批粮食，可以说今野正雄是赌上啦！

父亲看到今野正雄亲自来了，就赶紧小跑着过去，说："今野司令官，你咋还亲自来了呢？这一切都准备妥帖，就准备出发了。到明天晚上或者最迟后天早上，就可以抵达皇军的驻地啦。司令官请放心好了。"

今野正雄就用那张充满期待的脸望着父亲，正要说些什么，却又一眼看到了站在父亲身后不远处的美智子，便走了过去，对美智子说："美智子，你这次亲自参加一次运送粮食的行动，就知道了圣战的艰苦卓绝。不过,这次路上有玉堂君照顾,想必不会有多大的辛苦了。是不是呀?玉堂君?"

父亲这才明白,美智子随着运送粮食的大车队一起行动,是今野正雄的主意。他也是看到了美智子对父亲的那份真情实感,也正是利用了这份真情实感的。从这一点上来看,今野正雄并不是对父亲完全放心的,如果美智子跟着运送车队一起行动,起码能让保险系数更高一些。

今野正雄又解下挎在自己身上的那把王八盒子,交给美智子,说:"带上吧,路上如果遭遇到什么,既可以保护自己,也能保护玉堂君。"

刚开始美智子还想推辞的,她扬了一下手里的笔,刚想说这就是我的武器,但今野正雄后面的那句话打动了她的某根神经,她于是就接过了今野正雄的王八盒子,挎到了自己的肩膀上。然后又拔出枪来,"哗啦"一声打开了弹仓,检查了一下里面的子弹。

今野正雄就笑着说:"满满的,算上枪套上两个备用弹仓,足够用了。"

父亲却从今野正雄话里听到了另一层含意,让美智子带上这支王八盒子,就是说如果在途中发现姬金荣另有他图,就可以打死他,对付他一个人,这些子弹足够用了。

父亲就在心里也对美智子产生了一些戒心。

然而,令父亲根本没有想到的是,在他运送粮食的大车队里,已经被河原代子情报官通过"河东车行"老板吴生月安插进去两名特高课的特工,这两名特工的任务就是监视父亲和皇协军的一言一行,必要时可以采取极端行动,我们有时叫战场纪律。总体意思是一样的,就是可以不去请示汇报,可以当场杀人。

从运送粮食的大车队出发的那一刻起，父亲就时刻处于一种非常危险的境地之中了。

其实，父亲在讲述运送粮食这一段经过时，说他对自己的性命并没有多少担心，因为他根本不知道自己已处于时时被监视着的危险境地里。他只是在担心着两件事情，一件就是第十七师的设伏部队进入哑巴沟没有？战斗力如何？能不能打垮这股护送的敌人？再一个更让他时刻不安，牵肠挂肚的就是美智子的安全，一旦打起来，他该如何去保护美智子呢？

父亲安排美智子和自己坐在一辆大车上，让两个车把式把装粮食的麻袋尽量地堆在马车的两边的车帮子上，这样就垒起了一个掩体，给中间腾开了一个深坑来。这样一旦打起来了，麻袋至少是可以挡一挡子弹的。

父亲是这样设想的。

# 第十二章

情报官河原代子对杜子孝的扫荡稷王山大捷一直持怀疑态度，只不过他只是在心里，并没有吐露出来。所以，今野正雄给杜子孝和皇协军庆功，他也阴沉着脸去参加了，却是仔细地询问那些参加扫荡的皇协军士兵，询问一些细节过程，询问是否真的看到把那些粮食都一把火烧掉了？他越来越强烈地感觉到，那又是一个设计好的圈套。于是，他又一次凭着知觉，河东城里有着稷王山抗日分子的谍报人员，在操纵着这一切。

虽然那次杜子孝带着皇协军进稷王山扫荡劫粮食的情报也是河原代子情报官通过华北派遣军转过来的谍报，但河原代子毕竟是个搞情报工作的老手了，他已经对这一段时间"火狐"发出的情报产生了一定程度的疑惑，觉着好几次的行动，如果按照"火狐"的情报去安排，结果最后都中了八路的圈套。

河原代子把他的疑问告诉了自己的同乡，宪兵队司令泽田信少佐，他对泽田信说："为什么死的都是宪兵？土八路难道有那么强的实力，竟然把十个装备精良战术过硬的日军宪兵全部打死了？而皇协军本来就是一群乌合之众，却才死了两个人？他们的战斗力能超过皇军？"

同乡一连串的疑问，把泽田信也拉入了怀疑的怪圈里，他也开始怀疑起来了。是啊，为什么死的都是日本人，中国人真就那么命大？日本宪兵都没有找到粮库，打不退土八路的进攻，而皇协军竟然不费吹灰之力就打退了土八路一个营的进攻，还烧毁了土八路的一个大型地下粮库！仔细一琢磨，就觉得这场仗打得像是提前把一切都安排好了一样。

一个疑点重重，根本经不起推敲的漏洞百出的战斗结果，却被大肆渲染后上报华北派遣军司令部。而华北派遣军司令部竟然就相信了，还准备发出捷报和嘉奖令呢。

只是，那三个受了重伤，据说是被杜子孝带着皇协军冒着土八路的枪林弹雨抢救回来的宪兵此刻还躺在医院里昏迷不醒，什么话也无法问出来。

河原代子向泽田信提出，给他一个宪兵小队，他自己亲自带着，再到稷王山的那个下峪口村子去一趟，找出一些蛛丝马迹来。

泽田信有些怀疑地问："都过去这么些日子了，还能找出些什么蛛丝马迹呢？"

河原代子说："不是说烧毁了一个大型地下粮库吗？不可能烧得非常干净的，总会留下一些没有烧毁的粮食的。如果有没被烧毁的粮食，那说明这场战斗多多少少还有一些真实性存在。如果没有呢？那就只能说明，杜子孝和皇协军已经和稷王山上的抗日分子有了某种勾结和联系。而且我一直在怀疑着一个人，就是那个看上去和皇军走得最近的人！"说这番话的时候，河原代子的牙关都咬紧了。

泽田信一听就知道他指的是谁了，就说："你是说那个姬会长？从稷王山抗日分子那儿偷了金子逃到河东城里，找皇军来庇护他。我看他就是个贪财的生意人。"

河原代子说:"这才是他阴谋深算狡猾的地方,他真是隐藏得太深了,蒙蔽了今野司令官的眼睛,蒙蔽了许多人的眼睛。而且我怀疑,这次杜子孝到稷王山扫荡,就是他在背后安排的,你仔细地想想,这一切不都是像在演戏吗?"

泽田信听着河原代子的话,浑身不由就打了个寒战。一个意念倏地一下像个火花般在头脑中闪现了一下,又瞬间消失了。但他还是清晰地捕捉到了,莫非连皇协军都是潜入到河东城里的抗日分子?先利用皇军的装备武装起来,然后……

他不敢再细想下去了。

而对于河原代子要求私自带一个宪兵小队再进入稷王山的事,泽田信这个河原代子日本仙台的同乡,也同样有着冷僻固执的死钻牛角尖的性格,竟然决定和河原代子一同前往。但同时他又有些为难,一个是宪兵队经过这么几次折腾,损失了不少士兵,兵力也是紧张得很,而且每天的头等大事是要考虑河东城的治安巡逻,再一下子派出去一个小队的兵力,恐怕不那么容易。再一个就是自己虽然是宪兵队司令,但毕竟还是要归今野联队管辖,自己也只是个少佐,许多时候兵力的调动得听联队司令今野正雄大佐的。万一让他知道了自己私自行动的事,恐怕不好交代。

河原代子脑子转了转,说:"可以去找一下坂本君,他是联队参谋长,是有权调动部队的。"

泽田信就点了一下头说:"也行,调动一个小队的士兵,参谋长是应该有权力的。"

于是，两个固执的日本仙台同乡，一块去找参谋长坂本了。要知道，坂本一直就对中国人持不信任的态度，对那些皇协军，尤其是对那个担任了日本人搞的那个"共荣商会"会长的姬金荣，更是怀疑别有用心，肯定不是日本人的真正朋友的。他还引用日本人的鞠躬来比喻一下。要说呢，鞠躬是日本人最常用的一种礼节了，可在日本人里面有这么一种说法，如果一个日本人鞠躬真鞠到九十度了，那就是说不是对这个人最敬仰就是最恨这个人了。那么这个姬金荣就太主动为皇军做事了，连日本人都觉着有点过了，所以就如同日本人的鞠躬一样，只有两点，一个就是真心地想依靠日本人，让自己的家族生意重新振兴起来，另一个就是最厉害的抗日分子，他主动为你所做的这一切最终都是在准备消灭你为目的。

作为联队的参谋长，坂本也对杜子孝他们的那次扫荡心存疑惑，只不过今野司令已经非常肯定，再一个皇军也是非常需要战绩来鼓舞士气的，也就把疑惑压在心里了。现在听说他们是要去稷王山根据地重新调查那次扫荡的事，为的是解开里面的许多疑惑，当然也有坂本自己压在心里的一些疑虑。于是就欣然同意了，再说，泽田信和坂本的军阶一样，都是少佐，又是宪兵司令，也可以主动出击的。不过，坂本认真地叮嘱他们俩，这次秘密出击，一定要隐蔽行动，速去速回，查清楚事件本质就可以了，千万不可贪功。如果遇见了土八路，一定不要与之交战，而一旦接触上，则不可恋战，一定要迅速脱离开，赶紧撤回。

尽管坂本参谋长反复交代，这两个来自日本仙台的一根筋的固执分子，在带着一个小队的宪兵，还有两个做向导的皇协军，趁着黑夜快速进入了稷王山,摸到了那个叫下峪口的村子时,就看到村子里灯火闪烁,人影晃动,还伴有吵闹声。这是怎么了?发生了什么事情?河原代子和泽田信相互看了一眼,就派那两个皇协军悄悄地摸进村子侦察一下,看究竟发生了什么事。很快,那两个皇协军就又摸回来了,说村子里好像是土八路在征收粮食哩,但只有几个老百姓在交粮,还有几个背着枪的土八路在收粮,大概还有一些分散开去挨家挨户催去了。

泽田信马上就想到是不是上次皇协军烧了土八路的地下粮库,没粮食了,这次又来征收粮食了?

河原代子仍然半信半疑,看了一眼泽田信,自言自语说:"我们今天晚上来,他们也在今天晚上到这个村子征收粮食?太巧了点。"

泽田信被这个情报鼓舞着,跃跃欲试地说:"就算碰巧了,就那几个土八路,我们一个冲锋,就把他们全部消灭掉。这个机会太好了,打他一下,让这些土八路领教一下皇军的厉害!"

河原代子还在迟疑,多年的情报生涯,让他养成了不管对任何事情总是迟疑不决却又认死理的性格。

泽田信有点急了,说:"河原君,再犹豫下去,土八路可就溜掉了。这样,你带一队从侧面迂回包围,我带一队从正面打进去,争取全歼这伙土八路,再缴获一批粮食。今野司令不是日思夜想的就是搞粮食吗?咱们正好歪打正着,立上一功。也让那些皇协军看一看,大日本皇军的战斗力无人能敌!"

河原代子没有吭声,等于是默认了泽田信的决定。而且他心里明白,就是自己不同意,泽田信也会自己采取行动的,他是宪兵司令,是有权下命令的,而这些日军宪兵也只会听他的命令而不会听从自己的决定,哪怕自己的决定是百分之百正确。他也清楚仙台那一带的人都非常固执,一旦决定了的事情,就有一种不撞南墙不回头的倔劲。

河原代子就按照泽田信的决定,带着一部分日军宪兵从侧面慢慢地向村子靠近,他非常谨小慎微地命令跟着他的那位宪兵伍长,让部队成散兵线搜索前进,这样可以避免集中在一起遭受火力打击。其实,这只是河原代子一厢情愿的事情,论实战经验,他还是不如泽田信的,因为他根本就没有指挥过战斗。这里需要交代一下,日本侵华战争爆发后,日军中除了极少数上了岁数的将领有日俄战争的经验外,大部分的将佐都是第一次参加实战的,包括东条、板垣等,刚开始和中国军队作战时都跑到第一线,这绝不是他们不怕死,而是没有经过真正的实战,觉着上战场就和他们在国内的演习一样,昂首阔步地提着战刀,神气地站在步兵后边指挥,结果差点被中国士兵打死。也是他们的运气好,那会儿中国军队里没有正儿八经的狙击手。要不然,他们连后来上国际军事法庭的机会都会失去的。当然,到后来这些日本将佐们指挥打仗就有经验了,就开始往后躲了。

河原代子心里打着鼓,带着部队从侧面刚摸到了村边,就听见从村口传来一阵激烈的枪声,他就猜测,应该是泽田信已带着队伍冲进村子,和村子里的土八路交上火了。

河原代子赶紧带着部队从侧面冲进村子,却发现村子已没有了刚才的喧哗,四周静悄悄的,在村子中央的一块旷地上,除燃着一堆大火外,还扔着几条破麻袋。却不见一个人影子。他扭头往村口方向一看,泽田信正带着部队搜索着进来。

河原代子命令部队对周围展开警戒和搜索,自己则迎着泽田信走过去。就在他快要走到泽田信跟前时，就看到在路旁扔着一只破篮子，里面装着一些玉米粒，还有不少撒到了地上，很显然，这是刚才老百姓在交粮食，听到枪声后在匆忙奔跑中丢掉的，连篮子里的玉米也不要了。河原代子走过去正要弯腰捡起篮子，却见一个日军宪兵快步走过去，毫无戒心地飞起一脚，踢飞了篮子，可就在篮子刚刚飞起的时候，一股在黑暗中显得十分耀眼的火光随着篮子腾起，而伴随着火光一同出现的，则是一声沉闷的爆炸声。

河原代子就觉着眼睛被那火光猛然一刺激，顿时什么也看不见了，耳边还刚好能听到泽田信声嘶力竭的一声叫喊："河原君——"

接下来，他的眼睛就陷入在无边的黑暗中，意识也逐渐消失了。

我问过父亲，这次战斗为什么准备得这么充分？是早早地就得到了情报了？

父亲说，这是他和赵克义大队长他们早就商议好了的，觉着日本人在那次进山扫荡中，不管是尝到了甜头还是品到了苦味，估计都会返回下峪口村子的，因为后来他们仔细一琢磨，也发现漏洞确实频多。后来，父亲就从多个侧面听到了坂本参谋长、河原情报官等人对杜子孝这次扫荡持怀疑态度，认为是和八路军相互勾结的一次欺骗皇军的行动。父亲就猜测到河原代子有可能潜回到稷王山下峪口村子寻找皇协军和八路军勾结的证据的，就让姬明文通知赵克义大队长，做好应对准备。

要说也真是巧了，那天赵克义恰好带着三个中队的战士到下峪口这一带进行夏收的宣传动员，就是号召大家要做好准备工作，把镰刀磨快，打麦场碾硬扫净。抗日独立大队也要分成几个部分，保护大家和日本人展开抢收麦子。也就在天快擦黑的时候，在山口进行宣传动员的二中队长派回来一个战士，说发现一小队日军，正在向山里运动进发。他们正在监视着敌人的动静。赵克义就问，有没有皇协军？回答说没有，全是清一色的日本兵。赵克义顿时就明白了，这正是他们估计到的，是那个情报官领着日本人来寻找证据来了。来得正好呀，也正是时候哩。于是他们就将计就计，在村子里布置演了那么一场戏，那些交粮食的老百姓也是队员们装扮的。等把泽田信和河原代子慢慢地引进村子的时候，他们却已经撤出了村子，在四周埋伏起来了。在往村子外面撤的时候，二中队那位叫张忠印的中队长，把他们中队带的一颗地雷匆忙地埋在了巷子里，引线就拴在了那个篮子上。

他们也没有想到，那一颗地雷恰好就要了这位日军情报官的命！

随着地雷的爆炸，赵克义喊了一声"打！"顿时，埋伏在四周围的稷王山抗日独立大队的战士们就对着在村子中央火光照耀下的日军开了火，刚刚从杜子孝皇协军那里得到的汤姆式这回可是发挥了作用，子弹雨点般地向着这些日军宪兵倾泻而去，毫无防备的日军宪兵被这突然而来的密集的子弹撂倒了好几个。

日军良好的军事素养，在遭受到突然袭击后，充分地显现了出来。没有被击中的日军没有丝毫慌乱的现象，他们有的原地卧倒，有的则抱着枪迅速滚到墙角或树根部隐蔽自己，然后就开始寻找着枪声的来源，对着目标进行还击了。泽田信则迅速退到一堵矮墙后面，挥动着手里闪亮的战刀，一次次地劈向前面，指挥着两个日军宪兵架起歪把子机枪，开始了疯狂的扫射，很快地就压制住了独立大队的火力。因为赵克义他们这次只是出来搞宣传动员的，除了那几支汤姆式，就没有带重武器。

汤姆式射程没有歪把子机枪远,这会儿,劣势一下子就显现了出来。

赵克义伏在一处房顶上,静静地观察着村子里日军的每一个战术动作……从最初略微出现的慌乱,很快地就有条不紊地进入果断反击中,就如一个老庄稼人在种地,实打实,一是一,二是二,没有一点虚伪的动作,没有一点虚张声势。他就在心里感叹一声,这帮畜生还真是他妈的有战斗力,个个都练出来啦。要是单个对单个,还真不是这帮小鬼子的对手哩。这样想着,他觉着目的已基本上达到了,就命令二中队和三中队先撤,他带一中队和他的拿着两支汤姆式的警卫员们掩护。在撤退之前,以他的枪声为号令,瞄准各个墙角树根下的小鬼子,再发动两次齐射——

两次齐射之后,日军宪兵们就又留下了几具尸体,还有几个受伤的在号叫着。

然后,趁着黑夜,地形熟悉,赵克义带着他的独立大队很快地消失在了黑暗里了。

等泽田信带着剩下的日军,抬着河原代子和被打死的日军宪兵尸体,损兵折将灰溜溜地回到河东城里的时候,今野正雄已经在宪兵队的司令部里等着他了。

泽田信刚走到今野正雄面前,"咔"的一个立正,一声"报告"还没有喊出来,今野正雄的耳光就已经迎上去了,"噼里啪啦"左右开弓一连打了十几个,打得今野正雄自己都有点气喘吁吁了。而泽田信则一直立正站着,昂首挺胸,每挨两个耳光,就喊一声"哈依"。

这日本人打耳光确实是很有水平的,属传统项目。日本人崇尚暴力,这打耳光只是其中的一项,而且在打的时候还不能躲避,越躲越打得狠打得凶。一级欺负一级,军官打士兵,老兵打新兵,而新兵找不到发泄对象,就只能去欺负中国的老百姓。我在一本由春秋出版社出版的《抗日战争时期的侵华日军》那本书里看到过一位日军上等兵市川幸雄写的回忆对华战争的文章,里面有这么一段话:"日本军队就是倚仗权势建立起来的毫无人性的无情无义的集团,军队里的教育都是在胡说八道。我原有的人生观,在军队中被彻底地粉碎了,我完全变成了另一个人,一个无情无义的魔鬼。"

也许是今野正雄打累了,也许是今野正雄在狠狠地打了泽田信十几个耳光后气消了些,总之是他不打泽田信的耳光了,开始在屋子里来回走,这样走了几步后,他站下来看着泽田信,冷冷地说:"河原君战死了,而你却活着回来了。你怎么没有为天皇战死?"

泽田信鞠一躬说:"我随时准备为天皇陛下尽忠!"

今野正雄说:"但是,目前你要为你这次因为违抗军令,因为私自行动而造成的皇军士兵牺牲,造成兵力损失而负责。我已经把你私自行动的事件报告了华北派遣军司令部,你先停职,等候处理。在此期间,由坂本君代理宪兵司令一职。"

泽田信闻言吃了一惊,不服气地叫了起来,说:"司令官阁下,"他这样喊起今野正雄的官阶来,"可我们的行动,坂本君是知道的,是他同意的。"

没想坂本就在里屋,听见泽田信这样说,他就走了出来,盯着泽田信说:"关于这件事,在你们出发后,我就向司令官做了汇报。可我一再交代,查清楚事件本质就迅速撤离,决不可与八路军交战,就是接触上也要迅速脱离。可你们呢?"

今野正雄"哼"了一声说:"好了,泽田君,你好自为之,就先向坂本君交接吧。"说完就准备离开。没想泽田信却在背后说:"司令官阁下,我还有一个情况要报告。"

今野正雄就停住了脚步,回头看着泽田信,说:"什么情况?"

泽田信看了一眼坂本,然后低着头向今野正雄说:"在我们和八路军的交火中,我听到了他们中间竟然有好几支汤姆式冲锋枪在和我们对射。我觉着这汤姆式是我们大日本皇军专门从德国进口装备的,八路军不可能有这么先进的装备。我怀疑……"

今野正雄听着,眉头蹙了一下,但很快又展开了,说:"好的,我知道了。"然后看了坂本一眼,又对泽田信说:"泽田君,这难道就是牺牲了几十名大日本皇军士兵的生命,换来这么一个小小的,微不足道的情况吗?"

泽田信一听,顿时显得很失落,无力地解下了腰间的战刀,慢慢放在桌子上。

坂本看着泽田信,摇晃了一下脑袋,低声说:"都说你们仙台那块地方的人固执、自信、倔僻,原来我还不那么相信,觉着你泽田信君都是个少佐了,还能这么没脑子?可我这回信了,真的信了。你们两个人不但害了你们自己,也害了几十名皇军士兵,而且还差点连我也搭上。现在想一想,你知道了我为什么会同意你们去稷王山吗?"

泽田信瞪着眼睛,看着坂本参谋长,现在的宪兵队代司令,似乎有那么点明白了些什么了……

接着再讲父亲他们运送粮食的事情吧。

第一天，一切似乎都挺顺利，天空晴朗，太阳高照，十辆骡马大车满载着粮食和物资，逶迤前行，第一辆大车上插了一面招摇的太阳旗，还架了一挺歪把子，前后都有押送的士兵，枪上的刺刀闪着光，倒也挺浩浩荡荡的。从河东城到风陵渡有两条路可以走：一条是沿着南同蒲铁路线，行至水峪口时经过中条山北部的分水岭，然后拐入狭长的哑巴沟，出去再走二十多华里路就到达风陵渡渡口的南头了，这里也是日军川岸师团第二步兵联队的临时驻地，是准备进攻风陵渡渡口的桥头堡；另一条虽然偏僻，也隐蔽安全，但却稍远些，先要绕行一百多华里到达芮城，然后就沿着黄河东岸行走至永乐镇，还要钻过一段极其复杂的沟道，光这一段路就有一百多华里。

但父亲早就决定了沿着南同蒲铁路这条线走，他相信今野正雄也会同意走这条线的，因为这条线第一是路程短，自然粮食就能早一天送到日军手里。还有南同蒲铁路，如果遇到什么，日军就能乘火车快速增援。这所有的优势父亲早就和任月芳他们反复商量了许多次，认定日本人也会认同这条线路，这才敢通知第十七师在这条线的哑巴沟设伏的。

父亲和山田美智子坐在中间的第五辆大车上。父亲特意让车把式靠着车帮子垒起的麻袋这会儿恰好还能遮挡一些偏过头顶的阳光。五月间，气温已是很高了，加上太阳一照，所有的人都是昏昏欲睡，几乎押运粮食的日本兵和皇协军都想办法爬上了车，挤在一起打瞌睡。吴良机更是等大车队一出城，就缩在最后一辆车上睡开了。而那个浜滕，刚开始还是一副警觉的样子，不坐车，带着日本兵在大车的前面搜索前进，但随着中午阳光的照晒，日本兵们也一个个蔫蔫的，就开始往大车上爬。浜滕这会儿也在第一辆大车上,和那个机枪手背靠背挤在一起,把自己睡成了个"大"字。这会儿车把式也是靠在左边的车辕上,抱着鞭杆子似睡非睡的,好在就这么一条路,骡马们都自己埋头拉着车顺着辗就的车辙往前行。父亲并不催促车把式们快点走,他在心里计算着行程和时间,要让大车队恰好在天黑后经过哑巴沟。

父亲注意观察了一下路两旁的动静,一马平川,成熟的麦子随微风起伏,看着真是诱人哩。还有绿油油的玉米和高粱,已经蹿起一人多高了,就像绿色的海。父亲就在心里想,如果没有这些日本倭人的侵入,这该是多么美丽的田野风光哟!可惜,那会儿父亲并没有心思欣赏这些田野美景,他的心里一直想的是当设伏的第十七师发动进攻后,他如何把大车队带到有效地段去?又如何策动皇协军不要进行抵抗?光剩下日本兵就好办啦。而最最重要的是战斗打响后,如何保证美智子的安全,绝不能让她受到一点伤害的。父亲甚至这样想,如果战斗一打响,他就让美智子躺在大车厢的中间,两边用装粮食的麻袋遮住她……

美智子靠在父亲的身上,在摇摇晃晃的大车上觉着很惬意。她看着天空对父亲说:"呀呀,玉堂君,快看快看,这块云彩像什么?我看像头狮子,在追前面的那匹、哦,这块云彩像什么呀?你快看、看一下吗。"

父亲就抬一下头,说:"像你。"

美智子就娇里娇气地喊道:"哎呀,你想让狮子吃掉我呀!你好狠心呀!"过一会儿她又喊道:"这田野里的景色好美的哟,我闻见吹过来的风都是香的呢。哎哎,玉堂君,你猜我现在在想什么呢?"

父亲心不在焉地应了一声说:"你在想甚?"

美智子说:"我在想,就这个样子靠着你,一直晃呀晃呀,就这么一直晃下去,晃到天边去。"

父亲就"哦"了一声,脑子还是没有转过来,说:"不行,到不了天边去,前边就是黄河了。"

美智子对父亲的这种一点都不浪漫的迟钝反应真是有点哭笑不得,就握紧了右手,用她的小拳头在父亲的背上捶了几下,"嗯呀"了两声,一副恨铁不成钢的模样儿。

其实,父亲对身边这个头脑还总是时不时充满天真的浪漫幻想的日本美女也是从心里喜欢着的,但喜欢归喜欢,父亲有一点很清醒,他知道这是不会有什么结果的。假如美智子知道了自己的真实身份,她还会这样喜欢自己吗?恐怕早就拔枪相向了。但眼下的情景却是让父亲有点欲罢不能了!

美智子转身靠着父亲,信口说:"有些人真是讨厌,竟然让我暗中观察你。"

父亲闻言心中一惊,但不动声色地随意说:"噢,是啥样的人?"

美智子说:"还能是什么人?还不就是情报官河原他们那些特务什么的。他们说你的身份很可疑,可能是这个方面的间谍呢。"她用大拇指和食指比画出一个"八"字来。

父亲的心里还是一阵紧张,自己做得这么隐蔽,这个河原代子还是没有打消对自己的怀疑,说不定还有甚破绽露出来了哩。这次运送粮食再次被伏击了,又说不准要被他发现甚啦。所以,自己还是得小心一些哩。父亲就开始琢磨这次回去后如何编造理由了。那会儿父亲还不知道河原代子已经被一颗土地雷要了命,要是知道他也就不会这么紧张了。

这样想着，父亲就笑了两声，对美智子说："噢，怀疑我是穷八路的间谍，咋就不怀疑我是中央军的间谍呢?"

美智子说："这个嘛，我想他们总是有他们的理由的。比如你对女人总是拒之千里呀，再比如你在城里从不进妓院呀，还不打牌不抽烟呀，给你说，连我都怀疑呢。"

父亲就笑了起来，说："看来你也是希望我沾染上那些坏毛病呀。学好难，学坏还不容易吗。我这次返回去就开始学，先到禹西街的妓院里去……"

美智子就又握起小拳头来，脸红耳赤地瞪着父亲说："你敢!"

父亲就又得意地笑了，他第一次主动地伸出胳膊，搂住了这个天真又清纯的美丽异常的日本女子，心里浮动着许多的温暖，仿佛此刻置身于世外桃源。父亲在心里说，要是没有这场可诅咒的战争，娶这个温柔的日本女人，说不定真能过上好日子哩。这样想着，他就在心里发誓，如果战斗开始后，他宁可放弃一切，也要保护好美智子。

然而，令父亲没有想到的是，在伏击中，反倒是美智子用自己的性命保护了父亲，保护了她深爱着的一名中国男儿。

运送粮食的大车队行进速度，竟然完全按照父亲的设计安排，恰在太阳落下山后不久进入了那条约有两公里的狭长的哑巴沟。在进入哑巴沟之前，大车队在距离哑巴沟还约有五华里路的坡头岭进行了休息，大家喝水吃干粮。这时候，浜滕少尉走了过来，一边观察着前面的沟口一边问父亲说："姬会长，哑巴沟什么的干活?"

父亲就挺费劲地比画着说："哑巴沟嘛，不知是甚时候发大水冲刷出来的一条沟壕子，后来人们在沟中间慢慢蹚出一条路来。又因为这条沟两边土质松懈，不是河东城周围的黄土，而是一种砂土，人在沟里说话喊叫产生不了回声，所以附近的老百姓就叫它为哑巴沟啦。"

浜滕总算是听懂了，就"约西"了一声说："姬会长，哑巴沟的平安通过，粮食的送到，你的功劳大大的。"

父亲说："皇军功劳大大的。主要是有皇军保护，什么人也不敢来抢劫的。主要是他们一看到车前头插着的你们那日本旗子，马上就害怕得远远地跑咧。"

浜滕就得意地笑起来，对父亲跷着大拇指说："大日本皇军所向无敌。姬会长，你的皇军的朋友大大的，司令官的命令，好好地保护你。"

父亲就也翘了翘大拇指，说："大大的，大大的。"但他的心里却七上八下，剧烈跳动着，有那么一刹那，他甚至觉着心就要蹦出来咧，他就用手按着胸口，似乎是真的怕心从胸口一下子蹦出来。他的这一举动被美智子发觉了，就过来关切地问："玉堂君，你怎么了？脸色那么难看？你是不是觉着很紧张？"

父亲如实回答说："很紧张。越是快到了，就越是紧张。你不知道，有时候就是那么奇怪，许多事情都是在越接近完成的时候，越容易出事。"

美智子就"哦"了一声说："你这只是一种预感吗？"

父亲没有直接回答她的话，只是交代说："你应该明白我在咱们乘的那辆大车里垒的那个掩体是甚意思了，不管路上发生什么事情，你都要保护好自己，隐藏在那些掩体后面。"

美智子点了一下头说："玉堂君，你放心吧，我会保护好自己的。我又不是第一次遇到战斗的。其实，刚出发时你让赶车的垒那个东西，我就明白你的意思了。玉堂君，感谢你。"她说着，就扑上来，在父亲的脸上啄了一口，然后摇晃着婀娜的身姿去看路两旁的风景了。

这时，就见吴良机武装带解开松松垮垮地挎在腰间，敞开怀，踱着步子过来了，恰好看到了这一幕，他也不避开，斜睨了一眼美智子的背影，一脸淫荡地笑，对父亲说："姬掌柜，年轻轻可真的是艳福不浅哪，有这么个美人儿陪伴着，就是阎王爷召唤，也是心甘情愿地去哩，你说人这一辈子可是图尿个甚哩？还不就是这些，钱、女人。"

父亲就"嘿嘿"了一声，也是掩饰刚才的尴尬，毕竟都是中国人，还没有到今天开放的程度，那会儿就是男人和没结过婚的女人之间说个话都是忌讳的，更不要提两个人抱在一起亲嘴啦。父亲就岔开话题说："吴队长，这一路上辛苦啦。等过了这哑巴沟，把粮食送到了，你也就立了一功，回去后今野司令官应该有奖赏的哩。"

吴良机听着父亲的话，"哼"了一声说："这奖赏，还是姬掌柜回去领吧。其实，姬掌柜，咱这人虽是土匪出身，可有一条，还是咱中国人，披上这身皮，也是跟着杜大哥走一遭的。我一直跟杜大哥说道，也常和手下的弟兄们讲哩，虽然咱是端上了日本人的饭碗，可有几个不干，有血债的事情不干，留下千古骂名的事情不干，糟践穷苦庄稼人的事情不干。"他用眼睛的余光瞥了一下四周，略微压低了一点声音说："姬掌柜，我出来时，杜大哥有交代，叫我事事听你姬掌柜的安排哩。我才不管日本人的甚粮食哩，我只是关心我手下的这帮子弟兄们的人身安全，他们都是咱河东人，家里可都是有老有少的，我不想让他们有个甚闪失。我把话都说到这个份上啦，你这出戏下面咋着唱，该透个底儿啦。"

父亲就看定吴良机，眼睛里这会儿透露出的是一种坚定果敢，还有不屈的神色，和平时在日本人跟前献媚的眼神绝对不一样。

吴良机的心里就不由"怦"地一跳，心说这熊娃看上去年纪轻轻的，可居然这么能沉得住气，稳得住神；又这么有心机，能在日本人的眼皮子底下弄得风生水起，真不是一般人哩。而这会儿，他更是从父亲的眼神中看出来，这出戏就要开场了。他声音抖抖地又说："姬掌柜，你只要相信，我姓吴的还是个中国人就行啦。"

父亲终于开口了。其实，刚才他的思想斗争也是挺激烈的。他心里明白，这个吴良机毕竟是个老土匪，凭他多年打家劫舍的经验，能感觉出他让大车队在进入哑巴沟之前歇息，本身就有问题的。为甚不趁着天还亮着迅速通过哑巴沟呢？刚才父亲向浜滕讲的那一番大日本皇军不可战胜的话，让这些日本人更是自命不凡起来，觉着自己真是不可战胜的钢铁侠了。这纯粹是哄猴子上杆哩。但父亲在听了吴良机的这一番表白后，也觉着他讲的是心里话，是他的真实想法。就算他们是为了保存实力，到时候帮不了设伏的第十七师，只要也不帮日本人就行。如果光剩下浜滕一个小队的兵力，那么，即使设伏的第十七师只有一个营的兵力，也是完全可以对付的。中国有句俗话，好汉难敌众拳哩。日本兵再有战斗力，个人素质再强，也难敌几十个人打一个了。而如果自己还一再瞒着吴良机，惹恼了他，就恐怕这个土匪到时候会坏事。这样想着，父亲就对吴良机说："吴队长，你刚才有句话说得很好，就是我们都还是中国人。而这批粮食是运送给进攻风陵渡的川岸师团的，让他们吃饱了再去杀咱们中国的军队哩。而这些粮食又是咱们中国的土地上产下的。你说这样公平吗？合理吗？"

吴良机的脸上神色顿时凝重了，对父亲说："姬掌柜，我早就看出来啦，你不是汉奸，你是条真汉子，是隐藏在日本人中间的一柄刀子。你就说吧，这出戏下面要咋着唱？"

父亲也迅速观察了一下周围，看到四下确实无人，就压低了声音说："吴队长，大车队一会儿在进入哑巴沟后，中央军第十七师早在沟里设下了埋伏，准备劫走这批粮食的。你让你的弟兄们在伏击打响后，迅速收拢在一起，赶紧隐蔽起来就行啦。"

吴良机说："姬掌柜，既然这样，这批日本人可是一个不能让回河东城的，我看，到时候我们再在背后搞他一下，别留下后患就行。"

父亲就点头说："你想得对着哩。到时候咱们看战局的发展吧。他们设伏的是一个营的兵力，收拾浜滕小队这么几个日本兵应该没问题吧。"

吴良机说："行，就看战局发展吧。"

父亲又对吴良机说："一会儿你挑选两个机灵点的，在沟口放几枪，通知一下设伏部队，让设伏部队知道大车队要进沟了。"

吴良机就又恢复了他那一副大咧咧的无赖土匪性，歪歪斜斜地往回走，一边说："放心吧，看我的。"然后他又压低声音说："姬掌柜，我这也算是为抗战做贡献出力了吧。"

父亲说："那当然，我一笔笔都记着哩。"

一会儿，眼看着太阳一点点地隐没在西边的蓝黛色的土峁背后了，父亲就过去对浜滕少尉说："浜滕君，咱们该出发了吧。"

浜滕看到父亲跑过来请示他，就觉着很神气，大声吆喝起来："统统的起来，开路一马司的有。"

就在这时，在前面的沟口响起了几声枪响。浜滕就一把拔出战刀来，大声喊："什么人的开枪？"

吴良机就跑了过来，说："是我让人开的枪。如果在沟里有什么土匪和土八路，听到枪声，就知道皇军来啦，估计早就跑掉啦。"

浜滕一听，顿时眉开眼笑，把战刀插回去，说："嗯，很好。你的战术灵活大大的。你的前面指挥。开路。"

就这样，运送粮食的大车队就随着夜色越来越浓，一步步地走进了中央军第十七师的埋伏圈里……

对于这场伏击战，李振喜老人是这样给我讲述的：得到有粮食的消息，他们师长公孙秉也非常兴奋，马上说，一个营的兵力太少了，就命令他带着教导团前去设伏。因为在第十七师里，教导团的装备要好一些，战斗力相对也要强一些。公孙秉师长对他交代说，不管咋样，粮食一定要弄回来。

当在夜里，李振喜就带着教导团进入哑巴沟，埋伏好了。当时他是这样设想的，既然都是骡马大车，就没必要按照正规伏击战堵头截尾那样打了，到时候一个冲锋，赶走那些零星的护卫武装，然后把大车往自己的部队驻地赶就是了。

他们确实想得简单了。因为从军里转来的情报也简单，说就是几辆运送粮食的大马车，少量的护卫武装，也没有说明是日本人还是伪军还是保安团之类的地方武装。

到了埋伏地点，设好了埋伏，周围放上了警戒，然后就一动不动地等着运送粮食的大车队出现。可这一等就是三天，左等不见大车队出现，右等不见大车队的影子。他们甚至怀疑情报的真实性啦。而设伏的部队也没有刚开始的激动，也等疲怠啦，有的躺在那儿聊天说闲话，有的则脱下衣服捉虱子。由于出发太急促，连电话线都没有架设，也就没办法和师里联系。同时，部队的伙食每个人只带了一天的，剩下的两天就派人到附近的老百姓地里摘些没成熟的玉米穗、摘些瓜果充饥。当时李振喜鼓舞设伏部队坚持下去的一个口号就是，坚持一下，打下了大车队就甚吃的都有了！而且他们还扣住了十几个误入伏击圈的附近的老百姓，他们是到这哑巴沟一带拾柴割草的，还有的则是到他们的庄稼地里看麦子成熟程度哩。但他们一旦进入了部队埋伏的地点，就不能放他们离开了，得一直等到埋伏结束部队撤离后才能放他们的。

就这样，李振喜带着教导团一直咬牙挨到第三天的中午时分，在沟口负责监视的哨兵回来报告说，运送粮食和物资的大车队终于出现了。但同时他又带回来一个惊人的消息，说和大车队同时出现的有日本鬼子，还有大批的皇协军，初步估算了一下人数，日本鬼子是一个小队，皇协军约有一个中队。

这可是情报里没有出现的。

打不打？几个连长的眼睛都在看着李振喜。

李振喜想着师长公孙秉亲自送他们出发的情景，想到全师官兵眼巴巴地盼着他们把粮食截回来的情景，想着全师官兵几个月来顿顿喝的是能照见人影儿的清面糊糊，连盐都没有，更不要提荤腥咧！连附近的麻雀都打光咧。李振喜下了决心，打，坚决打！不就是一个小队的小鬼子吗？再加上那些个为虎作伥的伪军，加起来也就是三四百人，咱们一个团一千人，还消灭不了他们？当然，李振喜把一开始制定的全体呼啦啦的一个冲锋战术，改为两个连专门消灭小鬼子，一个连专门对付伪军，剩下的连队就赶紧搬运粮食。

就这样，当大车队如一条蠕动的长蛇，慢慢地进入了伏击圈时，随着李振喜的一声枪响，顿时枪声大作，埋伏在两边沟沿上的第十七师教导团，开始发起了冲击。

哑巴沟这回不哑巴了，热闹起来了！

看着黑压压的，端着枪从两边沟沿上向着运送粮食的大车队直扑过来的国民党中央军，皇协军顿时就乱了起来，慌忙向大车下面乱钻乱躲，有的顾头不顾尾，光是双手抱着头钻在大车上的麻袋下面，屁股却撅起老高，一颗子弹飞过来，就报销了。

浜滕还算镇静，站在第一辆马车上，把指挥刀抽出来，大声喊道："统统地站住，听从指挥，逃跑的死啦死啦的！"

但是，浜滕的吼声没有能镇住乱跑窜的皇协军，而且几个小队长和他们中间有许多人已经得到了吴良机的暗示，就赶快拉住喝住那些乱窜乱跑的，都在向着大车的尾部集中躲藏隐蔽。把一个小队的日本兵基本上都让给了冲过来的国军。

这时，第一辆大车上的那个在一直睡觉的机枪手，清醒过来了，他竟然两手平端起那挺歪把子机枪，就开始"哗哗"地移动着向着两边扑过来的教导团士兵扫射，顿时，就有不少国军士兵倒下了。而那些日本兵，也开始各自寻找着掩蔽物，纷纷冲向自己跟前的土包、树后面、大车底下，所有可以当作掩体的东西，迅速将自己隐蔽起来，然后向着冲过来的教导团士兵开枪射击，日本兵的枪法很准，打得教导团士兵不断倒下。

蜂拥过来的教导团士兵，被日本兵的火力压制住了，乱七八糟地趴在沟下面的平地上土包后面不敢动，头都抬不起来。

当然，虽然李振喜他们教导团武器不及日本人，但人数上还是有着优势的。应该是用密集冲锋可以奏效的。但明显这样伤亡太大了。

就在李振喜他们考虑如何再次发起冲锋的时候，在父亲这边却已经起了冲突。就在那枪声刚响起来的时候，父亲一直不安的心反而平静了下来，知道等待的这一刻终于来了。就在他扭头正想招呼美智子快趴在麻袋掩体后面的时候，却见美智子从身上掏出临出发时今野正雄送给她的那支王八盒子，左手又掏出弹夹来，双手刚一合拢，子弹已经上膛了，动作之迅速之敏捷，让父亲瞠目结舌，半天吃惊得没有说出话来。自从他们认识以来，父亲一直把美智子当作一个温柔贤惠的日本女子看待，却没想她玩起手枪来竟然这么利索，一个男子也未必能这样熟练的。

但没等父亲说什么，美智子却探头观察了一下外面，对父亲说："玉堂君，你先隐蔽好，千万不要露出头来。我到前面看一下情况。"

父亲一把拉住她说："不行，你不能去。那都是国民党中央军，是正规军。"

美智子一听父亲这样说，就迟疑了一下，说："玉堂君，你怎么知道那是国民党的正规军？"

父亲就知道美智子起疑心了。是啊，这会儿天已经黑下来了，周围除了枪管发射出的火光，什么也看不见的，可自己咋会知道那些冲过来的人就是国民党正规军呢？但父亲也只是支吾了一下，说："肯定是。要是土匪，哪有这么多的人？枪声也密。"

美智子就点了一下头,说:"你分析得也对。你可千万别动,我去一下就来。"还没等父亲伸手拉她,她侧着身子一纵,就翻下了马车,消失在黑暗里了。

父亲探头看着这无边的黑暗,低声喊着说:"美智子,你不要到前面去,你不熟悉这里的地形……"顿时,就有几颗子弹"日、日"地飞过了父亲的头顶,有一颗直接擦着父亲的头皮飞了过去,父亲就觉着头顶一热,吓得赶紧埋下了头。

这会儿,就在教导团暂停冲锋的间隙,父亲听见浜滕少尉在大声地嘶喊吆喝着什么。父亲还没反应过来,就见从黑暗中摸过来两个穿着老百姓服装的人,一个高些,就叫他高个子吧,反正日本人里的高个子也没超过一米七的。一个胖些,就叫他胖子吧,两人手里却都拿着和美智子一样的王八盒子,那个高个子的对着父亲说:"姬会长,你的难道没听见命令吗?浜滕少尉正在组织掩护,让大车赶紧往过冲,冲出去伏击圈。"

父亲就一愣,问道:"你们、你们是什么人?"

那个子高的就又挥了一下手中的枪,说:"你的先别管我们是什么人。你马上命令马车赶紧向外面冲。否则,我们……"他将手中的王八盒子指向父亲。

父亲看着那指向自己的王八盒子,顿时明白了这两个人就是特高课的人了,他脑子转了一下,也用着急的语气说:"哎呀,我说太君,遇上这事,我也着急。可现在你也看见啦,这些赶车的都吓坏了,谁还敢冒着这乱飞的不长眼睛的子弹赶车呀?那是要命的事哩。"

高个子的就有些火了,伸手就扯住父亲的衣服,一使劲就把他从大车上拽了下来,在黑暗中用手中的王八盒子抵住父亲的头说:"姬会长,你的最好老实些,赶快下命令,不然,我们可以马上毙了你,就说是你私通支那军的。"

那个胖子也说:"实话告诉你,我们是日本特高课,监视你也不是一天两天了。本来想等这次送粮食结束后回去就逮捕你的,这正好给了我们一个机会。河原情报官已经告诉我们并且给我们下了死命令,说这次运送粮食如果遭遇到埋伏,就肯定是你把消息透露给支那抗日分子的。其实我们早就知道,你就是一个真正的反抗大日本皇军的抗日分子。现在你要是有一点反抗,我们就可以击毙你。"

父亲还是表现出十分为难的样子说:"我是不是抗日分子咱们回到河东城再说。可眼下这黑咕隆咚的,我也找不见那些赶大车的人呀!"

这时候,就听见在教导团那边又响起了一阵"冲啊,冲过去呀"呼喊声,这是他们又准备要发起一次冲锋了。

随之,就听见浜滕少尉声嘶力竭的呼喊声,歪把子机枪和三八式步枪也陆续地响了起来。

也恰好就在这时,吴良机也在黑暗中摸了过来,他根本没看清父亲身边的那两个人是谁?就急切地说:"哎,我说姬掌柜,这样子下去也不是个事哩。那国民党方面武器也太不赶趟咧,光是靠人往上涌,这哪是打仗呀,这纯粹是送死来咧。我看咱们是不是……"话没落音,就被那个胖子的用王八盒子顶住了头,说:"吴队长,原来你们都是大大的抗日分子,良心大大的坏了的!"

吴良机吓了一跳,回过神儿来,这才看清是两个日本便衣特工,便大声地骂了一句说:"他娘的,活了这大半辈子,就还没有谁敢把枪对着老子的头哩。来人哪——"他一边喊一边就伸手掏自己的枪,那个胖子特高课的手一抖,枪响咧,子弹正好从吴良机的额头上穿过去。他大张着嘴站了站,就一下子扑倒了。

那个正拿枪对着父亲的高个子特高课,看到胖子开枪了,心一横,就说:"干脆一块毙掉吧,也算是给大日本皇军除掉一个内奸!"说着话,就要对着父亲搂扳机。而父亲这会儿也看准机会,伸手抓住了高个子手里的枪,争夺中,枪响了,子弹击中了父亲的肩头,一下子把父亲打得往后退了两步,靠在了大车帮上了。也就在这时,被后边突然响起的枪声吸引着迅速赶过来的美智子恰好冲到了父亲的身后,也恰好看到那特高课又要对着父亲开第二枪,她情急中猛地一把推开父亲,自己的身子却扑到了前面,也正好枪声响了,那第二颗子弹就准确地击中了山田美智子的胸部。而美智子就在即将倒下去的一瞬间,用手里的王八盒子对准那两个特高课一阵猛射,竟然把枪里子弹打空才倒下去,那两个特高课的特工被她一阵猛射打得滚到了土堰下边了。

这时,在后面隐藏着那伙子皇协军听到吴良机的喊声和不断响起的枪声,就围了过来,于是他们就看到了父亲肩头的血直淌,怀里抱着奄奄一息的美智子。而他们的中队长吴良机已经是只有出的气,没有进的气了,最后勉强吐出的几个字是:"弟兄、们,打、打狗日的小、日、本……"

父亲强撑着站起来说:"弟兄们,大家伙都看见咧,咱们辛辛苦苦地给日本人运送粮食,他们却派人监视咱们,就是这两个狗特务,刚才打死了吴队长和这个记者,还差点打死我。弟兄们,是中国爷们的,就别再站着装怂啦,端起你们手中的家伙,听吴队长最后的话,冲上去杀日本狗!"

于是,被彻底激怒了的皇协军们"嗷"的一声,端起枪呼啦啦地冲上去了,在浜滕小队的后面发起攻击。

战局瞬间得到了根本性的扭转。

据李振喜的回忆,当他带着教导团的士兵们,和战场反正的皇协军两面夹攻,将浜滕和最后剩下的十几名日本兵围堵到哑巴沟内的一处不宽的崖下面后,浜滕小队的日军士兵困兽犹斗,拒不投降。他们围成一个圈,"呀呀"地狂叫着,和冲到跟前的教导团士兵拼刺刀进行肉搏,竟然又使教导团伤亡了十几名士兵。几个连长看到自己的士兵拼刺不及日本兵,就让士兵们退后,准备集中手榴弹进行轰炸。就在这时,令他们震惊的一幕出现了,剩下的那十几名日本士兵,在已身负重伤的浜滕的口令声中,只见他们站成了一排,卸下枪上的刺刀,在自己的身上擦拭着,随着一阵令人毛骨悚然的吼叫,一个个将手中的刀刺向自己的胸前,他们剖腹了!

李振喜说他看到了死在父亲怀里的那个日本女人。就在伏击战接近尾声的时候,李振喜带着警卫匆匆地找到了父亲,在警卫们举着的火把的光亮里,他看到那个美丽的日本女子就躺在父亲的怀里,胸前有一大摊血。而父亲肩膀上的血,也一滴一滴地流淌到了她的胸前,融在了一起。李振喜弯下身子,要扶我的父亲起来,可我父亲怎么也不放开怀里的日本女子。他只好问我父亲可以帮他什么忙的时候,我的父亲只是抬头看了他一眼,从他肩膀上的星星知道了他是这次伏击战的指挥官,就喘了一大口气说:"你们赶紧组织、组织人把大车赶走吧,这里靠南同蒲铁路近，日军知道了，会、会很快赶过来的。"然后就不再说话，好像周围的一切都已经与他无关了，只是紧紧地抱着那个女子，似乎这样就能把她救活一样。

## 第十三章

山田美智子的死，让我的父亲更加痛恨日本军国主义，痛恨他们发动的这场不义战争。虽然山田美智子行动虽然不能说是反战的，但她至少是希望远离战争的。

那场伏击战，第十七师缴获粮食近十万多斤，还有众多的各种物资，包括各种副食品。当然，他们教导团也付出了相当大的代价，牺牲士兵一百九十名，受伤接近三百名。消灭日军一个小队，皇协军战场反正一个中队。

关于这个战场上反正的皇协军中队，据李振喜讲，在不到一个月的时间里就又逃跑得差不多啦。这是可以理解的，吴良机的这个皇协军中队，基本上都是他当土匪时的弟兄们，"拉杆子"吃大户，今朝有酒今朝醉，加入皇协军就是为了过舒服日子的，虽然一些人的民族意识并未完全丧失，关键时刻有一种正义的冲动，杀了日本鬼子。但他们根本过不了第十七师的那种艰苦日子，所以，一个个就又悄悄地溜走了，有的又返回到河东城里当了皇协军，有的就跑到黄河滩里又当土匪去了。

在天快要亮的时候，川岸师团第二步兵联队的增援部队才赶到了哑巴沟，他们看到的是遗弃的大车和被打死的骡马，更多的是日本兵尸体,竟然没有一个活的。

当他们发现父亲和美智子的时候,父亲已经处于昏迷状态,就是这样,他也不松开怀里的美智子。日本兵就只好这样把他们一起赶紧送回河东城,又一起送进了医院里。当然,美智子已经没救了。父亲在抢救了一天一夜后醒了过来。他睁开眼看到的第一个人,就是今野正雄司令官。

父亲这时候才真正知道了山田美智子的真实身份,她真的是皇族,是日本天皇的姨妹。由于她的任性,非要到中国来看看,于是就挂了一个《朝日新闻》社的记者名分来到了中国。尽管华北派遣军既随着她的性子让她开心地玩,又一直小心翼翼地照顾保护着她。本来这次往风陵渡运送粮食是万无一失的,今野正雄后来又增加一个小队的日本兵,实际上也是考虑到美智子非闹着要去看看黄河,今野正雄心里也知道她是想去陪姬金荣、去陪父亲的。没想却还是丢了性命。

华北派遣军司令部当天就知道了,多田骏中将大怒,当即下了两道命令,一是立即隆重收敛山田美智子的尸首,入棺,派专车专人护送至北平,然后乘专机运回日本东京。二是立即撤掉今野正雄的一切职务,由特高课专程押送回东京,先向天皇谢罪,再向山田美智子亲属道歉,最后交军事法庭审理。

所以,此时父亲看到的今野正雄,脸色显得挺憔悴,仿佛一天一夜的时间里,一下子老了许多。他上身穿着一件中式的短袖褂子,黑色的长裤,原来那种驻屯军司令官的叱咤神气和威风八面,此刻已荡然无存了,父亲觉着他就像是一位来看病人的普通朋友。

今野正雄看到父亲醒了,就说:"玉堂君,你醒了。我也该离开了,我是来向你告别的。"

父亲看着今野正雄,说:"我也不知道竟然会是这样?"

今野正雄就苦笑了一声说:"天意啊,一切都是天意的安排。也许,我就不该再来河东城的。"

父亲说:"今野君,恕我直言吧,你们本来就不该以这样的方式,一种强盗的方式来中国的。我们中国有句古话,叫朋友来了有好酒,豺狼来了有猎枪。"

今野正雄的脸上掠过一丝不悦的神情,但也是瞬间即逝。他轻轻地吧了一声说:"玉堂君,说句心里话,我是讨厌甚至憎恨战争的。所以,我自从来到河东城,担任了驻屯军司令,是一心一意地想给河东老百姓办点好事,想让河东城繁荣起来,也许我的童年生活对我影响过深,我总想报答一下河东城。"

父亲说:"所以,你就大力推行你们的王道乐土东亚共荣,实行怀柔亲善政策。但是,今野君,你忘掉了最根本的一点,不管你们怀柔亲善也好,武力征服也罢,总目标都是一致的,那就是两个字:侵略。你可以这样去想,本来有一大家子的人过日子,穷也好富也罢,生活得挺平静。突然有一天来了一伙拿着刀枪棍棒的人,对这家人说,从今天起,你们全家要听我说的,一切按我说的去做,我做你们家的主人,从此会让你们全家过上好日子的。然后就把这家人的所有稍微值点钱的东西都翻出来,开始往他家里拿,还说这是共荣,一块过好日子哩。你觉着这家人会愿意吗?"

这时,有个穿着西装的人走过来,对今野正雄鞠了个躬,低声说:"今野君,我们该出发了。"

父亲这才注意到，在今野的旁边还站着两个人，父亲知道那是负责押送今野正雄回国的特高课人员。

今野正雄就站起身来，却又站到父亲的病床边上，低声说："临别之时，我还想问一句，你能告诉我，你一直是真心在帮助我，帮助大日本皇军吗？"

父亲想了想，认真地说："今野君，我这样告诉你吧，我只是在帮助中国苦难的老百姓，帮助这个虽然还很落后脆弱的，却无疑是我的祖国。我只是在尽心尽力地想为她做一点事情，就像今野君你虽然是在侵略别的国家，却也是在为着你的国家做点事情一样。"

今野正雄紧闭双唇，似在思考着父亲的话，眼睛看着别处，似在自言自语，说："人生真是幻化如梦，一个擦肩，一个转身，便物是人非了。"然后向父亲非常恭敬地鞠了一个九十度的躬，说："玉堂君，我们就此别过了。"

父亲努力地也从床上欠起身子来，伸出手拉住了今野正雄的手，说："今野君，你也多保重！我会记住你……的……"

今野正雄的脸上就显露出一种很无奈的笑来，一直慢慢地踱到门口，又回过头来说："玉堂君，我一直在等着你说出那两个字，可直到现在，你都没有讲出来。"

父亲知道他等的是"朋友"那两个字。可此时，他是侵入河东城的日本驻屯军司令，和侵略者自然是不能成为朋友的。父亲说："今野君，会有一天，让我们都痛痛快快地讲出那两个字来。你信吗？"

今野正雄的一只脚已经迈出门去了，听到父亲最后这句话，他又扭回头来，十分认真地说："我信，信……"

父亲看到，今野正雄的眼睛里，一瞬间涌满了泪花。

就在今野正雄离开河东城一个星期后，那场震惊中外的"晋南会战"（即中条山战役）爆发了……

# 补记

本来，文章写到这儿，似乎应该结束了。

但由于我一开始贪大，拉的线索过多，到文章都要结束了却还是无法一一展开，只好在这里做一个简略交代了。

1. 关于安邑的那座军用仓库，虽然运出了一部分粮食和弹药等物资，对于那座仓库里的储存那只是九牛一毛。同时由于日军也把这座仓库当成宝贝，守卫更加严密，晋绥军想尽办法，始终无法彻底摧毁这座仓库。这座安邑的军用仓库简直成了阎老西的一块心病，有一段时间，阎老西先后来到乡宁，驻在去丘山中，想亲自安排精兵摧毁掉这座仓库，也未能如愿。后来，前去侦察的晋绥军探子发现，日军不知出于什么原因，把这座仓库的房顶全部用油漆刷成了白颜色。于是，阎锡山就和重庆联系，请重庆调动空军进行轰炸。就在1941年6月下旬，从西安机场起飞的两架霍克III型轰炸机突然飞至河东上空，在盘旋了一圈后，就非常准确地对着那幢白屋顶投下了四颗重型炸弹，三颗准确命中，引发了仓库中的军火，顿时爆炸声四起，随即又燃起冲天大火。安邑镇的居民说，那大火整整烧了三天才渐渐地小了下来，而焦煳味半年后还有。至于日本人为甚把房顶全部用油漆刷成白色，后来才得知，由于仓库因下雨漏水，有一次父亲到仓库去拉粮食，安达就向父亲请教怎么防止漏雨。父亲就指着仓库里堆着的各种颜色油漆说，挑一种油漆，把房顶的石棉瓦刷一刷，就不漏了。于是，安达就很认真地组织人员，还专门挑出来白色的油漆，花了一个星期的时间，把仓库房顶的石棉瓦用油漆刷了一遍，正好给空军指示了轰炸目标。

我曾问过父亲，是不是当时让日本人用油漆刷房顶就想到了让空军来轰炸这座仓库呢？父亲说，谁那会儿能想到中国还有空军？只觉得天上飞的都是日本人的飞机哩。我也只是顺口给那个安达说了一声，谁知日本人办事一根筋，认死理，还净挑白颜色的油漆来刷哩。记得他们刷了一大半咧，我有一次去仓库，安达还挺得意地让我看，刷成白色的好看不好看？我记得好像说了句，在我们中国，白色是给人戴孝哩。

后来，安达被接任今野正雄任河东城驻屯军司令的中村次朗大佐给枪毙了。

2. 这里先说一下一直驻扎在我们河湾镇那一带的松尾巴三郎。今野正雄本来是要处罚他的，却因为被撤职管不上他了。而这位中村次郎一上任，却要把他调到安邑这边来。松尾巴三郎一听，当时就大哭了起来，嘴里说："远远地走了，死了死了的，娘的见不着了。"他跑去找父亲，让父亲以河湾镇维持会长的身份出面求情保他，说他在这一带维护治安很好，不要调动，他一点也不想离开河湾镇，更不想离开他"干娘"。那凤花也是哭得鼻涕一把泪一把的。这倒也是，松尾巴在凤花的细心侍弄下，养得白白胖胖的，和别的营养不良的日本兵根本不可同日而语。松尾巴和我们河湾镇上的许多人都熟悉了，经常不穿军装，和当地人一样,穿个大裤衩子,趿着鞋,蹲在巷子口上和人在玩"截方"(一种类似于围棋的简单吃子游戏),不知道的人根本不知道他是个日本兵哩。父亲就趁机动员他,说这次中村大佐调动他,其实还是想处罚他上次因为巡查不力致使火车出轨的渎职罪的。如果不想离开他"干娘",就干脆投八路军去,参加反战联盟。稷王山离河湾镇并不远的,半天就可以到达,随时可以回来看"干娘"的。也就在这时,中村大佐又给河湾派来了新的小队长,松尾巴三郎看这情形,就同意了父亲的建议,上了稷王山,在独立大队里当了战术教官。两年后,松尾巴三郎被送去了延安。我们镇上的凤花知道这个消息后,也辗转寻到延安去了。

据说,日本投降后,凤花跟着这个松尾巴三郎回到日本去了。

从此,我们河湾镇上再没有了这个叫凤花的女人。解放后,她那两孔窑洞被生产队当了饲养场,喂了牲畜。


3. 关于那个皇协军司令杜子孝。在今野正雄被撤职调离后,新来的司令官中村次郎并不怎么信任他,并一再说河东城的皇协军不忠于大日本皇军,又多次扬言要改编他的皇协军,和别的地方的皇协军换防。这就让杜子孝很紧张,如果这样一改编一换防,部队不是自己的了,谁还听他的?他就来和父亲商量,父亲了解了他的想法后,就劝他可以暂去稷王山抗日根据地。父亲是这样想的,觉着杜子孝并不是一个纯粹的坏人,他在许多时候也还是有着民族正义感的。这样到稷王山后,经过一段改造学习,在同志们的影响和帮助下,是可以走上革命道路的。应该说父亲的这种初衷是好的,愿望也是善良的。杜子孝在带着他的一千多人携武器投奔稷王山抗日独立大队后,使稷王山的抗日力量一下子壮大了许多，在特委的批准下，改为稷王山抗日独立团。赵克义任团长，父亲和杜子孝任副团长，杜子孝还兼任三营营长，也就是他带过来的那部分皇协军。这是父亲一再说服了赵克义，暂且不要整编杜子孝的部队，让他适应一段时间再看。在后来的对日军作战中，杜子孝还是很勇敢的，并不像他在皇协军时那样保存实力，畏缩不前。在一次伏击抢粮的日本兵时，他竟然脱光了膀子带着队伍冲锋。一连拼死三个日本兵。后来，赵克义牺牲后，父亲那会儿也已调离稷王山独立团，杜子孝就担任了独立团团长。在日本人投降后，独立团划归太岳军区领导。结果，有不少老百姓向当时的人民政府告状，揭发杜子孝在当土匪期间曾经杀害抢劫过无辜老百姓。政府一调查，情况属实，就上报太岳军区，然后就将杜子孝和他的几个铁杆部下全部抓了起来，并且召开了公审大会，把杜子孝和他的几个铁杆部下都枪毙了。要说在当时这种举措也是为受害的老百姓报仇雪恨哩，并没有什么大错。但却让部队里许多"有这种案底"的人慌了神，怕有一天也举报到自己头上来，也把自己抓起来枪毙了。于是他们就携枪拉人逃走，有的投奔了国民党，有的则投奔了"还乡团"，然后把那些举报他们的老百姓都杀了。据记载，太岳军区的独三团，也就是稷王山独立团，曾在一夜之间逃走了近二百多人。

对了，说到了杜子孝，顺便也提一下父亲的本家侄子姬立业，本来我们家一直委托他在看守着"棉丰堂"的，也就是在父亲第一次上稷王山后不久，姬立业和留下的几个伙计一块儿私下里收购粮食和棉花，进行倒卖，被杜子孝的皇协军发现并抓住了，当着姬立业的面，杜子孝命令皇协军将两个也是随意抓来的商贩用刺刀捅死，姬立业顿时精神就崩溃了，答应一切都听杜子孝的安排。也就从那个时候起，杜子孝就控制了姬立业，并一度打算和姬立业合伙，将"棉丰堂"据为己有。后来父亲又突然返回了"棉丰堂"，准备重振"棉丰堂"昔日的辉煌。而姬立业则及时将父亲的行踪及在做甚，都通知了杜子孝，让杜子孝再想办法出来。但姬立业并没有完全泯灭了良心，平时仍然小心地伺候着父亲，许多时候还是在听着父亲的吩咐，想办法去帮父亲的。

父亲也知道姬立业是受杜子孝的威逼和吓唬，确实身不由己的。所以，就在他奉命调离稷王山抗日独立大队时，他还是将"棉丰堂"托付给姬立业照看着。

姬立业没有辜负父亲和我们家的重托，尽力维护着"棉丰堂"的买卖生意，使其一直虽然惨淡经营，但却没有倒闭，一直到解放后公私合营开始。因为父亲已是接管河东城的军管干部，所以，姬立业就以"棉丰堂"掌柜的身份，积极参加公私合营，后来成为河东粮食局的一名正式干部，一直干到退休。

4.最后，我要讲的就是父亲这次离开稷王山抗日根据地，来到河东城的真正主要目的了，就是抢收小麦。因为日本人为了这次"晋南会战"，要筹措大批的粮食，也是虎视眈眈地做好了抢收小麦的准备。日本人河东城驻屯军中村次郎大佐来到河东城后，也迅速命令各据点和各村的维持会，组织老百姓准备收割小麦。却没想，就在今野正雄调离他然后接任，中间进行交接这么短短的一个星期时间里，河东城周围的大片起伏的金黄色麦浪突然消失了，只剩下了白森森的麦茬。原来，今野正雄和中村次郎交接期间，正是小满后的第五天，地里的麦子一天一个样，很快地就有八成熟咧，也就到了收割的日子咧。农谚里也这样说：

"八成熟，十成收；十成熟，二成丢。"所以说小麦不能等全部成熟后再收割的。父亲知道了今野正雄被华北派遣军司令部撤职的消息，根本在医院里待不下去了，就让姬明文赶紧去稷王山通知赵克义，立即抓紧这大好时机，发动老百姓抢收麦子。父亲和姬明文带着河湾镇自卫队，赵克义带着稷王山抗日独立大队，全部分散到各个村镇里，组织起老百姓，就在日本兵的炮楼下和据点旁边，在自卫队和独立大队的掩护下，乘着黑夜抢收麦子。等到中村大佐上任，开始组织收麦子的时候，河东城周围已经有四分之三的麦田只剩下麦茬啊。

恼羞成怒的中村，对各村镇进行了疯狂的报复，他们组织伪军和汉奸成立了所谓的"闻香队"，就是到各村镇去闻谁家藏有麦子，一经发现，跟随在后面的日本兵立刻上门抓人抢粮食。后来，这些"闻香队"简直到了闻见甚就抢甚的程度，只要是粮食就抢，甚至把老百姓家里一点点香油、鸡蛋和鸡、养的猪都给"闻"走啦。日本兵进攻中条山战役打响后，华北派遣军更是一日三次电报催着往前线运送粮食，中村就亲自带着日本兵，到河东城周边的村子里，先把每户人家的女人孩子抓起来，然后逼着各家各户用粮食来换人，他们胡乱开价，有时候一个女人就要一万斤粮食，一个孩子就要一万五千斤粮食。不交粮食或者交不够粮食的，就杀人，还把一些年轻的女人拉到河东城里来供日军奸淫发泄。再到后来，河东城周围的村子里逃得只剩下几个走挪不动的老人了。

于是，父亲和赵克义认真商量后，确定了一个聚歼中村联队的计划。但父亲又考虑到光凭稷王山抗日独立大队的力量还是无法与中村联队的作战力抗衡的，必须联系河东城周围的友军一同进行。于是，父亲又和任月芳联系，让他们军统通过重庆联系在河东城周围活动的国民党中央军。父亲又通过关系和驻乡宁的晋绥军联系上了，同时策动河东城里的皇协军反正参战……

这样写下来，就又将是一本抗战歼敌的大戏了。

那就还是放在下本书里再详叙吧。